포기할 수 없는 아픔에 대하여

일러두기

---

1. 이 책에 등장하는 인물들은 모두 글쓴이가 진료 현장에서 직접 만났던 환자들이나, 개인 정보를 보호하기 위해 모두 익명화했으며 이야기의 본질에 영향을 미치지 않을 정도로 미세한 각색을 거쳤습니다. 생과 사로써 귀한 가르침을 남겨준 모든 환자들과 그의 보호자들에게 깊은 감사를 드립니다.
2. 국립국어원 외래어 표기법을 따랐으나, 의료계에서 일반적으로 사용하는 용어나 표현은 입말에 따라 표기했습니다.

포기할 수 없는 아픔에 대하여

간절히 살리고 싶었던 어느 의사의 고백

김현지 지음

의사들은 삶과 죽음의 극도로 예민한 사이 공간에서 고도로 전문화된 과학의 힘을 바탕으로 버텨내야 한다. 문과가 지배하는 차가운 현실세계에서 방대한 양의 이과적 첨단지식을 구현해내는 전문가specialist의 삶은 쉽게 길을 잃는다. 그러면서도 살인적인 양의 학업과 끊임없는 평가를 견뎌내야만 한다. 이 과정을 쉴 없이 겪으며 시야는 고정되고, 단지 눈앞의 과제를 해결해나가기에도 급급한 가운데 세월은 정처 없이 지나간다. 많은 세인世人을 환자로 만나면서도 정작 세상이 어떻게 돌아가는지는 잘 알지 못한 채 나이를 먹어간다. 그렇게 의사들의 시야는 더욱 좁아진다.

한국에 존재하는 13만여 명이 넘는 의사들 중에서 극도로 소수만이 이러한 숨 막히는 일상 속에서도 사회의 이면을 들여다보고, 정책 부서에 투신한다. 그러나 아이러니하게도 그들은 통상적인 임상의사의 전공을 밟지 않는 경우가 대부분이라, 진료 일선의 고통은 헤아리지 못한다. 자신의 업무도, 전공도 남의 일이 되어버린다. 그렇게 생명 최전선과 정책의 괴리는 더욱 벌어져간다.

임상의사들이 하는 일의 대부분은 정책적 행정의 범주를 벗어날 수 없으므로, 책상머리에서 날아오는 현실과 동떨어진 정책지침들은 생명의 최전선에서 간신히 견뎌내고 있는 의사와 환자 모두를 압사시킨다. 구중궁궐 속 행정과 정치의 테이블에서 하달되어 오는 각종 미사여구들은 더없이 아득해 보인다.

수많은 정책들은 처음부터 엉망이거나, 간신히 멀쩡한 형태로 현장에 도달하더라도 금세 뒤틀리면서 원래의 모습을 잃어간다. 이것이 의료계의 현실이지만 대부분의 사람들은 알지조차 못하며, 속내를 아는 자들은 들여다보려는 시도조차 하지 않는다. 단지 자신만 괜찮으면 된다.

　명문의과대학을 졸업하고 한국 최고의 대학병원에서 의학의 가
장 근간을 이루는 임상과인 내과에서 일하는 전문의가, 정책의 한
복판인 여의도에서 온전히 자신의 긴 시간과 노력을 쏟아부으며
일한 경험을 갖고 있는 경우는 거의 없다. 그런 귀중한 경험을 가
진 저자가 임상 의료계와 정책 산실의 근원지대를 오가며 치열하
게 공부하고 일해온 흔적들이, 개인의 경험을 넘어 이렇듯 활자화
되어 세상에 나온 것이 매우 다행스럽다.

　이 책은 환자를 치료하면서 경험하는 개별 의사들의 사색을 그
린, 그저 예쁘게만 포장된 수필이 아니다. '효율임금이론' 같은 현
실적 문제와 영혼 없는 정책 입안자, 의료계의 기득권자들에 의해

함부로 집행되는 규정 속에서 괴멸해가는 의료 지휘관들의 무거운 현장 보고서이다.

나는 이 책을 몇 명이 탐독할지 알 수 없다. 그럼에도 저자의 노력은 반드시, 어떤 형태로든 활자화되어야 했다. 뼈를 깎아내는 것에 비유될 정도로 힘든 젊은 내과 의사 생활 동안, 그리고 국회 의원실에서 일하는 동안 이런 백서를 남겨준 저자의 노력에 경의를 표한다. 정말 보기 어려운 귀한 활자들이 세상에 남았다.

2021년 4월
이국종 씀.

포기하지 못하는
사람

50대의 유방암 환자가 있었다. 독한 항암치료에 머리 카락이 모두 빠지고 낯빛도 어두웠지만 표정만은 늘 밝았던, 회진 때마다 명랑한 목소리로 재잘거리던 여자 환자. 그녀는 가끔 묻지도 않은 이야기를 실컷 늘어놓아 회진 시간을 잡아먹곤 했다.

우리 큰아들이 주말에 또 병문안을 왔었어. 변호사인데 키도 크고 잘생겼어, 부럽지? 선생님은 취미가 뭐야? 나는 꽃꽂이를 좋아해. 요즘은 통 입맛이 없는데 원래는 요리도 곧잘 했어.

대부분은 그녀의 이야기를 경청해줬지만, 바쁜 날이면 어쩔 수 없이 내 얼굴에도 귀찮은 기색이 묻어났으리라. 어느 날에도 쉴 새 없이 늘어놓는 수다를 한 귀로 듣고 한 귀로 흘리며 드레싱 부위를 챙기느라 열중하고 있는데, 환자가 문득 내게 물었다. 평소와는 조금 다른 목소리였다.

"선생님, 미안해. 바쁜데 내가 너무 귀찮게 하지?"

냉큼 '네'라고 말할까 하다가 웃으면서 가볍게 농담을 던졌다.

"그러게 왜 물어보지도 않는 걸 그렇게 다 얘기해주세요. 제가 환자분에 대해서 모르는 게 없을 지경이잖아요."

일순 그녀의 표정이 서글퍼졌다.

"선생님이 나를 암 환자로만 기억할까 봐 그래. 나야 선생님이 보는 수많은 환자 중에 하나겠지만, 그냥 암 환자가 아니라 적어도 '재밌었던 아줌마'로 기억해줬으면 좋겠어."

환자의 전략은 성공적이었다. 세월이 많이 흘러 이제는 이름도 잊어버렸지만, 그녀의 호쾌했던 유머 감각과 얼핏 들었던 이야기만큼은 아직도 선명하게 기억이 나니까. 그녀는 죽음이라는 소멸과 다투면서도 '암 환자'가 아니라 '자기 자신'으로 남기 위해, 본인의 정체성을 지키기 위해 그렇게 무던히도 애썼나 보다.

사람을 하나의 단어로 설명할 수 있을까. 한때 심취해서 읽었던 책인 『먹고 기도하고 사랑하라』에는 주인공 리즈가 각각의 도시와 사람을 가장 잘 설명해주는 단어가 무엇인지 연상하는 장면이 나온다. 뉴욕은 '야망', 바티칸은 '권력'이었던가. 이야기는 리즈가 오랜 탐색 끝에 자신만의 단어를 찾으며 막을 내린다. 나도 예전에 동기에게 비슷한 질문을 던진 적이 있다. 나를 묘사하는 단어는 뭘까? 동기는 아주 잠깐 고민하더니 이내 명쾌하게 답했다.

"포기하지 못하는 사람."

그게 뭐야. 나는 웃었다. 일단 한 단어가 아니잖아. 그리고 포기하지 않으면 않는 거지, 포기하지 '못' 한다니, 그 지질함과 질척거림은 도대체 뭐야. 하지만 그는 시종일관 진지했다.

"넌 포기하고 싶어도 포기하지 못하는 사람이야. 현실이 부조리하면 분노하고, 바꾸려고 부딪치지만 매번 좋은 결과를 얻진 못하지. 하지만 실패에 괴로워하고, 이제 안 한다고 말하면서도 결국은 다시 분노하고 또 부딪치잖아. 넌 그런 사람이야."

포기하지 못하는 사람이라. 마음속으론 어느 정도 동조하면서도 당시엔 인정하고 싶지 않았다. 그 말에 담겨 있는 절망과 좌절, 그리고 외로움의 향기가 싫어서였을까.

돌이켜보면 나는 늘 그랬다. 내가 속한 조직과 체계의 부조리가 남들보다 쉽게 눈에 들어왔다. 전공의는 왜 일주일에 100시간이 넘도록 일해야 하는가. 그러면서도 왜 최저임금도 받지 못하는가. '배우는 과정'이니 어쩔 수 없다손 치더라도, 배우자고 이 개고생을 하고 있는데 몇몇 교수는 왜 교육에마저 소홀한가. 저 환자는 왜 검사와 치료를 포기하고 집으로 돌아갈까. 살 수 있는데, 건강해질 수 있는데. 돈이 없으면 그래야 하는가. 가난한 사람은 왜 부자보다 더 많이 아플까.

문제가 있으면 손을 들고 질문을 해야 속이 후련했다. 충분히 바꿀 수 있다는 생각이 들면 잠이 오지 않았다. 병원 게시판에 건의사항을 남기고, 대한전공의협의회에 들어가 부회장으로 일하고, 토론회에 참석하고 인터뷰를 했다. 그 시절 의과대학과 병원은 보수적인 남성우월주의 사회였고 변화의 바람이 불기도 전이었다. 손을 들고 목소리를 내는 젊은 의사, 그것도 여자. 그런 내가 눈엣가시였을까, 나댄다는 말을 들었고, 설친다는 평가가 따라다녔다. 그로부터 많은 시간이 지났음에도, 말투나 문제를 제기하는 방식은 조금 다듬어졌을지언정 '할 말은 꼭 해야 하는' 성미만큼은 도무지 바뀌지 않았다.

시간이 흘러 전공의 과정을 마치고 전문의가 되었다. 병원에 남아 전임의 과정을 이어가는 대다수 동기들과는 다른 길을 걷기로 결정했다. 나는 '정책'을 하고 싶었다. 더 이상 부조리에 침묵하지 말고 발언권을 얻자. 제도와 법을 바꾸자.

병원에서 일하면서 자연스럽게 깨달았다. 의학이라는 영역 너머의 것이 있다. 치료 방법이 없어서가 아니라, 적절한 제도와 법이 없어서 죽는 사람도 있다. 그래서 나는 보건의료정책을 만드는 의사가 되어 환자 너머의 사회를 건강하게 만들고 싶었다. 그렇게 병원을 떠나 한 국회의원의 비서관이 되었고, 2년 뒤에는 21대 국회의원 선거에 직접 출마하기도 했다.

처음에는 행복했다. 꿈꾸던 발언권을 얻었다는 것이, 목소리를 경청해주는 정부 부처가 있다는 것이, 나의 아이디어가 현실이 된다는 것이 짜릿했다. 그러나 들이는 노력에 비해서 변화는 견디기 어려울 정도로 더뎠다. 각오는 했지만 힘들고 외로운 길이었다.

의사라는 직업의 좋은 점 중 하나는 노력의 결실을 실시간으로, 맨눈으로 확인할 수 있다는 점이다. 열이 나는 환자에게 해열제를 주면 열이 내리고, 피가 나는 환자의 상처를 소독해주면 며칠이 지나지 않아 새살이 돋는다. 내가 옳은 일을 하고 있는지 고민할 틈조차 없이 빠르게 찾아오는 보람, 손을 뻗으면 만질 수 있겠다 싶을 만큼 생생한 결과물. 그게 의업醫業을 가장 돋보이고 반짝거리게 하는 점이다.

그에 비해 정책은 아이디어가 실현되기까지 지난한 투쟁을 반드시 거쳐야 한다. 정책은 필연적으로 논쟁을 부른다. 어떤 사람은 내 생각에 적극 동조하지만 또 어떤 사람은 극렬히 반대한다. 정책을 심의하는 과정에서 논쟁은 격해지고, 간혹 감정 다툼으로 번지기도 한다. 겨우 의견의 합치를 이룬다 해도 얽혀 있는 타 부서와의 이해관계나 알력이 겹치며 본래 의도했던 정책의 방향과 다르게 변질되기도 하고, 핵심 내용이 도려져 나가기도 하고, 쓸데없는 단서 조항이 붙으면서 누더기가 되기도 한다. 때로는 예산이라는 현실적 장애물을 넘기가 낙타가 바늘구멍을 통과하기보다 어렵다.

모든 우여곡절을 간신히 치러내도 가시적인 결과물이 나오기까지는 오랜 기다림을 견뎌야 한다. 예를 들어 법안은 법안소위, 법사위, 본회의를 통과하고 입법 예고 기간까지 거쳐야 한다. 공포하자마자 시행되는 법도 있지만 대부분은 사회적 준비 기간을 두기 위해서 몇 년간 유예한다. 비서관으로서 처음 만들었던 우리 의원실의 1호 법안은 무려 3년이 지나서야 결실을 맺었다. 내가 모셨던 의원님도, 나도 이미 국회를 떠난 지 한참 뒤의 일이었다.

아무리 기다려도 변하지 않는 상황 속에서 나는 허무감에 몸서리쳤다. 병원에 비해서 국회는 낯설었고, 새로운 동료들을 얻었지만 맘 놓고 기댈 수 있는 익숙한 얼굴들은 주변에 없었다. 외로웠다. 나를 포함해서 의사 출신 보좌진은 역대 단 세 명뿐이었다. 내 상황을 이해해주는 선배나 동기가 한 명만 있었더라면. 어느 날 퇴근길에 갑자기 전화해서 가타부타 설명 없이 '술 한잔만 사주세요'라고 하소연할 수 있는 버팀목이 있었더라면.

무기력과 외로움에 지쳐갔다. 하루에도 몇 번씩 그만두고 싶고, 내려놓고 싶었다. 하지만 나는 떠나지 못했다. 사회에는 여전히 나를 분노하게 만드는 부조리가 있었고, 나를 움직이게 만드는 불합리가 있었으니까.

그때 비로소 동기의 말이 떠올랐다. '포기하지 못하는 사람.' 그래, 나는 늘 그랬다. 의대생 때도, 전공의 때도. 이해되지 않는 어려운 내용이 있으면 분해서 눈물을 흘리면서도 늦은 시간까지 도서관을 떠나지 못했고, 눈앞에 죽어가는 환자가 있으면 끝까지 놓지 못하고 매달렸다. 전문의가 되어서도, 정책을 하는 지금도 마찬가지였다. 나는 좀처럼 포기하지 못했다.

"김 선생, 우리가 이렇게 노력한다고 세상이 정말 바뀔까요."

국정감사가 한창이던 어느 날이었다. 늦은 밤 회의를 마치고 함께 지하철을 타러 가던 길에 모시던 의원님이 내게 조용히 물었다. 감정을 도통 내비치지 않는 뿌리 깊은 나무 같은 분이었는데, 그날의 질문에는 유독 피로감이 짙게 배어 있었다.

"……바뀌어야죠, 바뀔 겁니다."

힘주어 대답했지만 나 역시 애써 불안감을 눌러야 했다. 쉽게들 말하는 것처럼 '피할 수 없다면 즐기지는' 못하더라도 최소한 뒤돌아보진 않겠다. 사실 그 대답은 나에게 하는 것이나 마찬가지였다. 나도 지칠 때마다, 뼛속까지 늘 흔들렸으니까.

'진보성progressiveness'. 나는 이 단어를 무척 좋아한다. 정책을 하는 사람이라면 누구나 익숙할 개념이다. 어떤 이상은 아무리 노력해도 실현되기 어렵다. 그러나 이상에 다가가기 위해 노력하는 그 과정이 곧 개선과 발전이 된다. 현실을 이상에 조금이라도 가깝게 만들 수 있다. 민주주의가 탄생한 이래 이 땅에 완벽한 민주주의가 자리 잡았던 적은 없었으나, 오랜 민주화 운동의 역사가 점차 우리 사회를 민주적으로 발전시켜 왔듯이, 그리고 민주주의에 대한 불굴의 의지를 세상에 알렸듯이. 그것이 바로 진보성이다.

어차피 바뀌지 않아.

어차피 정책에 전문가의 의견은 반영되지 않아.

누군가는 이렇게 말한다. 가끔은 가장 앞장서서 바꾸고자 노력했던 사람마저 그렇다. 기대가 큰 만큼 실망도 큰 탓일까. 정책에 대한 회의로 지쳐서 아무것도 기대하지 않게 되는 것이다. 그러나 정책하는 의사가 되겠다고 결정한 순간부터 나는 진보성을 믿고 버텼다. 무턱대고 기대하진 않았지만 현실적인 낙관성은 항상 유지했다. 실망하는 일도 많았으나, 아직도 10개를 바꾸려고 노력하면 단 하나라도 바꾼다고 믿는다. 실제로 그랬다. 2년간 우리 의원실에서 발의한 법안은 모두 64개이며, 나는 비서관으로서 모든 발의 과정에 직접 참여했다. 그리고 그중 24건의 법안이 통과되었다. 그래, 100개를 바꾸려고 노력하면 적어도 하나는 바꾼다.

그렇게 버티고, 버티다가 2019년 말에 나는 비서관직을 사임하고 국회를 떠났다. 그즈음 나는 심각한 번아웃증후군에 시달렸다. 열심히 일했다고 자부했는데 막상 손에 남은 것은 없는 느낌이었다. 하루하루가 허무하고 무기력했다. 그렇게 우울감이 몰려올 때,

위안을 찾듯 익숙한 일기장을 펼쳤다. 나는 꼬꼬마 의대생이었던 2005년부터 꾸준히 일기를 썼다. 나를 울리고 자라게 했던 환자 이야기, 병원의 부조리함과 불합리한 건강보험체계에 대한 불만, 보건대학원 시절 나의 상념, 비서관으로 일할 때 겪은 일, 국회의원 선거 출마 경험을 환기하듯이 써 내려간 기록들이었다.

일기장 속 글을 다시 찬찬히 읽으며 이 기록을 책으로 만들고 싶다는 생각이 들었다. 늘 보건의료정책에 대해 읍소하고 싶었다. 개인의 노력만으로는 건강해지기 어려운 시대, 의료 현장에서 겪는 어려움과 한계 뒤에 사실은 어떤 정책의 부조리가 있으며, 또 어떤 제도의 부재 때문에 일어나는 일인지를 알리고 싶었다. 보건의료정책은 딱딱하고 무거운 주제지만, 내가 만났던 환자들과 동료들의 드라마를 빌린다면 누구에게나 쉽게 다가갈 수 있는 일종의 '입문서'를 쓸 수 있을 것 같았다.

이 책은 부끄럽지만, 나의 노동기記이자 분투기이다.

1장 '죽음'에는 사람의 끝에 대해 적었다. 10년 넘게 임종을 지키는 의사로 살면서 자연스럽게 죽음에 익숙해졌다. 그리고 환자를 '잘 떠나보내는' 방법이 존재한다는 것도 알게 되었다. 덜 고통스러운 죽음, 더 나은 죽음에 대한 상념들을 담았다. 2장 '삶'은 의사로서 만났던 외로이 아픈 사람들에 대한 이야기이다. 어떤 사람들은 유난히 더 많이 아프다. 그렇게까지 아프지 않아도 되는데도. 현대 의학만으로는 해결할 수 없는 아픔, 사회적 차별 앞에 으스러진 건강과 생명에 대해서 이야기하고 싶었다. 3장 '경계'는 의사로서 솔직한 나의 이야기를 담았다. 의사로서의 고충을 털어놓고 싶기도 했고, 흰 가운을 입고 환자를 만나는 의사도 결국 한 명의 나약한 인간이라는 것을 고백하고 싶었다. 마치 변명처럼. 마지막으로 4장 '그 너머'에는 더 건강한 삶을 위한 방법을 담았다. 일반인에게는 생소하지만 더 건강하게 살기 위해서 알아두면 좋은 의학 정보를 쉽게 풀고자 했다. 제법 무거운 앞의 장들에 비해 조금은 가벼운 이야기를 담았으니, 쉬어 가는 장이 되면 좋겠다.

이 책은 결국 '보건의료정책'에 대한 이야기이다. 나의 책을 통해서 누구든지 의료 현장과 보건의료정책에 대해 조금 더 관심을 가지게 된다면, 그 필요에 조금 더 공감하게 된다면 그것만으로도 나는 다 얻은 것이나 다름없다. 책이 완성되기까지 무려 15년의 시간이 걸렸지만, 충분히 그럴 만한 가치가 있었다고 생각하겠다. 편한 길을 놔두고 남들과 다른 길을 걷겠다고 고집부리는 나 때문에 늘 마음 졸이는, 그러면서도 이제는 묵묵히 나를 지켜봐주는 가족에게 모든 영광을 돌린다.

2021년 4월

김현지

차 례

고치는 건 할 줄 알아도 보내는 데는 미숙했던 전공의 1년 차 시절,
임종을 앞둔 환자를 눈앞에 두고 아무것도 할 수 없음에
괴로워하고 있던 내게 선배는 환자의 마지막 순간까지
내가 해줄 수 있는 것이 아직 많다는 것을 넌지시 일깨워줬다.

죽음

나는 환자를
잘 죽이고 싶다

      당직을 서던 어느 밤 환자 한 명이 응급실로 실려 왔다. 의식을 잃고 축 늘어진 상태였지만 나는 한눈에 그를 알아보았다. 두 달쯤 전에 병동에서 퇴원했던 50대 남자 환자, 김민철 씨였다. 함께 온 그의 아내가 나에게 눈짓으로 알은체를 했다.

      그의 상태는 좋지 않았다. 콩팥 기능을 보여주는 크레아티닌 수치는 정상 범위를 훌쩍 넘겼고, 소변은 한 방울도 나오지 않았다. 부인의 말로는 일주일 전부터 소변이 줄었고, 2~3일 전부터는 아예 나오지 않았다고 했다. 평소 또렷했던 의식도 점차 흐려져 횡설수설하더니, 하루 전부터는 눈도 뜨지 못했다. 임종을 앞둔 환자들이 으레 그러하듯이 반쯤 열린 입에서 그렁그렁하게 몰아쉬는 숨소리가 났다. 아마 김민철 씨에게 남은 시간은 채 몇 시간도 되지 않을 것이다. 그러나 왜 좀 더 일찍 병원으로 오지 않았냐고 다그치지 않았다. 김민철 씨와의 '약속' 때문이었다.

 김민철 씨는 4기, 즉 말기 콩팥암 환자였다. 양쪽 콩팥에서 자란 암세포가 그의 몸 구석구석 깊숙이 퍼졌다. 자라난 암세포는 기어이 요로를 잠식했고, 암 덩어리에 막혀 콩팥에서 만들어진 소변이 방광으로 내려가지 못하자 역류된 소변은 그의 콩팥을 조금씩 망가뜨렸다. 모든 치료가 무위로 그쳤다. 수술도, 항암치료도, 방사선치료도 암의 증식을 막지 못했다. 이제 남아 있는 콩팥 기능을 보존하기 위해서는 두 가지 방법밖에 없었다. 요로 안으로 관을 삽입해 억지로 확장시키거나, 옆구리에 관을 뚫어 소변을 몸 밖으로 배출시키거나. 먼저 첫 번째 방법을 시도했지만 관은 이미 딱딱해져버린 암 덩어리를 통과할 수 없었다. 그에게 남은 선택지는 이제 옆구리에 관을 뚫어 소변 주머니를 달고 사는 것뿐이었다.

 환자에게 시술 방법과 부작용에 대해서 설명하고 그의 의향을 물었다. 옆구리를 뚫어 소변을 배출해준다면 그의 콩팥은 아마 조금 더 버틸 것이다. 그러면 수명도 조금은 더 연장되겠지. 하지만 온종일 양쪽 옆구리에 소변 주머니를 달고 있어야 하니 삶의 질은 이전과 비교도 되지 않게 떨어질 것이다. 시술을 받는다고 해도 암세포는 계속 자라나 결국 콩팥 자체를 망가뜨릴 것이고, 이미 곳곳에 전이된 암 덩어리 때문에 다른 장기의 기능도 떨어질 것이다. 그리고 그때쯤이면 그에게 남은 시간도 길진 않을 것이다.

만약 시술을 하지 않는다면? 콩팥 기능은 훨씬 더 빨리 악화될 것이며, 콩팥 기능이 거의 남지 않게 되면 투석을 해야 한다. 투석이라도 하지 않으면 몸이 붓고 폐에도 물이 차서 숨 쉬기 어려워질 것이 자명했다. 몸속에 노폐물이 쌓이면서 점차 의식도 흐려질 것이다.

결국 김민철 씨에게 놓인 건 '불편하더라도 소변 주머니를 달고 조금 더 오래 살 것이냐', 아니면 '시술을 하지 않고 짧고 굵게 살 것이냐'라는 선택지였다.

"옆구리에 관을 넣으면, 하루에도 몇 번씩 소변 주머니를 비워야겠죠? 옷 갈아입을 때도 계속 신경 쓰일 거고요. 그리고 시술하다 출혈이나 감염이 생기면 추가적인 치료도 받아야 하는 거죠?"

모든 설명을 마치자 그가 물었다. 김민철 씨는 본인의 상태, 시술을 받지 않았을 때 질병의 경과, 시술 덕에 얻을 이점과 반대로 그에 따라올 부작용에 대해서 누구보다 잘 이해하고 있었다. 나는 고개를 끄덕인 뒤 차분하게 그를 바라보았다. 결정을 내리기 전에 그에게 충분한 시간을 주고 싶었다. 내일부터 당장 양 옆구리에 소변 주머니를 차고 남은 생을 살아야 할지 말지를 결정한다는 것은 누구에게든 참으로 어려운 결정 아닌가.

"안 할래요."

내일쯤 알려달라고 말한 후 돌아서려 했는데, 김민철 씨는 내가 입을 열기도 전에 답을 주었다. 그토록 쉽게, 그리고 명료하게.

"관을 넣을 때만 좀 아프지, 가지고 계실 때는 그다지 아프지 않아요. 할머니, 할아버지도 잘 받으시는데요. 전신마취가 필요한 시술도 아니고요."

나는 반사적으로 그를 설득하려 했다. 말로는 선택을 존중하겠다고 했지만 사실은 당연히 그가 시술을 받으리라고 예상했기 때문이다. 대부분의 환자들이 그렇듯이. 그의 빠른 거부가 내심 당황스러웠다. 기대 여명을 크게 늘릴 수 있는 시술은 아니지만 소변 주머니는 적어도 콩팥 기능이 떨어지는 속도를 둔화시킬 수 있다. 조금 고통스럽고 불편하기야 하겠지만 시간을 더 얻을 것이다. 그에게는 당장 해결해야 하는 의학적 문제가 있었고, 나는 기꺼이 해결책을 제시해줄 수 있었다.

한편으로는 그의 상태가 아깝기도 했다. 암이 폐와 뼈에 전이되어 있긴 했지만 그는 호흡곤란을 호소하거나 극심한 통증에 시달리지 않았다. 오랜 투병 생활로 몸은 쇠약해졌어도 여전히 삼시세끼를 꼬박꼬박 챙겨 먹었고, 병문안 온 손님들과 담소를 나누거나 병동 안을 천천히 걸어 다닐 만한 기력이 있었다. 나는 그에게 최대한 시간을 벌어주고 싶었다.

그러나 김민철 씨는 완강했다. 그는 가만히 손을 들어 황급히 설명을 늘어놓는 나를 저지하더니 질문을 던졌다.

"선생님, 지금 나에게 가장 중요한 게 뭘까요?"

순간 말문이 막혔다. 김민철 씨가 입원해 있는 동안 나의 목표는 오로지 하나였다. 그의 콩팥 기능을 최대한 오래 유지하는 것. 왜냐고 물었다면 나는 아마 대답하지 못했을 것이다. 초짜 의사에게 환자는 그저 해결해야 하는 문제점을 갖고 있는 사람이고, 의사는 알고 있는 의학 지식을 최대한 동원해 환자의 문제를 해결해주는 사람이다. 의사 면허를 취득한 이래로 그것은 나에게 숨 쉬는 것처럼 자연스러운 이치였다. 왜 그래야 하는지 의심해본 적조차 없었다. 허를 찔린 기분이었다.

"어차피 내 병은 안 낫잖아요. 선생님, 이제 병원에서 시간을 낭비하고 싶지 않아요. 바깥 공기도 쐬고, 가족들이랑 외식도 하고 싶어요."

그가 처연히 말하며 엷게 미소 지었다. 혹시 홧김에 섣불리 내린 결정은 아닌지 그의 표정을 살폈다. 그러나 그에게선 좌절이나 분노의 기색이 보이지 않았다. 치료를 거부함으로써 절망감을 표출하는 것도, 슬픔이나 공포를 느끼지 못하는 무감각 상태에 이른 것도 아니었다. 그는 시종일관 침착하고 담담했다.

김민철 씨처럼 죽음을 앞둔 말기 암 환자에게는 어쩌면 신체적인 부분보다 다른 영역의 돌봄이 더 필요할 수도 있다. 나을 수 없는 병을 고치려 애쓰는 것보다 여생을 편안하게 보내는 것이 더 중요하기 때문이다. 그는 본인의 상태를 용감하게 직시했고, 침착하고 지혜롭게 현실을 받아들였다. 지정의, 그리고 가족과 충분한 대화를 나눈 후 김민철 씨는 마침내 생명을 연장하기 위한 침습적 치료를 중단하고 '호스피스 완화의료'를 받기로 결정했다. 얼마 남지 않은 자신의 삶에서 차분하게 현실적인 우선순위를 정하고, 그에 걸맞게 기존에 받던 치료 대신 다른 치료를 선택한 것이다.

호스피스 완화의료는 신체적·심리적·사회적·영적 영역 전반에서 고통을 완화해 삶의 질을 향상시키는 의료 서비스다. 말기 암 같은 불치병이나 난치병 환자가 주로 이용하며, 진단받은 시점부터 치료 후 임종에 이르기까지 모든 것을 포함하는 '돌봄' 과정이다. 호스피스 완화의료에서는 환자가 신체적 고통을 겪는지, 병원비 문제로 경제적 부담을 느끼는지, 가족 관계는 원만한지, 영적인 욕구가 충족됐는지 등을 전인적으로 두루 살핀다. 자연히 의사 한 명이 모든 영역을 챙기기는 역부족이라서 간호사, 종교인, 사회복지사 등으로 구성된 팀이 한 명의 환자를 돌본다. 호스피스 완화의료 팀은 조촐한 예배나 가족과의 외출 등 환자의 사소한 소망까지도 살뜰히 챙기며, 환자뿐만 아니라 남겨질 가족도 이별을 준비하도록 돕는다.

호스피스 완화의료를 받기로 결정한 순간부터 김민철 씨의 치료 목표와 방향은 180도 바뀌었다. 그 전까지의 치료가 그저 암의 진행을 늦추는 것에 초점을 맞췄다면, 이제는 김민철 씨가 최대한 평범한 일상을 유지하게 만드는 것이 목적이었다. 그의 바람은 여생을 집에서 보내는 것이었다. 그때는 가정 호스피스 혜택을 받을 수 없었던 시절이었기에, 퇴원 후 발생할 수 있는 상황에 대해서 미리 예측하고 최대한 준비해야 했다. 나는 매일 환자, 보호자와 머리를 맞대고 '퇴원 계획'을 세웠다. 그것은 꽤나 색다른 경험이었고, 흡사 긴 여행을 떠나기 전 친구들과 함께하는 준비 과정과도 같았다.

김민철 씨의 콩팥 기능이 나빠지는 것은 막을 수 없었지만 최소한 부종 등 그로 인한 합병증을 늦출 수는 있었다. 이를 위해서 염분과 단백질이 적은 식사를 하기로 했고, 환자와 부인은 어떤 재료를 어떻게 조리해서 먹어야 하는지 영양 상담을 받았다. 그가 가장 불편해하는 것은 척추뼈에 전이된 암 때문에 생기는 허리 통증이었다. 우리는 며칠간 여러 진통제를 시험 삼아 써보며 김민철 씨에게 가장 잘 맞는 진통제 종류와 용량을 찾아냈다. 그는 사흘에 한 번 피부에 붙이는 패치 형식의 마약성 진통제가 효과가 좋다고 했다. 패치를 넉넉히 준비하고, 패치를 붙여도 하루 한두 번은 꼭 찾아오는 돌발성 통증에 대비하기 위해 혀 밑에 녹여 먹는 속효성 진통제도 처방했다. 약이 부족하면 추가 처방을 위해 부인이 외래로 오기로 했고, 혹시 상황이 악화되어 예상치 못한 이유로 입원이 필요해질 경우를 대비해 그의 집 근처에 있는 호스피스 전문 병원도 소개해주었다. 그리고 해당 병원의 의료진이 참고할 수 있도록 그간의 병력을 꼼꼼하게 정리해 소견서를 작성했다.

마침내 모든 계획이 완성되고 퇴원 날이 왔다. 김민철 씨는 병원을 나서며 따뜻한 미소로 내게 인사를 건넸다.

"고마워요, 아무것도 하지 않아줘서."

당신을 위해서 쓴 시간과 에너지가 얼만데 그런 말을 하느냐며 농담을 던졌지만 사실은 속뜻을 잘 알았다. 환자의 검사 결과가 좋지 않으면 의료진은 반사적으로 원인을 찾고, 문제점을 해결하려 애쓴다. 환자의 질병을 낫게 할 수 있는 최신 지견과 의료 기술을 총동원한다. 그러나 검사 결과나 질병에 지나치게 집착하다 보면 정작 가장 중요한 '환자'를 놓치게 된다. 임종을 앞두고 있는 말기 암 환자에게 가장 좋은 치료는 '환자가 가장 중요하게 생각하는 가치를 존중해주는 것'이다. 소중한 사람과 보내는 일상생활을 지킬 수 있도록, 얼마 남지 않은 여생을 더 값지게 쓰는 방법을 의료진과 환자가 함께 설계해나가는 것, 그것이 환자를 위한 치료이다. 아무것도 하지 않아 고맙다던 그의 말은 결국 가망 없는 치료를 중단함으로써 그의 시간을 허비하지 않게 해주어 고맙다는 뜻이었다.

"의사는 모름지기 'To cure sometimes, to relieve often, to comfort always' 해야 합니다."

의대생 시절, 어떤 교수님께서 수업 중 해주셨던 이 말을 아직도 생생히 기억한다. '때때로 치료하고, 자주 안도시키고, 언제나 편안하게 하라.' 그 시절에는 그저 근사한 말이라고만 생각했다. 꼬꼬마 의대생은 그 멋진 말의 정확한 의미를 몰랐다. 아니, 정확히 말하면 그 말이 가진 무게를, 그 뒤에 숨어 있는 의료진의 고충을 헤아릴 수 없었다.

초보 의사가 되고, 내과 의사가 되어 김민철 씨처럼 나의 지식과 최첨단 의료 기술로 더 이상 환자를 낫게 할 수 없는 상황을 맞닥뜨렸을 때 비로소 이 말의 의미를 깨달았다. 이 말은 환자를 위한 것이면서 동시에 무기력에 빠진 초짜 의사를 위로하는 말이었다. 수많은 김민철 씨를 만날 때마다 나는 마치 성경처럼 이 글귀에 기대었다. 환자를 낫게 할 수는 없더라도 최대한 편안하게 해주리라. 거기에 내 달란트가 쓰인다면 그 역시 값진 일이다.

그리고 김민철 씨는 치료를 받기 위해서가 아니라 마지막을 맞이하기 위해서 다시 내 앞에 와 있었다. 잠든 듯 누워 있는 그의 얼굴은 평안해 보였다. 적어도 그는 환자로서 내게 했던 약속을 지켰다. 가족과 함께하는 평범한 일상을 최대한 오래 누리는 것. 그리고 그는 여전히 내가 '아무것도 하지 않길' 바랄 것이다. 비록 나에게 직접 말하지는 못했지만.

사실 임종을 앞둔 환자에게 아무것도 하지 않는 건 생각 외로 힘든 일이다. 의사는 자꾸만 환자를 들여다보게 되고, 불안함에 혈압이나 산소 포화도 같은 모니터를 달아놓게 되고, 검사하게 되고, 정상치를 훌쩍 벗어난 검사치를 보면 바로잡아주고 싶은 충동을 느낀다. 그러나 임종을 앞둔 환자에게 가장 필요한 것은 더 이상의 검사나 치료가 아니다. 그들은 최대한 덜 고통스럽게 삶을 마무리할 수 있는 충분한 양의 진통제, 그리고 삶을 정리하고 가족들과 마지막 인사를 나눌 수 있는 따뜻하고 조용한 환경을 필요로 한다. 이를 위해서는 의사가 마음을 독하게 먹고, 과감하게 처방을 쳐내야 한다.

고치는 건 할 줄 알아도 보내는 데는 미숙했던 전공의 1년 차 시절, 한 선배가 그걸 가르쳐줬다. 임종을 앞둔 환자를 눈앞에 두고 아무것도 할 수 없음에 괴로워하고 있던 내게, 선배는 환자의 마지막 순간까지 내가 해줄 수 있는 것이 아직 많다는 것을 넌지시 일깨워줬다.

이제 이 환자에게 이렇게 자주 혈압이나 혈당을 체크하는 건 의미가 없단다. 진통제는 환자가 고통을 전혀 느끼지 않을 만큼 충분히 주렴. 앞으로 이 환자에게 철분제나 고지혈증 약을 챙겨주는 건 의미가 없을 거야.

선배는 내 옆에 앉아서 모니터 속 처방 목록을 한 줄 한 줄 함께 정리해주었다. 그렇게 이것저것 쳐내고 나니 창에는 채 열 줄도 되지 않는 짧은 처방만이 남았다. 그것이 죽음에 다가가는 환자에게 내가 해줄 수 있는 최선의 치료라는 걸, 그날 처음 배웠다.

김민철 씨는 사실 운이 좋은 사람이었다. 안타깝게도 아직까지 호스피스 완화의료를 이용하는 사람은 많지 않다. 2016~2017년 동안 호스피스 완화의료를 이용한 환자는 전체 암 환자의 20%에도 미치지 못했다.[1] 환자는 물론 보호자나 의료진도 호스피스 완화의료가 어떤 것인지, 왜 필요한지 잘 모르기 때문이다.

많은 환자가 자신의 상태를 직시하지 못하는 것도 호스피스 완화의료를 주춤하게 한다. 이를 이용하겠다는 결심을 하기 위해서는 환자가 본인의 상태를 정확하게 인지하고 있어야 한다. 그러나 의료진은 나쁜 예후에 대해서 환자 본인에게 직접 설명하기를 꺼린다. 어떤 사람의 면전에 대고 "당신은 곧 죽을 거예요"라고 말하는 일이 얼마나 어렵겠는가. 의대생 때부터 '나쁜 소식 전하기'라는 수업을 통해 환자에게 설명하는 법을 반복해서 배웠지만, 나 역시도 할 수만 있다면 되도록 이 역할을 피하고 싶다. 때로는 환자가 받을 정신적 충격을 우려해 보호자가 의사를 말리기도 한다. 그래서 아직도 의료 현장에서는 환자의 상태를 환자 본인이 아닌 보호자에게 에둘러 표현하는 경우가 많다.

더군다나 호스피스 완화의료를 권하면 환자들은 그것이 '치료를 포기하는 것'이라 인식하고 절망한다. 어떤 이들은 끝까지 자신의 상태를 받아들이지 못한다. 그런 환자들은 마지막 순간까지 불필요한 치료만 고집하고 무용한 고통을 받다가 미처 죽음을 준비할 시간도 갖지 못한 채 떠난다.

그러나 김민철 씨가 그러했듯이, 호스피스 완화의료는 치료를 포기하는 것이 아니다. 그것은 그저 방향의 전환일 뿐이다. 호스피스 완화의료는 질병으로 인한 고통을 줄여줌과 동시에 정서적 안녕을 도모하는 또 다른 종류의 치료다. 호스피스 완화의료를 이용할 경우 환자의 고통을 줄여주는 것에 더 방점을 둘 수 있다. 실제로 호스피스 완화의료를 이용한 환자가 그렇지 않은 환자에 비해 사망 전 한 달 동안 마약성 진통제를 더 충분히 처방받을 가능성이 높다. 쉽게 말하면 호스피스 완화의료를 이용한 환자가 '덜 아프다'.

수치와 통계를 떠나서 나는 환자를 잘 죽이고 싶다. 의사 면허를 따고 10년 동안 수많은 죽음을 겪으며, 태어남과 마찬가지로 죽음이 얼마나 중요한 것인지를 알게 되었다. 나는 좀 더 적극적으로 환자를 편안하게 해주고 싶다. 어차피 오래 살 수 없는 환자이고, 치료 반응률이 높지 않다고 판단된다면 환자 본인에게 그 사실을 솔직하게 말해 환자가 집에서 사랑하는 사람들과 여생을 보내도록 해주고 싶다. 설령 병원에 있더라도 통증 조절과 정서적 지지로 치료 방향을 확 틀었으면 한다. 죽음을 앞둔 환자가 가족들과 인사를 나누고 여생을 정리할 시간을 가질 수 있길 바란다. 비록 똥오줌은 못 가릴지언정, 환자가 마지막까지 인간으로서 존엄성을 유지한 채 무無로 돌아갈 수 있으면 좋겠다. 잘 사는 것만큼, 잘 죽는 것 또한 중요하므로.

의과대학과 병원은 우리에게 환자를 살리는 법을 가르쳐줬지만 환자를 잘 떠나보내는 방법을 가르치는 데에는 인색했다. 사회적 분위기도 마찬가지였다. '연명의료결정법*'이 도입되며 비로소 우리 사회는 의사에게 겨우 환자를 '편안하게 떠나보내는 법'을 허락했지만, 이것은 '마지막을 준비하는 법'의 시작일 뿐이다.

아툴 가완디의 『어떻게 죽을 것인가』라는 책을 좋아한다. 삶의 경계를 지키는 의사라면 누구나 한 번쯤 고민해보았을 '죽음'에 대해서 심도 있게, 그러면서도 덤덤하게 풀어낸 책이다. 책 속의 환자들은 난치병을 무리하게 치료하려 하지 않는다. 독한 항암치

---

* 〈호스피스·완화의료 및 임종과정에 있는 환자의 연명의료결정에 관한 법률〉

료를 받느라 병원에 매여 살지도 않고, 무위한 치료에 애쓰며 얼마 남지 않은 시간을 허투루 쓰지도 않는다. 대신 그들은 남은 시간을 온전히 사랑하는 사람들과 보낸다. 집에서 가족과 함께 지내며, 쇠약해진 몸으로나마 소소한 일상을 누린다. 심지어 스스로를 돌볼 수 없게 되었을 때조차도. 그러다가 예상치 못한 문제가 발생하면 언제나 전화 한 통으로 호스피스 완화의료 팀과 소통해 적절한 조언을 받으며, 필요하면 의료진이 방문하기도 한다.

책을 읽으며 부러움을 감출 수가 없었다. 우리는 이제야 가정 호스피스 사업을 시작했는데 미국은 이미 오래전부터 이를 도입했고, 병이 말기로 발전하기 훨씬 전부터 호스피스 완화의료를 적용하는 것에 대해서 진지하게 고민해 결국 실행에 옮겼다는 것이. 그 과정에서 좌충우돌을 겪으면서도 차근차근 문제를 해결하고, 인간답게 죽는 방법을 전국적으로 보편화하기 위해 노력 중이라는 점이 부러웠다.

우리나라에도 2020년 9월부터 환자의 가정을 직접 방문하는 가정형 호스피스 사업이 도입되었다. 가정형 호스피스 팀은 환자가 집에서 일상생활을 최대한 유지하기 위해서 필요한 것을 제공한다. 새롭게 폐렴이 생기면 항생제 주사를 놔주기도 하고, 더 심해진 통증에 대해서 진통제 용량을 조절해주기도 하고, 소변줄이나 혈관에 삽입된 관이 있다면 주기적으로 교체해주기도 한다. 그 전까지는 이와 같은 호스피스 완화의료를 이용하려면 반드시 입원을 해야만 했기에, 김민철 씨처럼 집에서 일상생활을 누릴 수 있는 환자는 많지 않았다.* 가정형 호스피스 사업이 더 단단히 뿌리내리면 더 많은 사람이 소망대로 임종 전 마지막을 집에서 보내며 삶을 정리할 수 있을 것이다.

김민철 씨는 응급실에 온 날로부터 하루 뒤에 조용히 세상을 떠났다. 숨을 거두기 몇 시간 전, 그가 기적적으로 눈을 떴다(가끔 임종을 앞둔 환자들의 의식이 일시적으로 호전되기도 한다). 말을 하거나 의사 표현을 하진 못했지만 그는 옆에서 줄곧 그를 돌봐온 아내와 눈을 맞췄다. 눈물을 흘리기는 했으나 그의 아내도 비교적 담담하게 작별 인사를 했다. 그도, 그의 아내도 이미 모든 준비가 되어 있었다.

"말기 환자를 치료하는 가장 중요한 목표 중 하나는, 말기 환자들이 사랑하는 사람들에게 작별 인사를 할 수 있도록 '명료함'을 제공하는 것이다One of the most important objectives of terminal care is to provide terminally ill patients the lucidity to say goodbye to the people they love."

---

* 국립암센터 조사에 따르면 국민 10명 중 6명은 집에서 죽음을 맞길 희망하지만 실제 집에서 생을 마감하는 국민은 1명에 불과하며, 10명 중 7명이 의료기관에서 임종을 맞이한다.[2]

인턴 때 내과학 교과서인 『해리슨 내과학 원론』에 실린 이 문구를 보면서 참 신기했다. 사람으로 비유하자면 가장 냉정하고 딱딱한 책에 이런 감성적인 문구가 실려 있다니. 그럼에도 나는 이 말을 참 좋아한다. 죽음 앞에서 부닥치는 현대 의학의 한계에 대한 무력감을 잊게 해주며, 내가 환자들에게 해줄 수 있는, 그리고 해줘야 하는 일을 상기시켜주고 나아가 자부심을 느끼게 해주기 때문이다. 마치 그때 김민철 씨에게 그렇게 해줬던 것처럼. 그를 돌봤던 경험은 의사로서 내게 큰 축복이었다. 이 글을 통해서나마 그와 그의 가족에게 깊은 감사를 전한다.

소년의
DNR

2017년 추석, 모두가 고향으로 떠난 명절에도 나는 병원에 있었다. 환자를 보고 있었던 것은 아니고, 학위 논문을 쓰기 위해 의무기록을 분석하던 중이었다. 방대한 양의 의무기록을 넘기다가 문득 전공의 2년 차 때 봤던 열여섯 살 소년의 의무기록이 눈에 띄어 한참 감상에 젖었다.

소년은 백혈병으로 골수이식을 받았지만 불행히도 재발했던 환자였다. 다른 환자보다 유독 그 소년이 인상 깊었던 이유는, 그가 '연명의료결정법'이 도입되기도 전에 자신의 연명의료 여부를 직접 결정한 환자였기 때문이다. 불과 열여섯 살, 그 어린 나이에.

아이는 과묵했다. 독한 항암치료 때문에 머리카락이 빠졌고, 얼굴은 언제나 퉁퉁 부어 있었지만 휴대폰을 손에서 놓지 않는 모습은 여느 열여섯 살 소년들과 다를 바가 없었다. 아프냐고 물어도 뚱, 입맛이 있냐고 물어도 뚱, 반응은 영 시큰둥했지만 답변만큼은 항상 예의 발랐고, 그 모습이 퍽 귀여웠다. 소년의 부모는 이혼한 상태였고, 어머니가 주 간병인이긴 했지만 24시간 병원에 머물러야 했기에 양육비와 치료비는 전적으로 아버지가 부담했다.

가끔 병원에 들르던 그는 지쳐 보였다. 사실 수년간 항암치료를 위해서 입·퇴원을 반복했던 소년의 상태를 고려하면, 아무리 건강보험의 혜택을 받는다 해도 재난적인 수준의 의료비가 발생할 수밖에 없는 상황이었다. 오랜만에 병원에 온 아버지는 아들이 살아날 가능성이 낮다면 경제적 부담 때문에라도 더 이상 중환자실 치료 등의 연명의료를 받고 싶지 않다며 어두운 목소리로 뜻을 전했다. 주치의로서 아버지가 야속해 보였지만 한편으로는 이해도 되었다.

그러나 중환자실에 갈지 말지 결정해야 했던, 그 정도로 상태가 악화되었던 날 놀랍게도 소년은 또렷한 말투로 자신은 중환자실에 가고 싶고, 연명의료도 모두 받고 싶다고 말했다.

병세가 악화된 이유는 패혈증이었다. 원발原發 부위를 알 수 없는 감염이 혈액을 따라 전신으로 퍼졌다. 혈액배양 검사 결과, 웬만한 항생제엔 잘 듣지 않는 '슈퍼박테리아'가 검출되었다. 소년처럼 항암치료를 받는, 그래서 면역력이 떨어져 있는 환자에게는 간혹 발생할 수 있는 상황이다. 그리고 동시에 회복될 가능성이 굉장히 낮은, 불행한 상황이기도 하다.

즉각 광범위 항생제 투약을 시작했지만 생체 징후는 불안하게 흔들렸다. 장기 기능이 점차 떨어지기 시작했다. 콩팥 기능이 떨어져 소변 양이 점점 줄었고, 간이 제 역할을 못하면서 황달이 왔다. 아이는 열이 펄펄 끓고, 혈압이 떨어졌으며, 숨 쉬기가 힘든지 연신 숨을 헐떡였다. 침상 옆에서 울고 있는 어머니를 두고 나는 소년에게 직접 물었다.

"중환자실 갈래?"

힘겹게 숨을 헐떡이던 소년이 물끄러미 나를 바라보았다. 눈이 마주쳤다. 죄다 부르튼 입술로 그는 말했다.

"갈래요, 가고 싶어요."

회생 가능성이 낮다는 직접적인 설명에도 소년은 포기하지 않았다. 나라면 오랜 투병 생활에 지쳐서 포기하고 싶었을 것 같은데. 혹시 나이가 어려서 중환자실에 가고 연명의료를 받는다는 것이 무슨 뜻인지 이해를 잘 못 했을까 봐 다시 한번 차근차근 설명했지만, 소년은 결심을 바꾸지 않았다.

"제가 너무 어리잖아요, 선생님."

소년이 중환자실에 가고 싶다는 이유는 그것뿐이었다. 그럼에도 그 어떤 의학적인, 혹은 객관적인 이유보다도 더 절실했고 한 번에 납득할 수 있었다. 그렇게 소년은 중환자실로 옮겨져 기계 호흡기를 달고, 투석을 받았다. 의료진은 최선을 다했지만 결과 는 허무했다. 소년은 끝내 이겨내지 못했다. 얼마 뒤 그 아이가 결 국 떠났다는 소식에 '이제 더 이상 고통받지 않겠구나' 싶어 한편 으로는 안도하면서도 안타까움을 지우기 힘들었다. 자기가 생각 해도 한참 어린 나이에 얼마나 하고 싶은 것이 많고, 얼마나 살고 싶었을까. 그래도 본인이 원하는 대로 최선을 다했으니 적어도 눈 감는 순간 후회는 없었을까. 시간이 꽤 흘렀는데도 그 소년은 잘 잊히지 않는다.

나의 보건학 석사 학위 논문 주제는 '연명의료결정법이 도입되 기 전 김 할머니 사건이 DNR 작성에 미친 영향'이었다. DNR은 Do not resuscitate, '소생시키려 시도하지 말라'라는 의미의 문 구로 연명의료결정법이 도입되기 전, 병원에서 말기 환자의 연명 의료 여부를 결정하기 위해 관례적으로 쓰이던 문서를 지칭한다. DNR은 지금의 '연명의료계획서'와 비슷한 역할을 했다.

'김 할머니 사건'은 우리나라에 존엄사의 허용 여부를 놓고 큰 논쟁을 점화시킨 사건이다. '김 할머니'는 2008년 2월, 폐 조직검 사를 받다가 식물인간이 되었다. 조직검사에서 드물게 나타나는 합병증 때문에 발생한 불운한 사고였다. 할머니의 의식은 돌아오지 않았고, 중환자실로 옮겨져 기계호흡기를 달아야 했다. 의료진은 최선을 다해 치료했지만 회복될 가능성은 높지 않았고, 이에 자녀들은 병원을 대상으로 연명의료 중단을 요구했다. 자녀들의 말에 따르면 할머니는 평소 연명의료를 원하지 않는다고 거듭 의사를 표현했으며 그 뜻을 받들고 싶다는 것이었다. 그러나 병원 측에서는 연명의료 중단을 꺼렸다. 환자 본인이 아니라 배우자의 뜻에 따라 연명의료를 중단했다가 의사가 살인방조죄로 처벌받았던 선례가 있기 때문이었다.*

병원 측이 따르지 않자 가족들은 연명의료 중단을 위한 소송을 제기했고 마침내 2009년 5월 21일, 대법원은 가족에게 승소 판결을 내렸다. 이 사건을 통해 환자의 의지에 따른 연명의료 중단이 법적으로 허용될 수 있는 토대가 마련되었다. 그리고 2016년에 '연명의료결정법'이 통과되면서, 의학적으로 회생 가능성이 없는

---

* 1997년 보라매병원 사건. 부인의 요구에 따라 의사가 술에 취해 넘어져 의식을 잃은 환자의 기계호흡기를 떼고 퇴원시켰다. 의료진은 기계호흡기를 떼면 사망할 가능성이 높다는 사실을 거듭 강조했으며 이에 대한 동의를 받은 뒤 치료를 중단했고, 환자는 사망했다. 훗날 환자의 형제들이 이러한 결정을 내린 의사들을 고소했으며 2심에서 살인방조혐의가 인정되었다. 의료진은 상고했으나 대법원은 상고를 기각했다. 이런 결과는 의료 현장에서 연명의료 중단에 소극적일 수밖에 없게 만듦으로써 '존엄사' 논의에 악영향을 끼쳤다.

환자라면 본인의 의지 혹은 사전에 남긴 의료 지시나 가족이 진술하는 환자 의사에 따라 연명의료를 중단하는 것이 법적으로 가능해졌다.

'연명의료'는 말기 환자의 생명을 연장시켜주는 의료 행위로, 대표적으로 혈압 상승제 투여, 기계호흡기 착용, 혈액 투석, 심폐소생술 등이 있다. 임종을 앞둔 환자들은 암이나 간경화증처럼 치료가 불가능한 질환을 앓고 있으며, 위에 언급한 연명의료는 대부분의 경우 시간을 벌어주는 것 외에 별다른 효과가 없다. 암이나 간경화증 자체를 낫게 하지도 않고 진행을 늦추지도 않는다. 그래서 연명의료를 아예 원하지 않는다는 환자들도 더러 있다. 연명의료결정법은 그런 뜻을 존중해, 이미 임종 과정에 들어선 경우 환자 본인이 원하지 않는다면 불필요한 의학적 행위를 하지 않고 환자가 존엄한 죽음을 맞이하도록 돕기 위해 제정되었다.

환자의 연명의료 거부 의사를 존중한 김 할머니 사건은 서울대병원 내과 병동에서 DNR 작성 건수를 극적으로 늘렸다.[3] 연명의료를 원하지 않았던 환자에게 연명의료를 중단하는 것이 불법이 아니라는 판결이 나옴으로써 보호자나 의료진의 심적 부담이 줄어들었고, 이것이 연명의료 중단으로 이어진 것이다. 그리고 2018년 연명의료결정법의 도입도 비슷한 효과를 불러왔다. 법이 시행된 이후 2019년 10월까지 '연명의료를 받지 않겠다'라는 의지를 밝히기 위해서 사전연명의료의향서를 등록한 사람의 수는 43만여 명에 달했다. 2019년 5월에는 약 22만 명이었던 것에 비하면 무척 빠르게 늘고 있는 추세이다.[4]

불필요한 연명의료를 중단하겠다는 사람이 늘어나는 것은 분명 고무적이다. 하지만 나는 여기서 한발 더 나아가, 연명의료 여부를 결정할 때 환자 스스로 결정을 내리는 것이 얼마나 중요한지를 말하고 싶다. 죽음과 관련된 결정은 반드시 본인이 직접 해야 한다. 그것이 진정한 의미의 자기결정이며, 환자의 자율성을 존중하는 길이다. 또한 본인이 결정해야 경제적 이유 등에 휘둘리지 않고 의사를 정확하게 반영할 수 있다. 그날의 열여섯 살 소년처럼.

그러나 아직 의료 현장에서는 환자 본인보다 가족들이 연명의료에 대한 결정을 내리는 경우가 많다. 평소 환자가 가졌던 뜻을 존중하겠다는 법 제정의 취지와는 달리, 오히려 환자의 자기결정권을 박탈하는 모순이 발생하는 것이다. 환자가 연명의료를 원하는지 아니면 원하지 않는지, 원한다면 어떤 치료까지 원하는지, 현 상태와 연명의료에 대해 얼마나 이해하고 있는지 가장 잘 알 수 있는 방법은 그에게 직접 묻는 것이다. 또한 환자가 직접 결정해야 중간에 의지가 바뀌더라도 이를 치료에 더 빠르게 반영할 수 있다. 처음에는 연명의료를 받고 싶었더라도 그만두고 싶어질 수도 있다. 반대로 연명의료를 받지 않겠다고 결정했지만 다시 연명의료를 원하게 될 수도 있다. 어쨌거나 최종 결정은 환자의 몫이다. 그리고 환자가 직접 결정해야 의료인이나 가족의 법적 혹은 심적 책임을 크게 덜어줄 수 있다. 경제적 이유로 연명의료를 꺼렸던 소년의 아버지도 '환자가 원한다'는 나의 설명에 더 이상 반론을 제기하지 않았다.

그리고 환자에게 연명치료 의지를 직접 묻기 위해서는 의사들도 환자에게 죽음과 연명치료에 대해서 이야기할 수 있어야 한다. 우리는 사실 이 과정부터 꺼리고 있다. 많은 의사가 환자에게 죽음이나 예후에 대해 직접 언급하기를 망설인다. 보호자들도 마찬가지이다. 연명의료계획서 작성에 대한 국내의 연구를 살펴보면, 대다수의 보호자가 사전연명의료의향서 작성에 대해 말할 때 주치의가 환자 본인보다는 자신들과 상담하기를 원했다.[5] 주된 이유는 환자에게 큰 충격을 안겨 예후에 악영향을 준다는 것이었다. 그러나 마지막을 존엄하게 마무리하기 위해서는 의사도, 가족도 환자와 직접 마지막에 관해 이야기하는 연습이 필요하다. 물론 쉽지 않지만, 꼭 해야 한다.

소년과 마주했을 때 나 역시 그랬다. 중환자실에 가지 않으면 생명이 위험한 지경에 이르고 나서야 '이판사판'이라는 마음으로 겨우 이야기를 꺼낼 수 있었으니까. 평소에는 나도 연명의료에 대해 차마 그 어린아이와 직접 논의할 엄두를 내지 못했다. 그러나 누구에게나 자신의 건강 상태에 대해서 정확히 알고, 어떤 치료를 언제까지 받을지 결정할 권리가 있다. 불과 열여섯 살의 어린 나이라도 말이다. 임종을 앞둔 환자의 권리를 먼저 존중하는 것, 그것이 의사의, 그리고 환자를 사랑하는 사람들의 공통된 의무이다.

연명의료결정법이 도입되면서 때로는 연명의료가 마치 사회악처럼 비치기도 한다. 진짜 살릴 수 있는 것도 아니면서 불필요하게 환자를 고통스럽게 하고, 의미 없는 수고를 하게 만든다는 것이다. 그러나 가끔은 연명의료의 필요성을 의학적이나 경제적인 이유만으로 판단할 수 없기도 하다. 사실 당연한 것이다. 연명의료에 대한 사람들의 가치관이 모두 다르니까. 누군가는 연명의료를 그저 고통스럽고 불필요한 과정으로 볼지 몰라도 어떤 누군가에게는 환자에게 최선을 다하는 행위이고, 또 다른 누군가에게는 연명의료가 사랑하는 이와 작별할 준비를 할 소중한 시간을 벌어주기도 한다.

어느 날은 밤사이 90대 할머니가 폐렴으로 중환자실에 들어왔다. 내가 아침에 출근했을 때 할머니는 이미 기도 삽관을 한 채로 기계호흡기를 달고 있었다. 그 모습을 보자마자 탄식이 흘러나왔다. 할머니는 평소에도 전신 상태가 좋지 않았고, 특히 오래전 결핵을 앓아 남아 있는 폐가 거의 없을 지경이었다. 항생제와 기계호흡기로 치료한다 해도 좋아지지 않을 가능성이 훨씬 높았다. 나는 불필요한 연명의료로 환자를 고통스럽게 할 것이 아니라, 임종방에서 평화로이 죽음을 맞이하게 도와드리는 편이 더 바람직하다고 판단했다. 비단 나뿐만 아니라 대다수의 의사가 그렇게 생각했을 것이다.

당직의에게 자초지종을 물었다. 당직의는 유일한 보호자인 아들에게 할머니의 상태를 자세히 설명하면서 연명의료를 한다 해도 회복하지 못할 가능성이 높으니 중단하기를 권유했으나, 보호자가 무조건 연명의료를 고집했다고 전했다. 힘겨워하는 할머니를 보면서 갑갑함을 감출 수가 없었다. 아들은 도대체 왜 그랬을까. 할머니가 더 힘드실 것이 뻔한데.

오전 면담 시간이 되자 아들이 나를 찾아왔다. 그는 간곡한 말투로 말했다.

"평생 어머니를 모시며 둘이서만 살아왔습니다. 저는…… 저는 아직 마음의 준비가 되지 않았습니다. 저와 어머니 모두 좀 더 시간이 필요합니다. 제발 조금만, 조금만 더 중환자실에 있게 해주세요."

아들은 연명의료 중단을 설득하는 내 손을 부여잡으며 사정했다. 차근차근 설명도 하고, 단호하게도 이야기해봤지만 아들은 끝내 의지를 꺾지 않았다. 나는 속으로 시니컬하게 생각했다. 그 얼마 되지 않는 시간을 연장하자고 엄청난 의료비용과 에너지가 듭니다. 좋아질 가능성이 훨씬 높은 다른 환자들을 살리는 데 쓸 수도 있을 텐데 말이죠. 물론 할머니가 받는 고통은 이루 말할 수도 없고요.

그 순간 나는 왜 그렇게 삐딱했을까. 눈물이 그렁한 아들의 두 눈을 바라보면서도 절절한 마음이 크게 와닿지 않았다. 그럼에도 내게 남은 선택지는 없었다. 할머니의 의사를 확인할 방법이 없는 상태에서 하나뿐인 보호자가 연명의료 중단을 원치 않으니, 할머니의 목숨이 끊어지기 전까지 교과서적으로 가능한 모든 치료를 해야 했다. 기계호흡기와 투석, 심폐소생술.

그 와중에 할머니는 진정제가 잘 듣지 않았고, 기계호흡기를 엄청나게 버거워했다. 오작동을 알리는 알람이 끊임없이 울렸다. 이상할 것도 없었다. 빼빼 마른 할머니의 몸보다 기계호흡기가 더 커 보일 지경이었으니까. 오후 내내 환자 옆에 서서 진정제 투약 용량을 조정하고 기계호흡기 버튼만 만지작거리고 있자니 답답함과 짜증이 솟구쳤다.

하루를 못 넘길 것이라는 의료진의 예상과 달리 할머니는 그럭저럭 하루를 넘겼다. 당직의에게 환자를 인계하고 대학원 수업을 들으러 퇴근하려는데, 중환자실 앞 의자에 누군가가 앉아 있었다. 할머니의 아들이었다. 세상이 다 무너진 것 같은 표정이었다. 문득 생각했다.

저 아저씨 아까도, 한참 전에 내가 점심을 먹으러 갈 때도 저기 앉아 있었는데.

망부석처럼 하염없이 중환자실 앞을 지키는 아들을 보면서 처음으로 깨달았다. 그래, 내게는 그저 무의미하게 느껴지는 이 시간이 저 모자에게는 소중하겠구나. 평생 서로에게만 의지해 살아온 모자라면 한 사람이 죽을 때 남겨질 사람의 아픔은, 상실감은 감히 내가 추측할 수 없을 만큼 크겠지.

내가 오만했다. 그들의 시간이라는 건 고작 반나절 동안 환자를 본 풋내기 의사가 함부로 평가할 수 있는 게 아니었구나. 처음이었다. 의사가 되고 이런 마음이, 이런 생각이 들었던 것이. 부끄러움과 미안함에 얼굴이 붉어지는 걸 느꼈다. 나는 슬픔에 잠겨 고개를 들지 못하는 아들을 오래도록 바라보며 그 자리에 우두커니 서 있었다.

며칠 뒤 할머니는 결국 세상을 떠났다. 아들은 예상보다 담담히 이별을 받아들였다. 중환자실이 떠나가라 절규하거나 의료진을 원망하지도 않았다. 내가 불필요하다고 치부했던 며칠이 그가 마음의 준비를 할 수 있게 도와준 것 같았다. 할머니도 아들의 마음을 아프게 하지 않으려는 듯 조용히 떠났다. 나는 기분이나 생각이 얼굴에 고스란히 드러나는 사람이라, 첫 면담 때 표정이 썩 호의적이진 않았을 텐데도 아들은 연신 고맙다며 고개를 숙였다. 부끄러움과 후회가 다시금 몰려드는 순간이었다.

연명의료를 의학적이나 경제적인 이유로만 판단할 수 없다는 것을, 그때 처음 알았다. 누군가에겐 의미 없어 보이는 그 행위가 환자와 보호자가 서로 마음을 정리하고 이별을 준비할 시간을 벌어주기도 한다는 것을. 소년과 할머니, 너무 다른 두 사람은 연명의료 여부를 결정할 때 환자의 의지, 환자와 가족이 살아온 환경 그리고 그들의 가치관을 존중해야 한다는 걸 몸소 알려주고 떠났다. 그렇다. 가슴 아프고 어려워도 연명의료에 관한 결정은 환자가 스스로 해야 한다. 그리고 불가피하다면 환자에 대해 가장 잘 아는 가족의 의견, 그들의 문화를 존중해야 한다. 그 모든 과정에서 의사는 결국, 그저 거드는 사람일 뿐이다.

가난한
자의 죽음

"선생님, 김복례 할머니 사망하셨어요."

당직을 서던 이른 새벽, 콜이 왔다. 중환자실 한쪽의 90대 할머니가 사망했다는 간호사의 콜이었다. 수화기 너머 흐느끼는 보호자의 울음소리가 들리지 않는 고요한 죽음이었다.

"네, 금방 갈게요."

한창 보고 있던 다른 환자의 진찰을 끝까지 마무리하고, 시트까지 끌어올려 덮어준 다음 일부러 느릿하게 몸을 돌렸다.

할머니에 관한 콜은 열 몇 시간 만이었다. 중환자실에 있는 환자들은 하루에도 몇 번이고 콜이 울리곤 하지만 김복례 할머니는 조금 달랐다. 나는 개입을 최소화함으로써 김복례 할머니에게 간

섭받지 않을 권리, 즉 평화로운 죽음을 선물하고 싶었다. 나는 하루 동안 의도적으로 할머니를 '방치'했다. 그렇게 계획된 적막 속에서 할머니는 임종을 맞았다.

『달콤한 잠의 유혹』이라는 책에서 저자 폴 마틴은 말한다.

> 밤에 숙면을 취하기에 최악의 장소로 꼽을 수 있는 곳은 바로 중환자실이다. 위독한 병에 걸린 사람들, 독한 약품, 끊임없이 이어지는 진찰, 밝은 조명, 수술 후유증 등이 한데 뭉뚱그려져서 중환자실 환자들은 심각한 수면 부족 상태에 빠지기 쉽다. 그러나 중환자실은 숙면이 그 무엇보다 절실한, 병원에서 제일 위독한 사람들이 입원하는 곳이다.[6]

이 문단을 읽으면서 나는 무릎을 쳤다. 나도 오랫동안 불면증을 앓았다. 불면증 환자는 아주 작은 불빛이나 소음이 있어도 잠이 들기 어렵다. 그런 의미에서 중환자실은 숙면을 취하기에는 최악의 장소이다. 그리고 죽음이 영원한 잠이라면, 같은 맥락에서 중환자실은 죽음을 맞이하기에도 또한 최악의 장소이다. 그래서 나는 환자가 중환자실에서 죽음을 맞는 것을 무척 싫어한다.

중환자실은 효율적인 치료를 위해 보호자의 출입을 엄격히 제한한다. 환자가 중환자실에 있는 동안에는 보호자가 곁에 상주할 수 없고 오직 하루 두 번, 정해진 시간에만 면회가 허용되며 그나마도 매우 짧다. 사방에서 울려대는 모니터의 알람과 분주히 오가는 의료진 때문에 지나치게 시끄러우며, 단지 그곳에 있다는 이유만으로 환자는 계속 모니터링과 검사, 치료에 노출된다. 중환자실에서의 임종은 우리가 한 번쯤 꿈꾸는 '평화로운 죽음'과 정확히 대척점에 서 있다. 일단 나부터가 중환자실에서 죽음을 맞이하고 싶지 않고, 내 가족이라면 절대로 중환자실에서 죽게 하고 싶지 않다.

그래서 지금까지 중환자실에서 진료할 때는, 환자가 며칠 안에 임종을 맞이할 것으로 예상되면 보호자의 동의를 구해 1인실로 보내곤 했다. 사실 이마저도 여의치는 않았다. 내과 전공의로 근무했던 서울대학교병원처럼 항상 병상이 부족해 허덕이는 곳은 병상이 없어서 전실을 못 하기도 하고, 전실할 겨를도 없이 환자가 사망하기도 했다. 물론 보호자가 끝끝내 환자를 포기하지 못할 때도 있었다. 그렇게 나는 내 의지와는 무관하게 중환자실에서 많은 환자들을 떠나보냈다.

김복례 할머니를 떠나보낼 때도 같은 마음이었다. 할머니가 최대한 편안히 가셨으면 했다. 백발이 성성한 할머니는 키가 작고, 등이 굽었다. 앙상하게 마른 어깨는 어린아이 손에도 잡힐 만큼 작았다. 오랫동안 누워서만 생활한 탓에 쇠약할 대로 쇠약해진 할머니는 애초에 중환자실 문턱을 넘지 말았어야 했다. 연명의료를 받는다고 한들 살아날 가능성이 거의 없었다.

할머니가 처음 의식을 잃고 병원에 실려 왔을 때 그분의 곁에는 아무도 없었다. 혼자 살고 있는 할머니가 며칠째 기척이 없자 걱정되어 방문한 이웃이 쓰러진 할머니를 발견한 것이었다. 신고를 받은 119 구조대가 그녀를 병원으로 데려왔을 뿐 가족도, 지인도, 어느 누구도 함께 오지 않았다. 할머니는 혼자서 숨을 쉬지 못했고, 응급의학과 전공의는 그 누구에게도 동의를 받지 못한 채 기도 삽관을 해야만 했다.* 기도 삽관 후 촬영한 할머니의 흉부 엑스선 사진에는 폐렴으로 인한 심한 호흡부전 양상이 보였다.

한참 뒤에야 연락이 닿은 외아들은 할머니에게 큰 관심이 없었다. 그는 하루 벌어 하루 먹고 사는 사람이고, 스스로도 환자라고 했다. 유일한 보호자인 그도 도저히 노모를 모실 여력이 없었기에 할머니는 혼자 살고 있는 것이었다. 할머니의 남편이나 형제들은 이미 세상을 떠났고, 나머지 친척들과도 연락이 끊긴 지 오래였다. 아들은 연명의료에 대한 내 설명이 채 끝나기도 전에 연명의료 중단에 동의했다. 그가 말하길 할머니는 생전에 그런 치료를

---

* 〈응급의료에 관한 법률〉 제9조 1항에 따라 응급환자가 의사결정 능력이 없는 경우 응급의료에 관하여 설명하고 그 동의를 받지 않을 수 있다.

원하지 않았다고 했다. 아들은 연명의료계획서에 서명을 하기 위해 딱 한 번 병원에 온 이후, 할머니가 사망할 때까지 다시는 모습을 드러내지 않았다.

당시 내가 일하던 병원은 저소득층 가구가 주로 모여 사는 지역에 위치하고 있었다. 실제로 2019년 '서울시 자치구별 경제 지표 순위'에서도 그 지역은 하위권에 속했다. 사회경제적 수준이 낮은 환자의 특징은 여러 가지가 있지만, 가족이라는 보호막 없이 환자 혼자 남겨 있는 중환자실에서 특히 도드라진다. 그중 가장 큰 특징은 보통 김복례 할머니처럼 사전연명의료의향서를 작성하지 않았거나 확인해줄 가족이 없다는 점이다.

19세 이상이라면 누구나 자신이 죽음 앞에 놓일 경우를 대비해 연명의료에 관한 의향을 문서로 작성해둘 수 있다. 연명의료를 받기 원하는지, 원하지 않는지에 대해서 본인의 의사를 미리 밝혀두는 것이다. 2017년 8월 '연명의료결정법'이 시행되면서 만들어진 제도이다. 이를 작성하기 위해서는 반드시 보건복지부의 지정을 받은 사전연명의료의향서 등록기관을 방문해 충분한 설명을 들어야 한다. 등록된 사전연명의료의향서는 연명의료 정보처리시스템의 데이터베이스에 보관되어야 비로소 법적 효력을 인정받는다.

혼자 사는 노인, '먹고사니즘'이 치열해서 이른 아침부터 늦은 밤까지 일해야 하는 사람, 교육 수준이 낮은 탓에 제도를 정확히 이해하지 못하는 사람이 주로 사는 몇몇 지역에서 일할 때는 체감 상 사전연명의료의향서의 작성 건수가 현저히 적었다. 실제로 해외에서 이뤄진 연구 결과를 보면 내 체감과 크게 다르지 않다. 노인들은 자신의 치료와 관련된 결정을 내릴 때 가족 등 보호자들에게 의존하는 경향을 보였다. 그래서인지 동거인이 있는 편이 사전에 연명의료에 대한 의향을 밝힌 경우가 많았고,[7] 소득이나 교육 수준이 높아질수록 사전의사결정에 대해 호의적이었다.[8]

지금은 아마도 이 제도에 대해 잘 이해하고 있고, 심도 있게 고민할 여력과 기관을 일부러 방문할 정도의 성의 혹은 시간적 여유가 있는 이들만 사전연명의료의향서를 작성하고 있는 것 같다. 물론 사전연명의료의향서를 작성할 때 경제적 수준이나 교육 수준을 별도로 확인하는 절차가 없기 때문에 구체적인 국가적 통계는 없지만, 현장에서는 지역 간 격차가 생생하게 느껴졌다.

연명의료결정제도의 홍보는 지금보다 훨씬 적극적으로 이뤄져야 한다. 특히 저소득층은 신생 제도에 대한 접근성이 떨어질 수밖에 없어, 더 적극적으로 홍보할 필요가 있다. 더 많은 사람이 새로운 제도를 쉽게 알 수 있어야 한다. 노인이라면 더더욱 그러하다. 예를 들면 만 66세 국민을 대상으로 하는 제2차 생애전환기건강진단을 받을 때나 사전연명의료의향서 작성이 가능한 의료기관에서 진료를 받을 때, 그리고 만성질환 관리가 이뤄지고 있는 지방의 보건소나 보건지소에서 방문하는 환자 모두에게 이 제도에 대해 설명해준다면 큰 도움이 될 것이다(2020년 3월부터 전국 보건소에서도 사전연명의료의향서 작성이 가능해졌다). 또한 노인이 자주 방문하는 동네 노인정 등으로 숙련된 직원이 먼저 찾아가 제도에 대해서 설명하는 시간을 갖는 것도 좋은 방법이다.

적어도 내가 저 병원에서 일하는 동안 내원한 환자 중에 사전연명의료의향서를 미리 작성했던 이는 단 한 명도 없었다. 대부분의 보호자도 이런 제도가 있다는 사실을 알지 못했다. 그래서 경제적 취약 계층은 연명의료를 일단 시작했다가 나중에 중단하는 경우가 많다. 의학적 상태나 예후와 관계없이 그저 경제적인 부담 때문에. 이는 제도 접근성 자체보다도 더 씁쓸한 사실이다. 실제로 2006년 5월 21일부터 2012년 5월 21일까지 서울대학교병원 내과 병동에서 사망한 4191명의 입원 환자를 분석한 결과, 경제적 수준이 낮은 의료급여 수급자 집단에서 연명의료를 중단하는 비율이 높았다.[9]

이를테면 이런 것이다. 김복례 할머니처럼 혼자 의식을 잃고 실려와 동의를 구하지 못하고 기도 삽관을 한 경우가 있다. 혹은 보호자가 함께 응급실에 왔더라도 환자 상태가 안 좋으니 보호자도 경황이 없고, 응급의학과 의사도 시간에 쫓기다 보니 충분한 설명

없이 기도 삽관을 권한다. 보호자는 기도 삽관의 정확한 의미를 이해하지 못하고 일단 동의한다. 그리고 중환자실에 와서야 그 의미를 이해하고 연명의료를 포기하거나, 치료가 길어지면서 경제적 부담 때문에 연명의료를 포기한다.

기계호흡기를 떼면 사망할 것이 명백한 환자의 기계호흡기를 내 손으로 떼는 건, 당연하지만 그다지 유쾌하지 않은 경험이다. 원칙적으로야 평소 연명의료를 환자 본인이 원하지 않았다는 직계가족의 진술과 동의가 있다면 기도 발관을 시도해 기계호흡기를 뗄 수 있지만, 치료를 중단할 경우 사망할 것이 자명한 상황에서 그 일을 하는 건 의료진으로서는 부담스럽기 마련이다. 결국 내 손으로 누군가를 죽음까지 이끄는 것이나 다름없으니까. 그런 일을 달가워할 사람이 누가 있을까.

더군다나 지금은 가족들이 모두 동의하더라도 나중에 마음을 바꿀지도 모르고, 오래도록 연락이 되지 않던 가족이 나타나 뒤늦게 문제를 제기할 수도 있다는 두려움, 이로 인해 소송이 발생할 수도 있다는 부담 등이 의료진을 소극적으로 만든다. 의료 현장에서 종종 발생하는 법과 현실의 괴리이다. 그래서 상당수의 환자가 기계호흡기로 인한 연명의료는 지속하되 나머지 연명의료는 포기하는 괴상한 상태에 놓이게 된다. 기계호흡기는 뗄 수 없고, 환자는 상태가 좋아지지 않는 한 중환자실 밖으로 나올 수도 없다. 그리고 나머지 연명의료를 시도하지 않는다면 저절로 상태가 좋아질 확률은 매우 희박하다. 그렇게 결국 중환자실에서 임종을 맞이하게 되는 것이다.

설사 기계호흡기를 달지 않은 환자라 해도 조용한 임종을 위해 중환자실에서 일반 병동으로 옮기길 권유하면 보호자들이 꺼리기도 한다. 우리나라 건강보험 체계에서 '간병비'는 아직 급여화되지 않았기 때문에, 일반 병동으로 옮기려면 간병인을 쓰거나 가족들이 직접 간병해야 한다. 저소득층에게 그럴 여력이 있을 리 없다. 간병인을 쓸 경제적 여유는 당연히 없거니와, 보통은 긴 근로시간에 시달리기 때문에 직접 간병하기도 어렵다.

또 기초생활수급자 등의 의료급여 환자는 중환자실에 있어도 건강보험에서 보장하는 항목에 대해서는 본인이 부담하는 비용이 거의 생기지 않고, 중환자실에서는 기저귀를 갈아주거나 식사를 떠먹여주는 등의 간병 업무를 간호 인력이 담당하니 간병비도 들지 않는다. 그러니 간병비가 따로 드는 일반 병동보다 중환자실을 선호한다. 물론 그 선호는 환자와는 무관한, 오로지 보호자들의 선호이다. 김복례 할머니도 그랬다. 그의 아들은 일반 병동으로 할머니를 옮기는 것에 끝끝내 동의하지 않았다. 사실 선호라기보다는 어쩔 수 없는 선택이라고 말하는 편이 더 적절할지도 모르겠다.

그렇게 환자는 중환자실에서 천천히, 시끄럽게, 고통스러워하며 죽어간다. 그걸 옆에서 지켜보자면 안타까움과 씁쓸함이 교차한다. 돈, 현실이라는 벽 앞에서는 죽음조차 평등할 수 없는 걸까. 어쩌면 성급한 일반화의 오류일지도 모른다. 그러나 짧다면 짧고 길다면 긴 10년간의 의사 생활 동안, 가난한 자의 죽음이 부자의 죽음보다 준비되지 않은 채 어수선하고 더디게 오는 경우를 더 자주 목격했다. 가난한 사람은 죽을 때조차 남들보다 더 지난하고, 괴로워야 했다.

나는 김복례 할머니에게 조용한 임종을 선사하고 싶었다. 비록 기계호흡기를 떼지도 못하고, 보호자에 둘러싸여 사랑과 감사의 인사를 나누는 영화 같은 임종을 맞을 순 없더라도 의료진의 간섭을 최소화한 채 평안한 죽음을 맞이하시게 돕고 싶었다. 그리고 할머니가 떠나기 하루 전 그동안의 경험에 미루어 더 이상의 치료는 무의미하다는 것이 확실해졌다.

그때부터 모든 처치를 과감히 줄였다. 중환자실에서 관례적으로 한 시간마다 체크하는 생체 징후나 소변 양도 여덟 시간에 한 번만 확인하도록 했고, 욕창을 예방하기 위해 두 시간마다 해야 하는 체위 변경도 그만두었다. 할머니의 침상을 가장 구석진 자리로 옮겼다. 모니터의 알람도 껐다. 모니터 화면의 심전도가 조금씩 늘어졌지만 그 어떤 이상 징후에도 일부러 반응하지 않았다. 혈액 검사를 비롯한 모든 검사도 중단했다. 최소한의 수액과 최대한의 진통제를 제외하고는 그 어떤 치료도 하지 않았다. 진심으로 할머니가 편안하게 죽음을 맞이하길 바랐다.

"1월 21일, 1시 30분에 김복례 환자분 사망하셨습니다."

그렇게 모든 처치를 중단하고 하루가 지났다. 유달리 적막하고 무거운 공기가 흐르던 그날, 할머니는 홀로 떠났다. 건조한 목소리로 사망 선고를 하고 보호자에게 전화로 할머니의 사망 소식을 알렸다. 장례 절차 외엔 아무것도 묻지 않는 보호자에게 나는 굳이 마지막 말을 덧붙였다.

"많이 힘들어하진 않으셨어요."

현대 의학의
한계

나와 처음 만났을 때, 52세의 유방암 환자 김희자 씨는 이미 여러 치료 방법을 시도한 후였다. 불행하게도 그 많은 치료법 중 어떤 것도 암세포의 증식을 막지 못했다. 결국 암세포는 장과 복막에까지 전이되어 그녀의 소화 능력을 마비시켰다. 김희자 씨는 음식을 먹는 족족 토해버리는 바람에 아무것도 먹을 수 없었다. 오직 의료진이 혈관을 통해 공급하는 수액과 영양제만이 김희자 씨의 생명을 아슬아슬하게 유지하고 있었다. 최선을 다해 치료했지만 그녀의 상태가 썩 나아질 것 같지는 않았다. 아마 그녀에게 남은 시간은 길어봐야 3개월도 채 되지 않을 것이다. 나를 비롯해 환자도, 보호자도 그것을 어렴풋이 짐작하고 있었다.

어느 날, 퇴근을 앞두고 있던 늦은 오후에 환자가 나를 찾았다.

"어디 불편하세요?"

김희자 씨는 침대에 누워 멍하니 창밖을 바라보다가 고개를 돌려 살며시 웃었다. 인생의 답이라도 깨달은 듯 편안해 보이는 얼굴이었다. 이윽고 그녀가 입을 열었다. 여느 때처럼 배가 더부룩하다거나 기운이 없다는 말을 할 줄 알았는데, 환자의 입에서 나온 말은 너무나 뜻밖이었다.

"나 좀 죽여줘, 선생님."

어안이 벙벙했다. 몇 초쯤 아무 생각이 들지 않았다.

사람은 누구나 살고 싶어 한다. 그때까지 내가 만난 환자들도 모두 살고 싶다고 말했다. 가끔 '이렇게 살아봤자 뭐 해'라고 푸념하는 환자는 있었어도 직접적으로 죽여달라고 말하는 환자는 김희자 씨가 처음이었다. 세상에 믿지 못할 3대 거짓말 중 하나가 '이제 죽어야지'라는 노인의 말이라는 우스갯소리도 있지 않은가. 적잖이 당황해 돌처럼 굳어 있는 내게 그녀는 더없이 담담한 목소리로 말을 이었다.

"어차피 곧 죽을 거잖아. 뭘 먹지도 못하는데 배는 잔뜩 불러서 갑갑하기만 하고. 선생님, 나 이제 그만 살아도 될 것 같아. 가족들이랑 인사도 다 했으니까 조용히 보내줘."

지난 며칠 동안 환자가 유독 상념에 빠져 있었다는 사실을 기억해냈다. 원래도 말수가 많은 편은 아니었지만, 최근 회진 때마다 무언가 골똘히 생각에 잠긴 듯했던 김희자 씨였다. 말수가 줄어드는 것이야 말기 암 환자에게는 비교적 흔한 일이라 대수롭게 생각하진 않았는데. 말이 없는 그 며칠 동안 그녀는 혼자서 고민을 끝낸 것 같았다. 이제 그만 생을 마감하기로.

나를 빤히 바라보는 김희자 씨를 두고 우두커니 서서 할 말을 찾으려 애썼다. 위로를 건네야 하나, 화를 내야 하나, 달래야 하나. 나는 결국 정답을 찾지 못했다.

"저, 환자분 많이 힘드신 것 알아요. 그런데 안 돼요. 한국에서 안락사는 불법이에요."

환자에게 미안한 마음이 들었다. 이유는 모르겠지만 그저 미안했다. 차마 환자의 얼굴을 똑바로 볼 수가 없었다. 잔뜩 혼이 나서 주눅 든 어린애마냥 기어들어가는 목소리로, 김희자 씨가 아닌 어딘가를 바라보며 우물쭈물 대답했다. 그녀는 힘없이 싱긋 웃었다.

"불법이야? 아이고, 어쩔 수 없지. 내 맘대로 죽지도 못하네."

"……."

"하지만 선생님, 나 너무 힘들어. 딸들 보기도 너무 미안해. 한창 젊은데 내 수발 든다고 고생만 하고, 돈은 돈대로 들고."

아무 말도 못 하는 내 앞에서 그녀는 천천히 말을 이었다.

"사실 나 있잖아, 딱 몇 년만 더 살고 싶었어. 우리 딸들 결혼도

시키고, 손주도 보고, 고것들 크는 것도 보고. 그러고 싶었어."

김희자 씨는 마치 김치찌개가 먹고 싶다는 별것 아닌 이야기를 하듯 덤덤히 말을 잇는데, 나는 차마 뭐라고 대답할 수가 없었다. 그녀의 소원이 죽는 것이든 사는 것이든, 나로서는 이루어줄 수 없었으니까. 내가 할 수 있는 것이라곤 환자의 말을 들어주는 일뿐이었다. 어디가 아프다고 하면 클릭 한 번으로 진통제를 처방하면 되니 차라리 편할 텐데. 나는 내가 해줄 수 있는 것을 제안하며 애써 말을 돌렸다. 사실 그 상황을, 그 대화를 빨리 끝내고 싶었다. 자꾸만 내 능력 밖의 것을 찾는 환자의 하소연이 내심 거북하고 불편했다.

"남은 시간 동안 가족들이랑 못 다 한 말 다 하세요. 배불러서 답답하신 건 금식하고 기다리는 것 외엔 별 방법이 없어요…… 제가 진통제라도 좀 드릴까요?"

"진통제 맞아 뭐 해. 아픈 게 아닌데. 나 기력 없고 배불러. 선생님은 퇴근하면 그만이잖아. 나 혼자 밤새도록 답답하고 힘들어해야 하는걸. 그게 얼마나 무서운지 알아?"

김희자 씨는 나를 탓하는 것도, 원망하는 것도 아니었다. 그저 넋두리처럼 자기의 말을 덤덤하게 늘어놓을 뿐이었다. 그녀의 마지막 말에 가슴이 갑갑해졌다. 그러게요. 환자분 말이 너무나 옳은데, 내가 해줄 수 있는 게 정말 아무것도 없네요. 미안합니다.

퇴근길, 덜컹이는 버스 안에서 지금껏 해본 적 없는 생각들이 나를 괴롭혔다. 늘 어떻게든 살리기에만 급급했을 뿐 죽음을 앞둔 환자가 진정으로 원하는 것은 무엇이며 무엇이 진짜 환자를 위한 길인지는 진지하게 고민해본 적이 없었다. 그날의 대화는 내과 의사로서 나에게 새로운 고민거리를 안겨주었다. 그리고 그 후로 김희자 씨처럼 오랫동안 암과 투병하다가 끝내 임종에 다다른 환자들을 만날 때면 늘 같은 고민이 내 곁을 맴돌았다.

분명 현대 의학은 나날이 발전하고 있다. 그러나 그렇다고 해서 지식과 기술의 발전이 죽음을 앞둔 환자의 외로움이나 두려움, 존엄성을 잃는다는 자괴감을 줄여줄 수 있을까. 고통이 아닌 전신쇠약과 불편감 같은 증상을 완화할 수는 있을까. 현대 의학은 과연 환자에게 무엇을 해주고 있는가. 또 무엇을 해줘야 하는가. 나는 김희자 씨를 만난 뒤부터 죽음을 바라보고 있는 환자에게 의사가 해줄 수 있는 마지막 의료 행위, '안락사'에 대해서 진지하게 고민하기 시작했다.

안락사는 죽음에 이르게 하는 수단에 따라 소극적 안락사와 적극적 안락사로 나눈다. 전자는 더 이상 살아날 가능성이 없다고 판단되는 환자에게 무의미한 연명의료를 중단하는 것을 뜻하고, 후자는 환자의 소생 가능성과는 무관하게 환자나 보호자의 요청에 따라 약물 등을 사용해 환자를 죽음에 이르게 하는 행위이다.

소극적 안락사가 계획된 죽음이라면, 적극적 안락사는 계획된 '죽임'에 가깝다.

김희자 씨가 나에게 부탁했던 행위는 적극적 안락사였다. 연명의료결정법이 도입되며 말기 환자에게 불필요한 연명의료를 중단하는 소극적 안락사는 허용되었지만, 적극적 안락사는 우리나라에서 여전히 금지되어 있다. 만약 적극적 안락사가 이뤄졌을 때 환자의 명시적인 청탁이나 촉탁이 있었다면 촉탁에 의한 살인죄가, 없었다면 일반살인죄가 성립한다. 적극적 안락사를 행한 의사는 처벌을 피할 수 없다. 그리고 우리 사회에서 적극적 안락사에 대한 논의는 여태껏 수면 위로 떠오르지 못했다.

아직은 적극적 안락사가 허용된 곳 자체가 많지 않은 것도 사실이다. 스위스, 네덜란드, 벨기에, 룩셈부르크와 미국의 뉴멕시코, 캘리포니아, 워싱턴 등 일부 주와 캐나다 6개국뿐이다. 이 중 외국인의 안락사를 지원하는 곳은 스위스가 유일하다.[10] 그러니까 직접 스위스에 가서 안락사를 의뢰하는 드라마 속 장면은 실제로 어딘가에서 일어날 수도 있는 일인 셈이다.

적극적 안락사에 대한 논쟁은 '잭 케보키언Jack Kervokian'이라는 미국 의사로부터 처음 시작되었다. 그는 불치병 환자 130여 명의 안락사를 돕고, 그중 약 10명에게는 스스로 고안한 독물 주사 기계를 통해 적극적 안락사를 시행하기도 했다. 그래서 그를 따라다니는 별명은 '죽음의 의사'였다. 그는 살인죄로 9년간 옥살이를 했고 많은 사람의 비난을 받았다. 하지만 그는 자기가 개발한 독물 주사 기계를 '자비를 베푸는 기계'란 의미의 '머시트론Mercitron'이라 부르며 자신의 행위를 옹호했다.[11]

김희자 씨와 대화를 나누고 나서, 나는 인터넷 검색으로 그의 사진을 찾아 한참 동안 바라보았다. 겉보기엔 지극히 평범하게 생긴 노인이었다. 의대생 때 의료 윤리를 배우며 접한 적은 있어도 한 번도 진지하게 고민해본 적은 없었다. 무슨 이유로 환자를 '죽여주겠다는' 혁신적인 생각을 하게 되었을까. 아니, 그걸 실행으로까지 옮기게 만든 신념은 무엇이었을까. 그에게도 김희자 씨 같은 환자가 있었을까. 처음으로 그가 궁금해졌다.

고등학생 때 논술 시험을 준비하면서 안락사를 주제로 글을 쓴 적이 있다. 그때 나는 모든 생명은 존엄하다는 이유로 안락사를 반대했다. 현대 의학으로 치료할 수 없는 질병 때문에 환자 스스로 죽고 싶어 할 정도로 고통스럽다면 통증 관리를 적극적으로 해주면 되고, 게다가 사람이 스스로 죽고 싶어 한다면 우울증을 앓고 있을 가능성이 높으므로 우울증 치료를 병행해야 한다고 썼다. 지금 와서 생각해보면 딱 고등학생 수준의 단순하고도 순진한 생각이었다. 현실은 절대로 그렇게 녹록지 않은 것을.

지금의 나는 소극적 안락사는 당연히 찬성하며, 점점 적극적 안락사도 허용해야 한다는 쪽으로 의견이 기울고 있다. 내과는 더디게 죽어가는 환자가 많은 분과다. 10년째 내과 의사로 일하며 수많은 이들의 임종을 지켜봤다. 그간 내가 본 바에 따르면, 질병으로 인한 고통은 비단 통증만이 아니었다.

내 몸을 스스로 조절하지 못한다는 자괴감, 내 힘으로는 아무것도 할 수 없다는 무력감, 가족들에게 정서적, 경제적으로 부담을 주고 있다는 죄책감, 식사를 잘 하지 못하거나 음식물을 소화시키지 못하는 데서 오는 불편함.

환자가 겪는 괴로움은 슬플 만큼 다양하고, 이런 괴로움은 현대 의학으로는 해결할 수 없다. 괴로움을 견디다 못한 환자가 스스로 자신의 생과 사를 결정할 수 있는 상태일 때 차라리 죽음을 맞고 싶다고 호소한다면, 나는 주치의로서 그 호소를 외면하기보다는 함께 고민하고 싶다. 어차피 소극적 안락사나 적극적 안락사나, 회복 가능성이 없는 말기 환자의 괴로움을 덜어주기 위함이다. 목적이 크게 다르지 않다.

어떤 이는 그렇게 죽고 싶으면 자살을 하면 될 것이지, 왜 남의 손에 피를 묻히려 하느냐고 묻기도 한다. 그러나 죽음을 앞둔 대부분의 환자는 거동하기 몹시 어려운 상태이기 때문에 누군가의 도움이 반드시 필요하다. 죽는 일조차 내 마음대로 할 수 없는 것이 그들이다. 그리고 우리나라 국민의 대부분이 아직도 병원에서 죽음을 맞이한다. 병원은 자살하기 그리 만만한 곳이 아니다. 높은 난간, 정기적으로 회진을 도는 의사들과 곳곳을 분주히 돌아다니는 간호사들……. 병원은 기본적으로 사람을 살려야 하는 곳이기에, 곳곳에 자살을 막기 위한 특수 장치가 설치되어 있다.

김희자 씨에게 죽고 싶다는 말을 들은 지 얼마 지나지 않아, 환자의 큰딸이 나에게 면담을 신청했다. 병동 스테이션에 마주 앉은 보호자는 한참을 망설이다 겨우 입을 열었다.

"선생님, 엄마는 언제쯤 편안해질 수 있을까요."

그녀는 내가 김희자 씨와 나눈 대화에 대해서는 전혀 모르는 눈치였다. 그녀의 큰 눈에 눈물이 가득 고였다.

"정말 이런 생각하면 안 되는데…… 엄마가 너무 힘들어 하시니까, 가끔은 차라리 빨리 가셨으면 좋겠다는 생각이 들어요."

생각만으로도 죄책감이 느껴진 걸까, 그녀는 말을 채 잇지 못하고 흐느꼈다. 그때도 나는 아무 말도 하지 못했다. 그녀에게 남은 기대 수명은 3개월이 채 되지 않으리라는, 보호자도 나도 익히 알고 있는 이야기는 아무런 도움이 되지 않을 게 뻔했다. 그녀가 진정으로 바라는 것은 어머니가 더 이상 고통받지 않고 삶을 정리하는 것이었고, 그건 나뿐만 아니라 어느 의료인도 해줄 수 없는 일이었다. 그리고 나는 그 후로도 종종 같은 질문을 받았다.

언제 죽을 수 있나요. 이제 그만 편안해지고 싶어요. 혹은 편안하게 해주고 싶어요.

그럴 때면 나도 환자와 보호자를 도와주고 싶다는 생각이 간절해졌다. 나라도 저 상황이라면 더 이상 살고 싶지 않을 것이다. 이미 삶에 대한 미련은 없고, 주변 정리도 끝났다. 그럼에도 매일 아침 해는 떠오르고 눈을 뜬다. 자력으로는 내 한 몸 가누기도 어렵다. 또다시 꼼짝없이 병실에 누워 괴로워하는 하루를 보내고 겨우겨우 잠이 든다. 그리고 다음 날 해가 뜨면 이 지지부진한 하루가 반복된다. 얼마나 끔찍한 일인가.

불행히도 나는 환자를 편안하게 죽일 수 있는 방법을 누구보다 잘 알고 있으며, 환자를 죽일 수단에도 합법적으로 접근할 수 있다. 환자를 위해 무언가를 해줄 능력이 충분한데도 그걸 해줄 수 없다는 것은 의사에게 또 다른 절망감을 안긴다.

환자는 자기 건강 상태의 모든 것을 주치의와 상의하면서도 죽음만큼은 상의할 수 없다. 통증이 오면 잠시 진통제로 마비시키지만 답답함, 무력감, 자괴감 같은 감정은 막을 도리가 없다. 그렇게 홀로 아픔과 싸우며 언제일지 모를 삶의 마지막 날을 기약 없이 기다려야 한다. 그게 얼마나 외로운 일일지 내 입장에서는 상상조차 하기 어렵다.

최근에는 '죽음을 선택할 권리'를 인간의 기본권으로 보는 시각이 생겨났다. 2018년 5월, 호주의 과학자 데이비드 구달이 "고령

탓에 삶의 질이 악화됐고 행복하지 않다"라며 안락사를 택했다. 그는 적극적 안락사가 허용된 나라인 스위스의 바젤을 찾아 스스로 생을 마감했고, 베토벤 교향곡 9번 4악장 합창곡인 '환희의 송가'를 들으며 평온하게 눈을 감았다고 한다.[12] 그의 마지막 말은 오래도록 내 가슴속에 남았다.

"노인이 삶을 지속해야 하는 것으로부터 자유로워질 수 있는 도구로 내가 기억되기를 바란다."

그는 그렇게 적극적 안락사에 대한 사회적 논의를 불러일으킴으로써 세상에 새로운 물결을 만들고 떠났다. 그리고 기사에 따르면 그는 충분히 '행복한 죽음'을 맞이한 것 같다.

연명의료결정법이 도입되면서 소극적 안락사에 대해서는 사회적 합의가 이뤄졌지만 적극적 안락사에 대해선 아직 그렇지 못하다. 2019년 《서울신문》이 실시한 한 설문조사 결과에 따르면 환자 측은 적극적 안락사에 대해서 대체로 찬성하는 반면, 의료·법조계는 반대로 의견이 갈렸다. 환자 중에는 과반수 이상(58.7%)이 적극적 안락사의 법적 허용을 찬성했다. 찬성 이유로는 '고통을 덜어줄 수 있다'라는 답변이 가장 많았고, 죽음을 선택하는 것도 인간의 권리이며 회생 불가능한 병에 대한 치료는 무의미하다는 답변도 상당수였다. 반면 사법연수원생(78.1%)과 전공의(60.2%)는 반대 의견이 더 많았다. 의료·법조계는 적극적 안락사 도입이 몰고

올 부작용을 우려했다. 그들은 생명 경시 풍조가 만연해질 것이고, 환자가 경제적 부담 등으로 강요된 죽음을 선택할 것이라는 이유로 적극적 안락사를 반대했다.[13] 아마도 환자는 고통을 직접 겪은 당사자의 시각에서 적극적 안락사를 고려하고, 의료인과 법조인은 관찰자로서 바라보기 때문에 이런 견해의 차이가 생겨나는 것일 터이다.

물론 반대하는 이들의 생각도 존중받아야 하고, 그들이 적극적 안락사를 반대하는 이유도 이해가 간다. 나 역시 당장 적극적 안락사를 도입하자고 주장하는 건 아니다. 그러나 이제는 최소한 사회적인 논의를 시작해야 할 때가 아닐까. 많은 사람이 '잘 죽을' 수 있는 '웰다잉well-dying'을 원한다고 이야기한다. 미리 세상과 작별하며 죽음을 준비할 수 있는, 그리고 자신이 원하는 방법으로 죽을 수 있는 적극적 안락사를 도입해달라는 목소리는 이미 왕왕 생겨나고 있다. 사람은 태어날 때 누군가의 도움을 받는다. 아무도 그것을 이상하다고 생각하지 않는다. 마찬가지로 죽을 때에도 누군가의 도움이 필요하다. 이제 비로소 그 필요성에 대해 말을 꺼내야 할 시점이다.

당시 서울대학교병원에도 호스피스 전담 병동이 있었지만 병상이 부족해 김희자 씨는 다른 곳으로 전원을 갔다. 그녀의 마지막 말 때문일까, 아니면 가는 길을 끝까지 돌봐주지 못했다는 아쉬움이 계속 빚처럼 남아서일까, 김희자 씨는 유독 오랫동안 잊히지 않는 환자이다. 비록 그녀가 원할 때 죽음을 맞지는 못했겠지만 부디 마지막 가는 길만큼은 편안했길, 마음속으로 빈다.

병원에
사는 사람들

"아이고, 왔니? 잘 왔다, 잘 왔어."

회진을 도는 나를 보자마자 이인자 할머니가 함박웃음을 지었다. 요양병원에서 만난 할머니는 치매 환자, 그중에서도 이른바 '예쁜 치매' 환자였다. 가족을 몰라봤고 시간이나 장소를 정확히 알지는 못했지만, 영화나 드라마에 나오는 것처럼 밤에 자지 않고 고함을 지르거나 간병인에게 주먹을 휘두르지는 않았다. 할머니는 다른 치매 환자에 비해서 굉장히 조용하고 돌보기 쉬웠다.

가족을 알아보지 못할 만큼 기억을 잃은 할머니는 나를 조카나 손녀딸쯤으로 생각했다. 내가 회진을 갈 때면 주름진 얼굴 가득 반가운 웃음이 떠올랐다. 자기가 먹고 있던 요구르트를 함께 먹자며 내 가운 주머니에 몰래 넣어주기도 했다.

할머니는 매일 일찍 일어나 세수를 하고, 꼿꼿하게 앉아서 혼자 밥을 먹었다. 음식물을 흘리면 옷을 갈아입어야 한다는 사실이나 단추를 채우는 법을 잊어버리긴 했어도 어느 정도 스스로를 돌볼 수 있었다. 고혈압과 무릎 관절염을 앓고 있었지만 아침에만 약을 먹으면 혈압을 정상으로 유지할 수 있었고, 지팡이를 짚으면 걷는 데도 문제가 없었다. 나는 일상생활을 도울 사람만 있다면 퇴원도 가능하다고 판단했다. 할머니가 규칙적으로 약을 먹고, 약속된 날짜에 외래로 올 수 있다면 말이다. 실제로 요양병원에서 할머니에게 해주는 것은 물리치료와 약물 처방뿐이었다. 오죽하면 내가 하는 일이라곤 아침 문안 인사밖에 없다고 푸념했을까.

"나만 두고 가지마. 심심해."

매일 회진을 마치고 돌아서면 할머니는 아이처럼 칭얼거렸다. 내일 또 올게요, 하룻밤만 자고 또 봐요. 그렇게 할머니를 어르고 달래고 돌아서면 가슴 한구석이 쓰렸다. 병실에만 갇혀 있는 할머니가 못내 안쓰러웠다. 집 앞 공원에서 가벼운 운동도 하고, 햇살 좋은 봄날엔 꽃놀이도 가면 좋으련만.

주 보호자인 딸과 할머니의 상태에 대해 상의하고 퇴원을 논의해보려고 했지만, 그녀는 할머니의 퇴원을 반기지 않았다. 할머니는 10년 전에 암으로 남편을 먼저 떠나보낸 뒤 쭉 딸과 함께 살았다고 했다. 실질적 가장인 딸은 식당에서 서빙 일을 하고 있었다. 그녀는 이른 아침부터 밤늦게까지 일해야 한다며, 도저히 할머니를 돌볼 수 없는 상황이라고 고개를 저었다. 요양보호사를 써보려고도 했지만 요양보호사가 와줄 수 있는 시간은 하루 최대 네 시간뿐이었고 집 근처에는 데이케어센터가 없었다. 결국 할머니는 그렇게 요양병원에 맡겨졌다. 돌봐줄 사람이 없다는 이유로 하루 종일 요양병원에 갇혀 지루한 일상을 보내야만 했던 것이다. 간병할 여력이 없는 보호자의 사정도 딱했지만 할머니에 대한 안쓰러움이 더 앞섰다. 할머니가 처한 상황은 사실상 고려장이나 다름이 없었다.

이인자 할머니처럼 의료적 필요보다는 돌봐줄 여건이 되지 않아 병원에 입원하는 경우를 '사회적 입원'이라고 한다. 2019년 보건복지부의 추산에 따르면, 이런 사회적 입원 환자는 17만 명에 육박했다. 이는 전체 요양병원 입원 환자의 40% 정도에 맞먹는 수치이다.[14]

고령화가 심해지면서 거동이 어렵거나 만성질환을 앓는 노인은 점차 늘고 있지만 젊은 세대의 부모 봉양 의식은 반대로 쇠퇴했다. 연로한 노인을 돌보는 일은 사실상 요양원이나 요양병원의 몫이 되었다. 자녀가 부모를 부양해야 한다고 생각하는 사람은 차츰 줄었고, 2018년에는 10명 중 3명도 되지 않는 수준이다.[15]

부모를 직접 부양하기 어려운 자식은 울며 겨자 먹기로 요양원이나 요양병원을 택한다. 병이 없는데도, 혹은 입원할 만큼 아프지 않은데도. 엄연히 말하면 지역사회에서 노인을 돌보는 것은 '복지'의 영역이지만 노인을 제대로 돌봐줄 수 있는 시스템이 부재한 지금, 병원이 그 역할을 대신하고 있다.

돌봄에는 많은 돈이 들고, 이를 정부가 책임지기 위해서는 당연히 더 많은 공공자금이 필요하다. 그리고 지금 정부에는 이 돈이 없다. 노인의 돌봄을 책임지는 '노인장기요양보험'은 2008년 도입된 것으로, 건강보험과는 별개로 장기요양을 받을 때만 적용받을 수 있는 의료보장 제도의 일종이다. 혼자서 일상생활을 영위하기 어려운 노인들에게 신체 활동이나 일상생활 지원 등의 서비스를 제공함으로써 가족의 부담을 덜어주기 위해 생긴 제도이다. 그러나 2018년 노인장기요양보험은 약 6000억 원이라는 막대한 적자를 기록했으며, 최근 3년간 적자 폭은 매년 커지고 있다.[16]

요양보호사를 집으로 부르는 대신 병원에 입원하면 식대를 포함한 의료비가 노인장기요양보험 재정이 아닌 건강보험 재정에서 지급된다. 이 때문에 정부는 요양병원의 사회적 입원을 통해, 상대적으로 풍족한 건강보험 재정에 기대어 돌봄의 영역을 가까스로 보전하고 있다.

그러나 제대로 된 돌봄이 이루어지지 않으면 결국 의료진의 부담으로 이어진다. 물론 이인자 씨 같은 노인 환자가 갖고 있는 모든 문제를 내가 해결해줄 수는 없다. 병원 밖에서의 돌봄은 의사나 간호사의 일이 아니다. 의사는 팀 리더로서 환자의 건강과 관련된 모든 요인을 파악해야 하는 사람이지만, 그중에서도 주력해야 하는 일은 새로운 증상이 발생했을 때 놓치지 않고 올바른 진단을 내리는 것, 그리고 적절한 약을 처방하는 것이다. 할머니가 넘어지지 않도록 발톱을 짧게 잘라주거나 화장실에 갈 때 부축하는 것은 반드시 내가 해야 하는 일은 아니다. 나는 전자를, 가족이나 요양보호사 같은 누군가가 후자를 맡는 것이 훨씬 효율적이니까. 그러나 넘어져서 뼈가 부러지기라도 한다면 이인자 할머니는 환자가 되어 내 앞에 다시 나타나고, 결국 돌봄의 부재는 의료의 문제로 탈바꿈한다. 돌봄이 전적으로 의사의 책임은 아니지만, 그렇다고 해서 완전히 떼어놓고 생각할 수도 없는 것이다.

입원을 지속할 의료적인 이유가 없는데도 보호자가 받아들이지 않는다는 이유로 할머니를 계속 요양병원에 입원하게 두는 것은 비윤리적이다. 장기적으로 생각하면 할머니에게도, 가족들에게도 해를 끼치는 일이다. 머리로는 누구보다도 잘 안다. 그러나 내겐 어쩔 도리가 없었다. 내가 보호자인 딸 대신 할머니를 돌볼 수도 없고, 요양보호사의 근무 시간을 강제로 늘릴 방법도 없었다. 그래서 나는 길게 보면 결국 돌봄도 내 일의 연장선에 있다며 합리화하려고 애썼다. 어쨌거나 세월이 더 흐르면 할머니가 더 많이 아플지도 모른다. 그랬다면 어차피 나를 만나야 하는 환자가 되었겠지. 억지와 비약인 줄 알면서도 나는 나를 그렇게 설득하기로 했다. 그 편이 훨씬 마음이 편했으니까.

복지가 일상생활의 돌봄과 사회적 기능 회복 등을 통해 삶의 질을 증진시키는 것을 목표로 한다면, 보건의료는 환자에게 필요한 의료 서비스를 제공하고 입원 치료가 불필요해졌을 때 지역사회의 복지 서비스와 연계해주는 것을 목표로 한다. 쉽게 말해 복지는 돌봄의 영역을, 보건의료는 치료의 영역을 책임진다. 이는 분명 별개이지만, 또 서로 잘 연계되어 있어야 각자의 영역에서 최선의 결과를 낼 수 있다.

우리나라의 노인장기요양 제도는 복지와 보건의료가 상당 시간 동안 독자적인 영역과 전달체계를 구축한 이후에 도입되었다. 그 까닭에 둘 사이는 연계가 잘되어 있지도, 그렇다고 명확하게 나뉘어 있지도 않다. 그래서 지금 우리나라에서 복지의, 보건의료의 역할은 마구 뒤섞인 '잡탕밥' 같다. 지역사회에서의 일상생활 돌봄이 제대로 마련되지 않아 돌봄의 역할까지도 보건의료가 담당하고 있는 실정이다. 요양병원의 40%를 차지하는 사회적 입원 환자가 그 모습을 고스란히 보여준다. 노인장기요양 제도를 도입할 때부터 지역사회 돌봄, 요양원과 요양병원 사이의 역할 분담이 필요하다는 주장은 지속적으로 제기되어 왔지만 아직도 그 진행은 더디다.

사실 병원은 돌봄을 제공하기에 적절한 환경이 아니다. 병원에서는 의사나 간호사 같은 의료진, 행정을 담당하는 직원 외의 모든 사람이 환자로 분류된다. 그리고 환자는 '해결해야 할, 혹은 곧 발생할 의학적 문제를 안고 있는 사람'이다. 의사는 환자의 문제를 해결하거나 그 문제가 불러올 영향을 최소화하는 것에 집중한다. 사실 시간마다 환자의 혈압이나 체온을 재고, 세끼 식사를 제공하고, 기저귀를 갈아주는 행위는 의료 서비스보다는 돌봄에 가깝다. 그럼에도 의료진이 그 행위를 계속하는 목적은 환자가 갖고 있는 문제(혹은 잠재적 위험)를 최소화하기 위함이다. 의료진은 오로지 건강, 특히 신체적 건강을 최선의 상태로 유지하기 위해 애쓴다. 즉, 환자의 삶의 질 개선은 의료진에게 최우선 순위가 아니다.

솔직하게 말하면 현재 대부분의 요양병원에서는 의료진이 의료 서비스만 제대로 제공하기에도 매우 버겁다. 입원 환자는 많고, 의료진은 부족하며 항상 바쁘다. 그래서 환자의 일상을 돌보는 행위, 이를테면 침대에서 내려올 때 부축하기, 젖은 옷을 갈아입혀주기, 식사를 떠먹여주기 같은 행위는 자연스럽게 우선순위에서 밀린다. 그러니까 지금의 요양병원에서 최선의 돌봄 서비스를 받기는 굉장히, 굉장히 어려운 것이다.

게다가 병원은 치료 시설이다. 수영장이나 오락실, 헬스클럽, 골프장처럼 즐길 거리를 제공할 수가 없다. 병원에서 제공할 수 있는 여가라고는 신체 기능 저하를 막기 위한 재활치료뿐이다. 그마저도 각 환자에게 제공하는 시간은 짧으면 10분, 길어봤자 한 시간 남짓밖에 되지 않는다. 돌봐줄 사람이 없다는 이유로 병원에 머무는 이들은 갓 지은 밥과 따뜻한 잠자리를 얻은 대신, 여가생활이라고는 눈을 씻고도 찾아볼 수 없는 수용소 같은 생활을 견뎌야 한다. 지남력(시간과 장소, 상황이나 환경을 올바로 인식하는 능력)이 온전하면 TV나 책을 보거나 맨몸 운동이라도 할 텐데, 이인자 할머니처럼 거동이 불편하고 기억까지 잃은 사람들에게 여가라곤 같은 방을 쓰는 환자들과 나누는 담소가 전부였다. 어쩌면 그래서 할머니가 그토록 나를 반가워했는지도 모르겠다. 할머니를 비롯한 70명 남짓의 내 환자들에게는 하루 두 번 찾아오는 나의 회진이 손님맞이나 다를 바 없었던 것 같다.

친구처럼, 가족처럼 살갑게 대해주는 이인자 할머니 같은 환자들이 고마우면서도 나는 가끔씩 의사가 모든 걸 책임져야 하는, 그러나 도저히 그럴 수 없는 이 열악한 상황이 한없이 원망스럽고 부담스러웠다. 나는 환자들을 돌보는 사람이면서 동시에 치료하는 사람이었다. 치매를 앓고 있는 환자들은 종종 컨디션이 좋지 않으면 나나 간호사, 간병인에게 신경질을 부렸다. 그것은 의료의 영역이 아니니 도무지 어떻게 달래야 할지도 몰랐고, 간혹 울화통이 터지기도 했다. '할머니, 내가 어떻게 해줬는데 나한테 이럴 수가 있어요.' 돌이켜보면 유치하기 그지없던 원망이었지만 그때는 속상해서 혼자 속으로 몇 번이고 그런 생각을 되뇌었다. 만약 내가 의료인이 아니라 할머니를 평소에 꾸준히 돌보던 사람이었다면 그녀를 더 수월하게 달랠 수도 있었을 것이다. 할머니가 왜 그토록 화가 났는지 더 잘 알았을 테니까. 그러나 나의 주된 일은 돌봄이 아니었고 그 순하고 착하던 할머니가 왜 저리 화가 나 신경질을 부리는지 알 길이 없었다.

2018년 11월, '지역사회 통합돌봄 기본계획'이 발표되었다. 정부는 2019년 6월부터 16개의 시군구에서 시범적으로 지역사회 통합 돌봄 모형을 만들기 위해 사업을 추진하고 있다. 일상생활에 돌봄이 필요한 주민이 돌봄 서비스를 누리고, 지역사회에서 어울려 살아갈 수 있도록 통합적으로 지원하는 사업이다.

예를 들면 이런 것이다. 거주 장소가 필요하면 여러 명이 함께 살 수 있는 공간을 제공한다. 끼니를 챙기기 어려운 독거노인에게는 식사를 해결하도록 돕고, 거동이 어려운 장애인이라면 이동 서비스를 제공한다. 이제 치매 노인이나 장애인처럼 거동이 불편한 이들이라고 해서 복지시설이나 요양병원으로 보내 격리시켜 버리는 일은 그만두자는 것이다. 그 대신 지역사회에서 적절한 돌봄을 제공해 원래 살던 집, 동네에서 살 수 있도록 지원하는 사업이다.

누구나 본래 영위하던 생활을 계속 누리고 싶어 한다. 한 설문조사에서 향후 거동이 불편해지면 어디에 머물고 싶으냐는 질문에 55~75세의 응답자 중 절반 정도가 '현재 사는 집에서 거주하고 싶다'라고 답했다.[17] 사회적 입원 환자 중에도 집에 가고 싶다는 환자가 많았다. 이인자 할머니 또한 나를 볼 때마다 노랫말처럼 집에 가고 싶다며, 딸을 보고 싶다며 떼를 썼다. 그러니 이 사업 자체는 분명 환영할 만한 일이다.

그러나 요양병원에서 숱한 사회적 입원 환자들을 만나본 내과 의사로서는 마음이 급하다. 이 책을 한창 쓰고 있던 2020년은 베이비부머 세대(1955~1963년 출생)의 첫째인 1955년생이 '노인의 의학적 기준'인 65세가 되는 해였다. 노인은 빠르게 늘어날 것이다. 한국의 고령화 속도가 얼마나 빠른지에 대해서는 그 누구도 이견이 없다. 베이비부머 세대가 진정한 '노인'의 나이에 진입한 지금, 노인 인구는 늘어나고 지역사회 통합 돌봄에 대한 수요도 그에 비례해 급증할 것이다. 그러나 지역사회 돌봄 서비스를 제공하는 시군구는 아직 단 16곳. 우리 사회의 준비는 노령화의 속도에 비해 한참이나 미흡하다. 결국 이대로라면 적절한 돌봄을 받지 못해 어쩔 수 없이 병원에서 '사는' 사람들이 늘어날 것이다. 내가 만났던 수많은 사회적 입원 환자들처럼.

더 큰 꿈을 좇기 위해 국회의원 비서관으로 일하기로 결정하고 요양병원을 떠나던 날, 고민에 고민을 거듭했지만 이인자 할머니에게 퇴직 사실을 알리지 못했다. 어린아이처럼 웃으며 나를 반기는 할머니에게 내일부터 오지 않을 것이라고 말하려니 차마 입이 떨어지지 않았다. 어차피 치매 환자니까, 몇 개월 일하고 떠나버린 의사 따위 곧 기억에서 잊힐 것이다. 스스로에게 애써 그렇게 말하며 내일 또 올 것처럼 작별 인사를 건네고는 몸을 돌렸다. 할머니의 순진무구한 웃음에 괜히 마음이 아렸다. 내가 떠난 뒤 할머니는 나를 기다렸을까. 아니었으면 좋겠다. 어쩌면 딸이 마음을 바꿔서, 아니면 네 시간만 와주는 요양보호사 말고 다른 돌봐줄 사람을 구해서 할머니가 집으로 돌아갔을지도 모른다. 혼자서 그런 희망을 가져본다.

이인자 할머니 같은 사회적 입원 환자들이 자연스럽게 가족의 품으로 돌아가는 날이 왔으면 좋겠다. 가족들도 진심으로 할머니를 환영하는 날, 거동이 불편한 가족이 집에 와도 기쁘게 반길 수 있는 날. 그렇게 딸의 손을 꼭 잡고 산책도 가고, 벚꽃을 배경 삼아 가족사진도 찍으면 좋겠다. 가뜩이나 얼마 남지 않은 할머니의 삶을 병원에서 마무리 짓는 건, 정말이지 너무 아까우니까.

이상적인
나라

어릴 때 친구들과 손을 쫙 편 상태로 최대한 뻣뻣하게 힘을 줬다가 몇 분 뒤에 손가락을 움직여보는 놀이를 했다. 고작 몇 분 움직이지 않았을 뿐인데 손가락이 마음대로 굽혀지지 않았고, 처음 움직일 때면 남의 손처럼 뻣뻣한 감각이 신기하고 재미있었다. 이렇듯 사람의 관절은 금방 굳는다. 온몸이 말랑거리는 유아기 때도 그렇다. 용불용설用不用說은 실패한 진화론이지만, 적어도 관절의 구축*을 설명할 때만큼은 타당하다.

요양병원에서 일하던 시절 나의 일과는 아침 회진으로 시작되

---

* 관절이 일정한 모양으로 굳어지거나 또는 움직임이 제한된 상태.

었다. 당시 근무하던 요양병원은 총 일곱 개 층으로 이루어져 있었다. 7층부터 한 층씩 내려오면서 환자들을 한 명 한 명 살폈다. 묶여 있는 환자가 있으면 억제대를 풀고, 장갑을 끼고 있는 환자가 있으면 장갑을 벗기고, 관절이 굳어 구축이 온 환자가 있으면 살살 관절을 움직여 조금씩 펴주었다. 그리고 간병인들은 이런 나의 방문을 그다지 달가워하지 않았다.

요양병원에는 거동이 불편해 콧줄이나 소변줄을 갖고 있는 환자들이 많다. 대부분은 치매 등으로 인해 가족을 알아보거나 날짜를 명확하게 기억하지는 못하지만, 그렇다고 의식이 없는 건 아니기 때문에 걸핏하면 콧줄이나 소변줄을 잡아 뺀다. 그도 그럴 것이, 콧줄이나 소변줄을 갖고 있는 것은 퍽이나 불편하다. 가끔은 얌전하게 갖고 있는 환자들이 오히려 더 신기할 정도로. 능숙한 환자들은 정말이지 눈 깜빡할 사이에 콧줄과 소변줄을 빼버리기 때문에, 그런 일을 방지하려면 간병인이 옆에서 계속 지켜보고 있어야 한다. 그러나 간병인 한 명이 최소 5명에서 10명을 동시에 돌보는 대부분의 요양병원에서는 그러기가 불가능하다. 그래서 적잖은 요양병원에서 환자에게 장갑을 끼우거나 묶는다. 거동에 제한이 생긴 환자가 소리를 지르는 등 난동을 피우면 불가피하게 진정제를 쓰기도 한다.

의료 현장에서 인력 부족으로 생기는 어쩔 수 없는 조치라는 것은 잘 안다. 그러나 덕분에 환자는 없던 병이 생긴다. 멀쩡히 잘 쓰던 손가락이 어느샌가 굳어져 주먹을 쥘 수도 없고, 손가락을 벌리지도 못하고, 팔꿈치는 90도 이상으로 펴지 못하는 상태가 된다. 장갑을 벗기면 고릿한 냄새가 나며, 무더운 여름철이면 땀 때문에 손가락 사이가 짓무르고 습진이 생긴다. 사고가 발생했을 때는 미처 도망가지 못해 피할 수 있었던 인명 피해가 생기기도 한다. 실제로 2014년 장성의 한 요양병원에서 발생한 화재로 무려 21명이 덧없이 세상을 떠났다. 지나치게 꽉 묶인 억제대 때문에 화마를 피하지 못해 생긴 비극이었다.

그래서 불가피하게 환자에게 억제대를 쓰는 경우 되도록 최소한의 시간만을 사용하도록 권고하고 있으며, 최소 여덟 시간마다 환자의 상태를 다시 확인해야 한다.[18] 내가 회진을 돌면서 저렇게 억제대를 푸는 것도 잠깐이나마 환자가 관절을 움직일 시간을 벌어주고, 혹시나 지나치게 꽉 조여진 부위는 없는지 확인하기 위함이었다.

회진을 돌며 내가 억제대를 풀고 장갑을 벗기면 몇몇 간병인은 눈에 띄게 싫은 티를 냈다. 가뜩이나 바쁜데 의사의 회진 시간이 쓸데없이 길어지는 데다가, 내가 들렀다 가기만 하면 장갑을 다시 끼우고 또 묶어야 하니 반가울 리가 없었다. 그들에게 나는 쓸데없이 일을 늘리는 불청객이었으리라.

내 환자 중에 오른팔만 묶어놓은 할아버지가 있었다. 뇌졸중 후유증으로 어차피 왼쪽은 움직이지 못했기 때문에 오른쪽만 묶은 것이었다. 간병인이 잠시 눈을 돌린 사이, 고개를 오른손 쪽으로 숙여 콧줄을 잡아채는 것은 할아버지의 주특기였다. 덕분에 하루에도 몇 번씩 콧줄을 다시 넣어줘야 했지만, 돌아서기가 무섭게 콧줄을 빼버리고서 아무 일도 없었다는 듯 시침 떼는 할아버지의 표정이 귀여워 가끔은 웃음이 났다. 어느 날은 아침 회진 때 할아버지의 억제대에 손을 갖다 대기가 무섭게 간병인이 사투리가 섞인 억양으로 버럭 짜증을 냈다.

"에이 참, 그거 좀 풀지 말라니까. 그냥 둬요."

"하루 한 번이라도 풀어줘야죠. 마사지도 좀 해주세요."

간병인은 코웃음을 치며 쏘아붙였다. 마사지는 무슨, 밥 먹이기도 바쁜데. 따가운 눈총에도 기어코 나는 할아버지의 억제대를 풀었고, 간병인은 구시렁거리며 연신 "아, 풀지 말라니까" 하고 신경질을 냈다. 간병인의 입장도 이해되지 않는 건 아니었다. 워낙 바쁘고 일이 힘드니까. 하지만 온종일 묶여 있을 환자를 생각하면 그냥 넘어갈 수는 없었다. 나만 보면 이 답답한 걸 좀 풀어달라고 조르는 환자와 풀지 말라고 화를 내는 간병인. 그렇게 나는 날마다 간병인들과 실랑이를 벌였다.

물론 내 지시에 잘 따르는 간병인도 있다. 그런 간병인의 환자는 불과 며칠 만에 손이 다시 말랑해진다. 하지만 대놓고 내 얼굴에 코웃음을 치며 그렇게는 못 한다고 손사래를 치는 간병인도 있다. 그런 사람이 환자나 보호자에게 친절할 리 만무하다. 민원이 들어오면 간병인은 금방 병원에서 사라진다. 실제로 요양병원에서 근무하는 고작 몇 달 동안 10명이 넘는 간병인이 바뀌었다. 그러나 다른 간병인이 와도 마찬가지였다. 하긴, 그만둔 사람도 금방 어딘가에 다시 간병인으로 취직했을 것이다. 간병의 수요는 많지만 공급은 늘 부족하니까. 그리고 거기엔 나처럼 깐깐한 의사가 없을지도 모른다.

아침 회진을 마치고 나면 나 역시 너무 피곤했다. 노인 환자 70명의 팔과 다리를 일일이 펴고 주무르는 게 쉽지도 않았고, 본업이 아니니 그런 일에 익숙할 리도 없었다. 회진을 마치면 어느덧 점심시간은 훌쩍 넘기기가 일쑤였다. 그럴 때면 점심도 10분 만에 욱여넣고 잠깐 숨을 돌렸다가 또다시 환자를 보러 갔다. 그리고 다시 반복.

이렇게 적고 보니 나는 천사이고, 간병인들은 악마인 것 같지만 사실 이것은 사람이 선하거나 악해서 일어나는 일이 아니다. 시스템의 문제이다. 억제대 뒤에는 간병과 관련된 문제점들이 거대한 꽈리처럼 얽혀 있다. 간병은 수요에 비해 공급이 턱없이 부족하고, 건강보험은 간병료를 보장해주지 않기 때문에 환자와 보호자가 비용을 모두 떠안아야 하며, 사설 간병 업체와 간병인이 제공하는 서비스의 질은 들쭉날쭉하다. 어디서부터 풀어야 할지 도무지 엄두가 나지 않을 만큼 케케묵은 문제들이기도 하다.

노인 환자들은 인지 기능이 떨어지고 거동이 불편한 경우가 많다. 따라서 먹이고, 입히고, 씻기고, 대소변을 처리해주는 등의 간병이 의학적인 치료만큼, 아니 때로는 그 이상으로 중요하다. 간병의 부재는 노인을 다치게 하고, 더 아프게 만든다. 이미 쇠약해진 노인의 몸이 그런 충격을 견딜 리 만무하다. 그렇게 간병의 부재로 일어난 크고 작은 사고들은 노인들의 수명을 조금씩 갉아먹는다. 좋은 간병에 대한 수요가 넘쳐날 수밖에 없다.

그럼에도 정부는 눈을 감고 있다. 우리나라는 건강보험이 간병을 보장해주지 않으므로 간병의 부담을 고스란히 환자와 보호자가 져야 한다. 간혹 부담을 견디다 못해 가족이 환자를 살해하는 '간병 살인' 같은 비극이 발생하기도 한다. 간병비가 부담스러운 보호자들은 더 싼 곳을 찾아 옮겨 다닐 수밖에 없고, 환자는 제대로 된 돌봄을 받지 못한다. 잘 먹지 못한 환자는 영양실조로 체중이 계속 빠져 앙상해지고, 불균형한 영양 상태는 욕창의 발생을 부추긴다. 제대로 씻지 못해 냄새가 나고, 그렇게 대소변 처리가 잘되지 않으면 쉬이 요로감염에 걸린다.

요양병원들도 다른 요양병원과의 가격 경쟁 때문에 최소한의 간병인을 두려고 한다. 하청을 맡기는 경우도 허다하다. 그래서 요양병원마다 간병인 한 명이 돌보는 환자 수는 천차만별이다. 적게는 6명에서 많게는 30명이 넘는 곳도 있다.[19] 간병인을 직접 고용하는 요양병원이나 요양시설이라 해도 공동간병의 경우 간병인 한 명이 담당하는 환자 수가 평균 10명에 달한다. 게다가 그들 대부분이 거동이 어려운 환자이다. 이런 환자 6~30명을 책임지며 욕창이 생기지 않도록 두 시간마다 체위를 변경해주고, 삼시 세끼를 챙겨 먹이며, 식사를 먹인 뒤 뒷정리를 하고, 화장실에 데려다주거나 기저귀를 갈고, 일주일에 한 번씩 목욕을 시켜야 하는 간병인의 노동 강도와 피로감은 말로 다 설명하기 어려울 정도이다. 나열하기만 해도 내가 다 진이 빠질 지경인데 50대 이상 여성이 대부분인 간병인들에게 이런 격무를 완벽하게 소화해달라고 말하기는 어렵다.

또한 간병인들은 대부분 최저임금도 미치지 못하는 저임금을 받으며 일한다. 2011년의 연구에 따르면, 당시 관례적인 간병비는 보통 1일 12시간 간병이 3만 5000원, 24시간 간병이 5만 원, 중한 환자 간병이 6만 원 정도였다. 식대와 교통비가 모두 포함된 액수로, 시급으로 환산하면 2080~2917원에 불과했다. 2011년 당시의 최저임금은 4320원이었다.

'효율임금이론Efficiency wage theory'에 따르면 노동자가 받는 임금이 그의 효율성을 결정한다. 그러므로 누군가에게 박한 대우를 한다면, 그들이 제공하는 서비스도 열악할 수밖에 없다. 그래서 나는 내 회진을 반기지 않는 간병인들을 감히 비난할 수 없었다. 주 6일 동안 노인 환자 5~10명을 한꺼번에 돌보게 하면서 정작 최저임금에도 미치지 못하는 간병비를 주는데, 그 어느 간병인이 최선을 다해 일할 수 있겠는가. 현실이 이 지경이니 간병인은 너무나쉽게 바뀐다. 간병인이 자주 바뀌면 당연히 환자에 대해서 잘 파악하지 못하고 유대 관계를 유지하기도 어렵다. 그리고 이는 환자가 받는 간병 서비스의 질에 나쁜 영향을 끼친다.

간혹 몇 년 이상 한 병실을 맡아주는 베테랑 간병인들도 있었다. 그런 분들은 환자에 대한 책임감이 남달랐다. 내가 제일 좋아했던 간병인은 아담한 체구에 양 볼이 발갛고 항상 분홍색 옷을 즐겨 입던 최명자 씨였다.

"이 할머니는 꼭 우리 어무이 같아요."

최명자 씨는 본인도 머리가 하얗게 센 할머니면서 아파서 누워있는 환자가 안쓰럽다며 눈물 짓고, 환자가 입맛이 없다고 식사를 거부하면 요구르트 하나라도 더 먹이려 발을 동동 굴렀다. 그분이 맡은 병실에 들어서면 다른 병실에서 으레 나는 퀴퀴한 냄새가 나지 않았다. 그녀는 시간이 날 때마다 환자들의 머리를 곱게 빗질해 넘겨주었고, 옷매무새도 정돈해주었다. 병실은 항상 깨끗했고,

환자들의 표정도 밝았다.

병원 신세를 오래 진 환자들은 서로 그분에게 간병을 받겠다며 쟁탈전을 벌이기도 했다. 누군가는 운이 좋아 최명자 씨의 병실로 배정을 받았고, 누군가는 운이 나빠 입원할 때부터 퇴원할 때까지도 최명자 씨의 손길을 받지 못했다. 병실 수가 수십 개에 달한다는 점을 생각해보면 그분에게 간병을 받을 확률은 거의 로또에 가까웠다.

대학병원에서는 환자 옆에 보호자 한 명이 반드시 상주해야 하기 때문에 언제나 가족이나 간병인이 일대일로 환자를 돌본다. 그래서 대학병원에 근무할 때는 간병이 이토록 중요한 서비스인지 사실 잘 몰랐다. 나는 간병도 의료 서비스만큼이나 전문적인 분야이며 그 질이 매우 중요하다는 사실을 요양병원에서, 그리고 최명자 씨 같은 간병인을 통해서 깨달았다. 간병의 질에 따라 환자의 상태가 좋아질 수도, 나빠질 수도 있다는 것을. 이토록 중요한 간병의 질이 단지 '운'에 의해 결정된다면 그것을 인본주의 사회라고 말할 수 있을까.

정부도 이러한 현실을 모르는 것은 아니라, '간호·간병통합서비스'를 통해 간병 문제를 해결하려 시도했다. 가족이나 간병인 대신 간호사와 간호조무사가 24시간 동안 간병과 간호 서비스를 모두 제공하도록 한 것이다. 질 좋은 간병 서비스를 누릴 수 있을 뿐만 아니라, 비용도 절감할 수 있다. 종합병원 6인실을 기준으로 기존의 간병인을 고용할 경우 하루에 약 10만 원에 가까운 금액이 발생하지만, 간호·간병통합서비스를 이용할 경우 약 1~2만 원으로 해결할 수 있다. 환자 입장에서는 참으로 좋은 취지의 서비스이다. 그러나 2022년까지 시행 병상을 10만 개까지 확대하겠다는 정부의 목표에 비해, 시행 5년 차인 2019년도에도 병상 수는 약 4만 2000개에 그쳤다. 10만 개라는 목표 달성은 아직까진 어려워 보인다. 지역별 편차도 커서 이마저도 대부분이 수도권이나 대도시에 집중되어 있다.[20]

서비스가 도입된 곳에도 마찰음은 들려왔다. 정작 간호·간병이 절실한 중증환자는 혜택을 누리지 못한다는 것이다. 간호·간병통합서비스 병동에서 간호 인력이 혼자 맡아야 할 환자 수는 평균 8명에 이른다. 8명이나 되는 환자의 간호와 간병을 모두 도맡아 하려면 아마 숨 돌릴 틈도 없이 일해야 할 것이다. 여기저기서 그를 부르고, 찾고, 잠시 시선을 돌리면 또 어떤 병상에는 사고가 나 있을지도 모른다. 이런 상황이다 보니 서비스가 도입된 곳에서도 전체 병상의 일부만 통합병동으로 운영 중이고, 그마저도 대부분의 병원에서는 혼자 거동이 가능하고 간병 필요성이 덜한 경증 환자를 위주로 간병을 제공한다.

심지어 환자들의 과도한 요구까지 더해지면서 보건의료인 본

연의 업무를 방해하기도 한다. 어떤 조사에서는 환자들이 간호사에게 사과를 깎아 오라거나 속옷을 빨아달라고 시키는 등, 지나친 요구를 했다는 것도 적나라하게 드러났다. 좋은 취지로 도입된 제도가 또 다른 고충을 불러오기도 한다. 서글픈 장면이었다.

사실 간호·간병통합서비스는 우리나라의 간병 수요와 조금 어긋나 있다는 생각도 든다. 당뇨나 고혈압, 치매처럼 만성질환을 앓는 노인이 주로 입원해 있는 곳은 요양병원이다. 그리고 요양병원은 대학병원에 비해 질병 치료보다는 식사, 환의, 위생 등 간병을 더 필요로 한다. 당연히 간호보다는 요양보호사와 같은 간병 인력이 더 시급하다. 이 때문에 '치료'에 더 방점을 두고 있는 간호·간병통합서비스는 요양병원과는 맞지 않는 측면이 있다. 보호자의 경제적 부담을 줄인다는 취지는 이해가 되지만, 간호·간병통합서비스는 아무래도 만병통치약이 아닌 듯하다. 나는 정부가 이 서비스를 점진적으로 확대하는 동시에 요양병원, 그리고 우리나라 현실에 맞는 간병 제도도 고민하길 바랐다.

더 늦기 전에 간병 노동을 공식화하고 급여화해야 한다. 간병인이라는 직업을 보건의료 영역의 중요한 일부로 인정해야 한다. 고용부터 서비스의 질 관리까지 나라가 책임지는 것이다. 간병 서비스는 실상 요양병원에서 제공하는 서비스의 상당 부분을 차지하는데도 정부로부터 지원받지 못하는 사적인 영역으로 남아 있다.

그리고 이는 곧 환자의, 가족의 경제적 부담으로 이어진다. 간병비를 급여화시키면 그런 부담을 크게 덜어줄 뿐만 아니라, 병원마다 천차만별인 간병 서비스의 질 관리도 용이해진다. 간호·간병 통합서비스 혜택을 받기 어려운 중증 질환자에게도 질 좋은 간병 서비스를 제공할 수 있을 것이다.

최근에는 '고급화 전략'을 도입한 요양원이나 요양병원도 종종 보인다. 그들은 환자를 묶지 않고, 진정제도 놓지 않고, 기저귀도 채우지 않는다고 홍보한다. 즉, '인간적인 돌봄'을 제공한다는 것이다. 내가 아는 한 기존의 체계에서는 도저히 불가능한 말이었다. 비서관으로 일할 때, 현 시스템에서 그것이 어떻게 가능한지 도통 이해가 되지 않아 직접 그 요양원과 요양병원을 가본 적이 있다. 해답은 바로 돈에 있었다.

우리가 꿈꾸는 가장 기본적인, 인간적인 돌봄을 받기 위해서는 2019년 서울을 기준으로 요양원에는 300~400만 원, 요양병원에는 500~800만 원을 내야 했다. 1년이 아니라 한 달 기준으로. 처음에는 말도 안 되게 비싸다는 생각에 난색을 했지만, 환자에게 제공되는 서비스를 보자니 전혀 비싼 것이 아니었다. 그곳에서는 간병인 한 명이 감당할 수 있을 만큼의 환자만 돌보았고, 환자를 묶거나 강제로 재우지도 않았다. 쾌적한 재활치료실이 있었고 형식적인 재활치료가 아니라 환자 개개인에 꼭 맞는 맞춤형 재활치료가 이루어졌다. 환자들이 즐길 수 있는 오락거리도 풍부했다. 병원 곳곳에 오래도록 섬세하게 청소하고 가꾼 흔적이 보였다. 당연히 많은 인력이 필요했고, 돈도 많이 들었다. 그 높은 비용에도 몇몇 요양원과 요양병원은 가까스로 적자를 면하고 있는 수준이었다. 그곳의 원장님과 직원들은 보건의료인의 사명감을 넘어 종교인으로서의 신념으로 겨우 버티고 있었다. 양해를 구하고 회계장부까지 직접 확인해 알게 된 사실이었다. 고되어도 질 좋은 입원 환경을 제공하겠다는 그들의 신념에는 거짓이 없었다.

꿈꾸던 간병의 모습을 본 그날, 역설적으로 나는 우울해졌다. 언젠가 우리 부모님께서 편찮아지시면 나에게도 닥칠 수 있는 미래이다. 그러나 나는 한 달에 300~800만 원이라는 큰돈을 지불할 여유가 없다. 두 분이 동시에 편찮으시기라도 하면 어떡해야 하나. 상상만 해도 아찔하다.

경제적으로 어려운 사람들은 부모님을 저런 간병이 제공되는 요양원이나 요양병원에 모실 엄두를 내지 못할 것이다. 다행히 상대적으로 저렴한 비용으로 질 높은 간병 서비스를 제공하는 공공 요양원과 요양병원이 있지만, 공공 어린이집과 상황이 다를 바 없어 입소를 위해서는 몇 년을 대기해야 한다. 지금의 시스템에서 가난한 자는 제대로 된 간병을 받기가 힘들다. 기약 없이 몇 년을 기다려 공공 요양원 혹은 공공 요양병원에 들어가거나, 울며 겨자 먹기로 비인간적인 간병을 선택하거나. 빈부격차는 아프고 힘들 때 가장 숨김없이 드러난다.

시립의료원에서 일하던 시절, 뇌경색 후유증으로 온몸이 굳어진 어머니를 모시는 50대의 아들이 있었다. 할머니는 폐렴으로 병원에 왔지만, 폐렴이 좋아진 후에도 퇴원을 할 수가 없었다. 사지가 굳어 손이 많이 가는 환자인 탓에 어느 요양병원에서도 받아주지 않았기 때문이다. 아들은 내내 나를 피했고, 가뭄에 콩 나듯이 마주칠 때면 죄인처럼 고개를 숙였다. 주치의였던 내가 퇴원을 종용할까 봐 두려웠기 때문이리라. 그때는 시립의료원에 간호·간병 통합서비스가 도입되기 전이라, 할머니 곁에는 간병을 할 사람이 반드시 한 명 이상 필요했지만 아들은 일정 시간 꼭 자리를 비웠다. 간병인을 고용할 돈은 없었고, 병원비를 마련하려면 일을 안할 수도 없었기 때문이다. 늘 같은 자세로 누워 있는 할머니는 욕창까지 생겨 두 시간마다 자세를 바꿔줘야 했다. 마주칠 때마다 욕창 관리가 제대로 되지 않는다고 보호자를 다그쳤지만, 두 시간마다 체위 변경을 하자고 생계를 포기할 수는 없는 노릇이었다. 사실은 보호자의 처지를 누구보다 잘 알고 있었다. 그럼에도 안타까운 마음에 나도 모르게 자꾸만 짜증을 냈다. 보호자가 자리를 비운 사이 할머니의 욕창 드레싱을 해주고, 두 시간마다 몰래 자세를 바꿔주고 나오면서 항상 입이 썼다. 이놈의 직업은 왜 이렇게 슬픈 건지. 잠깐의 짬이 나면 나는 상상하곤 했다. 이상적인 나라를.

그 나라에서는 아파도 병원비 걱정 없이 병원에 온다. 거동이 불편한 환자를 위해 3교대 시스템으로 간병인이 존재하며, 간병인을 고용하고 관리하는 것은 모두 정부 차원에서 이뤄진다. 충분한 인력이 24시간 돌아가면서 감당할 수 있을 만큼의 환자만 돌보므로 진정제를 쓰거나 억제대를 쓸 필요도 크게 줄어들 것이다. 아마 최명자 씨 같이 살뜰하게 환자를 돌봐주는 간병인도 많아지겠지. 만성질환자를 언제든 받아줄 수 있는 요양병원이 있어 굳이 큰 병원에 버티고 있을 필요도 없으며, 역시 병원비 걱정을 하지 않아도 될 것이다. 인턴 때 보았던 할머니와 아들도 간병이나 병원비, 그리고 욕창 걱정 없이 행복할 수 있는 나라.

나는 10년 전에도, 지금도 똑같은 상상을 한다. 그리고 상상하면 할수록 울적해진다. 지금도 환자들은 여전히 제대로 된 간병을 받지 못하고, 보호자들은 높은 간병비에 허덕인다. 불과 1년 전에 유행하던 것도 금세 촌스럽다고 치부되는 지금, 간병만큼은 신기하리만치 10년 전과 그다지 달라진 것이 없다. 간병비 급여화는 아직 사회적 논의조차 시작되지 않았다. 아직도 '이상적인 나라'는 없다.

의사가 바라는
단 한 가지

       요양병원에서 일하던 어느 날, 원무과장이 나에게 면담을 청했다. 방으로 들어서자 원무과장은 친절하게 커피를 내어주면서 한참을 머뭇거렸다. 듣기 좋은 말은 아닌 눈치였다. 왜 그러느냐 묻자, 한참 망설이던 그가 말했다.

"다름이 아니라…… 과장님께서 오시고 나서 콧줄을 갖고 있는 환자 수가 많이 줄어서 병원 운영이 상당히 곤란해졌습니다."

머리를 한 대 맞은 기분이었다. 그리 오래 산 건 아니어도 평생 동안 남에게 도움을 주진 못할 망정 민폐는 끼치지 말라고 배웠는데, 나 때문에 병원 운영이 곤란해졌다니.

콧줄은 '레빈튜브Levin tube' 또는 '엘튜브L-tube'라고 불리는 의료기기의 일종이다. 치매나 파킨슨병이 오래되면 음식물을 삼키는 기능이 점점 떨어진다. 이렇게 삼킴 곤란이 생긴 환자가 물을 마시거나 음식을 먹으면, 자칫 사레에 들려 음식물이 기도로 넘어가게 되고 흡인성 폐렴 같은 병이 생길 수 있다. 경우에 따라서는 중환자실로 옮겨 기계호흡기 치료를 받아야 하거나 심정지가 오는 등 위독한 상황에 빠질 수도 있다. 그래서 환자가 삼킴 곤란이나 의식불명 등으로 인해 입으로 식사하기가 어려워지면 코를 통해 가느다란 관을 위까지 넣어 음식물을 제공하게 된다. 오랫동안 투병 생활을 하는 가족이나 친척이 있다면 한 번쯤은 봤을 것이다.

임상 현장에서 콧줄을 가장 많이 접하는 내과 의사지만 나는 콧줄을 별로 좋아하지 않는다. 가시 하나만 목에 걸려도 불편한데 성인의 새끼손가락 버금가게 굵은 관을 하루 종일 코에 끼우고 있어야 한다니, 상상만으로도 갑갑해진다. 실제로 많은 환자가 무의식적으로 콧줄을 잡아 뽑는다. 그래서 노인 환자가 많은 요양병원에서는 하루에도 몇 번씩 콧줄을 새로 끼워야 한다. 때문에 간병인이 부족한 요양병원에서는 콧줄을 잡아 빼지 못하도록 환자의 손을 묶거나, 경우에 따라 진정제를 써서 재우기도 한다. 손이 묶이거나 진정된 환자는 당연히 운동량이 부족해지고, 이는 가뜩이나 근육량이 적은 노인 환자의 노쇠를 더욱 부추긴다. 게다가 먹는 즐거움을 영영 잃게 된다. 나는 죽을 때까지 콧줄을 달고 사느니, 차라리 흡인성 폐렴에 걸려 죽는 쪽을 선택할 것이다. 물론 지극히 개인적인 견해에 불과하지만.

그래서 요양병원에서 일을 시작하자마자 나는 콧줄을 가진 환자들부터 주의 깊게 살폈다. 그중 가끔 사례에 들리긴 하나 어느 정도 입으로 음식물을 섭취할 수 있고, 기대 여명이 길지 않다고 판단되는 환자라면 콧줄 사용 여부를 다시 결정하도록 권했다. 흡인성 폐렴을 감수하고 입으로 먹는 즐거움을 누릴 것인지, 콧줄을 갖고 살면서 흡인성 폐렴의 위험을 피할 것인지 둘 중 하나를 고르도록 한 것이다. 환자 스스로 의사결정을 내릴 수 있는 경우라면 환자, 보호자와 함께 충분한 시간 동안 논의를 했고, 치매 등으로 의사소통이 불가능한 경우는 보호자와 다시금 이야기를 나누었다. 다행히 죽 등을 끈끈하게 만들어 먹이면 사례에 들리지 않고 삼킬 수 있는 환자들이 꽤 있었다. 그렇게 나는 전체 환자 70명 중에 10명의 콧줄을 뺐다.

변화는 빨랐다. 환자들의 얼굴이 밝아졌다. 콧줄을 통해 공급하는 것보다 골고루 먹을 수 있으니 영양 상태도 개선되었고, 그러니 욕창의 새살도 빨리 차올랐다. 콧줄을 뽑을까 봐 환자의 손을 묶을 필요도 없고, 재울 필요도 없었다. 삼키다 사례가 들리진 않는지, 흡인성 폐렴의 징조가 보이진 않는지 평소보다 면밀하게 살펴야 했지만, 노쇠화를 잠시나마 붙잡았고 쇠락해가는 그 시간을 조금이라도 덜 고통스럽게 할 수 있으니 퍽 괜찮은 선택이었다고 생각했다. 서서히 나타나는 변화에 마냥 기뻤다.

그런데 나 때문에 병원 운영이 어려워졌다니.

해답은 진료비 지불제도에 있었다. 내가 콧줄을 뺌으로써 기존의 환자가 '돌보기 어려운 환자'에서 '돌보기 쉬운 환자'로 분류되면서 환자 한 명당 병원이 받는 수가가 낮아졌기 때문이었다.

우리나라의 진료비 지불제도는 의료 행위를 건별로 보상하는 '행위별 수가제'를 채택하고 있다. 그러나 요양병원은 예외이다. 이곳은 '정액 수가제'를 채택하는데, 이 제도는 환자군을 신체 상태에 따라 분류하고 군별로 하루당 일정 수가를 지급하는 방식이다. 2019년 10월에 개정되어 현재는 환자를 다섯 가지 군으로 분류하지만, 내가 요양병원에 근무할 때는 일곱 가지 군으로 분류되어 있었다.

문제는 콧줄을 갖고 있는 환자는 '돌보기 어려운 환자', 즉 '의료고도군'으로 분류되지만 콧줄을 갖고 있지 않는 환자는 그 밑의 단계인 '인지장애군' 혹은 '신체기능저하군'으로 분류된다는 점이었다. 그리고 어느 군으로 분류되는지에 따라 병원이 받을 수 있는 수가는 확연히 달랐다. 콧줄을 갖고 있는 환자 한 명에 대해서는 하루 최고 6만 6320원을 청구할 수 있다면, 인지장애군은 5만 8040원, 신체기능저하군은 최저 4만 2390원만을 청구할 수 있었다. 내가 한 명의 콧줄을 빼면 병원은 한 달에 최저 24만 8400원에서 최고 71만 7900원의 손해를 감당해야 했다. 내가 총 10명의 콧줄을 뺐으니, 병원 입장에서는 한 달에 최고 약 700만 원 이상의 손해가 발생한 셈이다. 바로 이것이 원무과장이 나에게 면담을 청한 궁극적인 이유였다. 웬만한 사람의 석 달 치 월급에 육박하는 금액이니, 콧줄을 새로 꽂기는커녕 있는 것조차 빼고 다니는 나를 보며 곤란했을 수밖에. 병원의 입장도 씁쓸하지만 이해는 되었다.

게다가 콧줄을 빼면 간병인은 무척 수고스러워진다. 콧줄을 갖고 있는 환자 대부분은 거동이 불편한 노인이고, 혼자서 식사를 하기 어렵기 때문에 끼니마다 밥을 일일이 떠먹여줘야 한다. 원래 삼킴 기능이 떨어져 있던 환자이므로 먹는 속도도 느리고, 떠먹여주어도 입가로 음식물을 흘려 옷을 자주 갈아입혀야 한다. 게다가 콧줄로 음식을 줄 때는 미음 형태의 경관식으로 제공된 주머니나 캔을 콧줄에 연결하기만 하면 되니, 그에 비하면 간병인 입장에서는 여간 불편한 일이 아니다. 내가 회진을 갈 때마다 간병인들의 표정이 점점 뚱해지는 것 같던 게 나만의 착각은 아니었던 것이다. 안 그래도 일이 많은데 내가 왔다 가면 일이 두 배, 세 배로 불어나니 반길 이유가 없었겠지. 추가적으로 음식을 만들어야 하는 영양사와 조리사의 불만은 더 말할 것도 없었다. 원무과장은 병원의 경제적 손해와 직원들의 불만을 처리해줘야 하는 직책이니, 이런 말을 할 수밖에 없는 입장이었다. 아마 그도 말을 꺼내기 전에 오랜 시간 고민했으리라. 내 눈치를 살피던 그가 조심스레 말을 꺼냈다.

"혹시 가능하면 콧줄을 건드리지 않으시면 안 되겠습니까?"

아, 하필 나는 이런 순간이 오면 속된 말로 '겁대가리'를 상실한다. 굳이 안 그래도 되는데, 쓸데없는 정의감에 불타오른다.

"지금 그러니까, 의학적으로 불필요해도 단지 병원의 이익을 위해서 콧줄을 다시 꽂으라는 거죠?"

커피 잔을 내려놓으며 애꿎은 원무과장에게 역정을 쏟아냈다. 원무과장은 말이 없었다. 난감해하는 기색이 역력했다.

"앞으로도 콧줄을 뽑아야 하는 상황이 오면 저는 한순간도 망설이지 않고 뽑을 겁니다. 이런 제가 병원에 불필요하다면, 아니 손해를 입히는 사람이라면 과감히 자르세요. 고용노동부에 문제 제기 같은 건 하지도 않고 떠나드릴 테니까요."

그렇게 으름장을 놓고선 방을 박차고 나왔다. 다행히 그런 일은 발생하지 않았지만. 그러나 원무과장이라고 해서 악역을 자처하고 싶었을까. 그는, 그의 뒤에 있던 병원은 현실을 말했을 뿐이다. 원무과장은 병원의 운영을 맡고 있는 직원이고 병원도 결국 돈을 벌고 흑자를 유지해야만 운영할 수 있는 곳이다. 그런 점만큼은 기업과 다를 바가 없다. 애꿎은 그에게 역정을 내고 나니 또 금세 미안해져 마음이 영 불편했다. 이런 사태를 초래한 원인은 궁극적으로 정액 수가제와 잘못 짜인 환자 분류체계에 있는 것을.

사실 콧줄이 무조건 피해야 하는 의료 행위인 것도 아니다. 사람마다 가치관이 다르듯, 의사도 진료 철학이 다르다. 어떤 의사는 흡인성 폐렴이 발생할 때 환자가 겪을 괴로움이 더 크다고 판단해 어떻게든 콧줄을 유지하려고 했을 수도 있다. 환자나 보호자도 그런 의사의 결정에 동의해 따를 수도 있다. 또 어떤 의사는 나처럼 콧줄을 빼는 게 더 낫다고 판단하더라도 보다 신중하게 환자를 더 지켜본 뒤 실행에 옮겼을 수도 있다. 혹은 콧줄을 빼자고 했을 때 환자나 보호자가 거부했을 수도 있다. 나 역시 무작정 콧줄이 싫어서 뽑은 것이 아니었다. 환자들에게 콧줄이 필요하다고 판단된다면 기꺼이 콧줄을 꽂았을 것이다.

다만 '콧줄을 넣을지 말지'라는 의료 행위를 결정할 때, 그 결정은 경제적 이유가 아니라 오롯이 '환자에게 최선이 무엇인가'라는 의학적 이유를 바탕으로 해야 한다. 나는 그저 교과서적인 진료를 하고 싶었다. 그러나 정책과 제도는 자꾸 의학적 결정에 돈이라는 경제적 이유가 침범하도록 만들었고, 병원은 그 제도와 타협할 수밖에 없는 '을'이었다.

그날 자리로 돌아와 환자들을 면밀하게 살폈지만 내 결정은 변하지 않았다. 적어도 내 환자들 중에는 콧줄을 다시 꽂을 만한 사람이 없었다.

2019년 10월, 요양병원 환자 분류체계가 개편되었다. 반색하며 살펴봤지만 콧줄을 갖고 있으면 의료고도군, 즉 '돌보기 어려운 환자'로 분류되어 더 높은 수가를 지불하는 기존의 방침은 바뀌지 않았다. 한숨이 나왔다. 오늘도 어느 요양병원에서는 단지 경제적 이유 때문에 환자가 강제로 콧줄을 꽂고, 그 콧줄을 유지하기 위해 손이 묶이며 진정제를 맞을지도 모른다. 그런 생각을 하니 불쑥 또 화가 치민다. 의료 행위를 할 때 오로지 환자만을, 의학적인 이유만을 생각하는 것. 어쩌면 의사가 바라는 것은 고작 그뿐인 것을.

I'm
sorry

어느 날 환자 한 명이 유명을 달리했다. 신동맥 협착으로 2차성 고혈압*이 생겨 약물로는 혈압이 조절되지 않던 70대 할머니였다. 환자는 네 가지 종류의 약을 먹어도 입원 당시 혈압이 200/100대를 훌쩍 넘었고(정상은 140/90 미만이다), 만성적인 두통을 호소했다.

검사 결과 좌측 콩팥에 혈액을 공급하는 신동맥이 크게 좁아져 있었고, 이것이 고혈압을 유발하는 원인이었다. 환자는 의학적 권

---

* 원인만 제거되면 완치되는, 2차적 원인에 의한 고혈압을 의미하며 전체 고혈압 환자의 약 10% 정도를 차지한다.

유에 따라 좁아진 신동맥에 스텐트를 삽입하는 비교적 평이한* 시술을 받았다.[21] 시술은 무리 없이 끝났고 환자도 시술 후 담당 의사에게 웃으며 '욕 봤다'고 농을 건넬 만큼 멀쩡했다. 그러나 늦은 밤, 예상치 못하게 혈압이 급격하게 떨어졌다. 순식간에 병원에는 긴장감이 감돌았다. 의사, 간호사 할 것 없이 바삐 움직였지만 결국 환자는 일반 병실에서 중환자실로 옮겨졌다. 모든 의료진이 달라붙어 최선을 다했지만 다음 날 아침 환자는 떠났다. 스텐트 삽입술 후 발생한 신동맥 파열, 그로 인한 과다출혈이 원인이었다.

갑작스러운 죽음이었다. 보호자들은 절규하며 환자의 죽음을 받아들이지 못했다. 차갑게 식어가는 환자를 얼싸안고 통곡하는 보호자들을 보면서 허탈감이 밀려들었다. 황망하게 서서 그들을 바라보는 것 외에 내가 할 수 있는 일은 없었다. 환자 옆에 매달려 안간힘을 쓰느라 머리는 온통 산발에, 양손은 피투성이가 되어 있었다. 그렇지만 나의 고생은 저들의 슬픔에 비할 바가 되지 못했다. 예상치 못했던 죽음, 받아들이기 힘든 것이 당연했다. 일부러 마음 추스를 시간을 오래 주었다.

오후 1시쯤, 이제 병상을 정리하고 병동의 다른 환자를 받으려던 중 새로운 보호자가 나타났다. 그는 의료 과실로 환자가 죽은

---

* 신동맥 스텐트 삽입술의 중요 합병증 발생률은 약 6~10% 정도이다.

것이니, 지정의와 면담을 하기 전에는 시신을 빼지 않겠다고 힘주어 말했다. 적잖이 당황스러웠다. 병동에는 이미 중환자실로 이송해야 할 환자가 대기 중인 상황이었다. 명백한 진료 방해였지만 가족을 잃고 이성을 잃은 보호자를 그저 냉정하게 내치기는 힘들었다. 지정의에게 차분하게 사태를 알리고 기다렸다. 보호자들은 지나치게 격양된 상태였고 그 마음은 이해할 수 있었다. 건강했던 나의 어머니, 나의 할머니가 갑자기 하루 만에 세상을 떠났으니 얼마나 황망할까. 그것도 시술을 성공적으로 마친 후였으니. 담당 지정의는 외래가 끝난 늦은 오후에나 중환자실로 올 수 있었고, 그때부터 길고 긴 면담이 이어졌다.

"당신이 시술이 필요하다고 했잖소. 당신 말만 믿고 시술을 받은 건데 이게 뭡니까. 시술 잘됐다면서요. 당신 입으로 말했잖습니까. 그런데 어머니는 대체 왜 죽은 거요. 속 시원하게 좀 말을 해보소."

사망한 환자의 아들이 삿대질을 하면서 지정의를 몰아세웠고, 잔뜩 흥분한 목소리가 회의실을 가득 메웠다. 지정의는 최대한 침착하게 보호자에게 설명했지만 그 자리에서 시시비비를 가릴 순 없었다. 사실 기대도 하지 않았다. 의학 지식이 없는 평범한 이들에게 의사가 아무리 최선을 다해도 예측할 수 없는 부작용이 발생하고, 그 때문에 종종 환자가 죽기도 한다는 사실을 설명하기란 참 어렵다. 격양된 보호자는 의사를 몰아세우고, 의사는 자기를 방어하기 위해 의학 지식을 내세울 수밖에 없다. 그러면 보호자는 알아듣게 설명하라며 또 화를 낸다.

모든 의료 행위에는 부작용이라는 위험이 따른다. 세상에 부작용이 단 한 건도 발생하지 않는, 백 퍼센트 안전한 의료 행위는 없다. 할머니가 받은 신동맥 스텐트 삽입술은 비교적 안전한 시술이다. 할머니의 경우에도 그랬다. 시술 도중 아무런 문제가 없었고, 시술이 끝난 뒤 수 시간 동안 생체징후를 비롯해 모든 것이 안정적이었기에 시술 도중에 합병증이 발생했다고 의심하기도 어려웠다. 할머니는 네 종류의 고혈압 약물로도 혈압이 조절되지 않는 지경이었고, 그로 인해 심근경색, 뇌졸중 등의 합병증이 발생할 수도 있다는 점을 고려하면 부작용의 위험을 감수하고라도 시술을 받는 편이 더 이득이었다. 나 역시 똑같은 상황이었다면 내 가족에게 그 시술을 권했을 것이다.

시술 전 동의서를 받으면서 발생 가능한 부작용에 대해서 설명하지만, 하필이면 그것이 내게 해당되는 내용일 것이라고 예상하면서 시술하는 의사도, 시술받는 환자도 없다. 어쩌면 동의서를 받는 과정은 '부작용이 제발 발생하지 않았으면' 하는 간절한 마음에 의사와 환자가 함께 치르는 종교의식과 비슷하다.

당시 전공의 신분이었던 나에게 발언권은 주어지지 않았다. 수련병원에서 발생한 대부분의 의료사고는 전공의가 직접적인 책임을 지지 않기에, 나는 그저 지정의 옆에 가만히 서 있을 뿐이었다. 하지만 한 번쯤은 말하고 싶었다. 당시 지정의도 같은 마음이었으리라 생각한다.

유감입니다.

좀 더 구체적으로 풀어서 쓴다면 내가 하고 싶었던 말은 이것이었다.

"돌이켜봐도 제가 한 의료 행위에는 문제가 없었고, 저를 비롯해서 모든 의료진이 정말 매 순간 최선을 다했습니다. 그런데 불행히도 환자분은 돌아가셨습니다. 대체 왜 이런 의료사고가 발생했는지 저도 이해하기 어렵습니다. 저도 지금 이 사태가 이해가 안 가는데, 하물며 의학 지식이 없는 보호자께서 그걸 이해하시기란 너무나도 어려울 것입니다. 보호자분 심정은 너무나 이해합니다. 어머니를 떠나보내셨으니 얼마나 슬프시겠어요. 그렇지만 섣부르게 미안하다거나 제 탓이라고 말할 순 없습니다. 말하는 순간, 마치 제가 의료 과실을 저질러서 환자분을 돌아가시게 했다는 진술로 곡해될까 봐 두렵습니다. 하지만 환자분이 돌아가신 것은 저도 진심으로 유감스럽고 슬픕니다."

나는 이렇게 말하고 싶었다. 그리고 어쩌면, 보호자가 바란 말도 기나긴 설명이 아니라 진심이 담긴 유감의 말 한마디였을지도 모른다.

표준국어대사전은 유감遺憾을 '마음에 차지 아니하여 섭섭하거나 불만스럽게 남아 있는 느낌'으로 정의한다. 일상에서 '유감이다'라는 말은, 상대방에게 발생한 불행에 자신의 책임이 어느 정도 있을 때, 혹은 내가 한 일이나 내가 하지 않은 일이 그 불행에 간접적으로 영향을 미쳤을 때 안타까움을 나타내는 표현으로 쓰인다. 의사로서 나는 이 '유감'이라는 단어의 쓸모를 자주 느끼곤 한다.

영어를 처음 배울 때 "I am sorry"라는 관용 문구의 두 가지 뜻에 대해서 배웠다. 하나는 자신의 잘못을 사과하는 뜻, 다른 하나는 상대에게 공감과 안타까움을 표현하는 뜻이었다. 어릴 때는 이두 가지의 뜻이 어떻게 혼용되어 사용되는지 잘 이해하지 못했는데, 크면서 점점 깨닫게 되었다. 설사 고의성이 없었더라도, 나의행위로 인해 누군가에게 불행한 일이 일어났다면 그때 내가 어떤태도를 취해야 하는 것인지를 말이다. 때때로 의사는 환자를 통해타인과 소통하는 법을 배우기도 한다.

의료사고가 발생했을 때 의료진은 피해자 측에 사과는 물론이고 유감을 표현하는 일도 꺼린다. 자신도 모르는 사이 녹음이 되어 이후에 관련 재판에서 의료진이 과실을 인정했다는 증거로 쓰일지 모른다는 두려움을 갖고 있기 때문이다. 그런 이유로 의료사고가 발생하면 의료진은 자연스럽게 피해자 측과 만나거나 대화하는 일을 최대한 피하려 한다. 그러면 피해자 측은 도의적 사과조차 없는 의료진에 또 서운함을 느끼고, 이는 의료진에 대한 노여움으로 이어진다. 그렇게 결국 원만하게 합의하기보다는 민사소송 등 강경 대응까지 가게 되는 악순환이 생겨나는 것이다.

적절한 유감 표명과 사과는 불필요한 의료소송을 줄여주고, 분쟁이 원만하게 해결되는 데 도움이 된다. 미국의 미시간대학병원은 2001년부터 '진실 말하기Early Disclosure and Offer Program'라는 프로그램을 도입했다. 의료사고가 발생했을 때 의료진이 자신들의 실수나 잘못을 곧바로 공개하고 환자에게 사과한 후, 병원 쪽에서 먼저 보상금이나 대안을 제시하도록 촉구한 것이다. 결과는 놀라웠다. 제도를 도입한 지 6년 만에 연간 의료 분쟁 건수가 262건에서 83건으로 65%나 감소했다.[22] 이후 수많은 미국 대학병원들이 유사한 제도를 도입해 성과를 거뒀고, 현재는 37개의 주에서 일명 '사과법'이란 법을 두고 있다.

사과법이란 의료사고가 발생했을 때 보호자들과 소통하는 과정에서 의사가 공감이나 유감, 사과의 표현을 하더라도 이후의 재판 과정에서 의료 과실을 인정하는 증거가 되지 않도록 하는 법이다. 의료진이 의료소송에 대한 두려움을 내려놓고 적절한 때에 유감을 표하거나 사과하도록 권해, 분쟁을 최대한 막기 위함이다. 여기서 말하는 사과란 후회나 유감, 동감, 혹은 선의의 표시를 모두 포함한다. 우리나라에서도 유사한 법이 이미 발의된 적이 있다. 지난 2018년 3월, 이와 같은 내용을 담은 '환자안전법 개정안'이 발의되었지만, 안타깝게도 국회 보건복지위원회에 계류되었다가 임기가 만료되면서 자동으로 폐기되었다. 우리나라에서는 아직도 의사가 쉽사리 미안하다는 말을 꺼내기가 어렵다.

사실 의사와 환자의 관계를 떠나 사람 대 사람으로 생각해보면, 누군가가 갑작스럽게 세상을 떴을 때 그 가족을 위로하며 유감의 말 한마디를 건네는 건 어쩌면 무척이나 당연한 일일지도 모른다. 나도 그 당연한 일을 하고 싶었다. 내가 건넨 한마디 때문에 혹시 어떤 문제가 생기진 않을까, 교수님이나 병원에 누가 되진 않을까 하는 걱정은 하지 않고 진심으로 유감이라고 말하고 싶었다.

때로는 의사와 환자 사이가 너무나도 멀어서 가까워지기 위해서는 법이나 제도 같은 외부의 도움이 필요하기도 하다. 누군가는 혀를 찰지도 모르겠다. 의사들은 도대체 얼마나 콧대가 높고 목이 뻣뻣하기에 미안하다는 말 한마디를 들으려면 법까지 만들어야 하느냐고. 나는 이 글을 통해 변명하고 싶다. 의사도 미안하단 말을 하기 싫어서, 환자의 죽음이 유감스럽지 않아서 그러는 것이 아니라고. 의사 역시 환자나 보호자만큼 의료사고를 두려워하며,

의료소송을 피하고 싶고, 그저 순간의 발언으로 소송에 휘말리게 될까 봐 두려워 주저할 뿐이라고.

그리고 '사과법'은 단순히 사과만을 위해 존재하는 건 아니다. 의료사고 상황에서도 의료진이 끝까지 최선을 다할 수 있는 환경을 구축하려는 의도도 있다. 사과법은 의료진과 환자 모두 인간으로서 당연히 갖고 있는 욕구를 충족시키게 도움으로써 효력을 발휘한다. 그것은 바로 예기치 못한 불행이 발생했을 때 주변으로부터 측은지심의 표현이라도 듣고 싶은 욕구, 왜 이런 일이 발생한 건지 이해하려는 욕구, 나의 슬픔과 절망을 누군가로부터 인정받고 공감을 얻고자 하는 욕구이다. 가족을 잃고 절규하는 보호자들은 사실 어떤 보상이나 처벌보다도 마음을 알아주는 단 한마디가 간절한 것일지도 모른다. 생각지도 못하게 할머니를 잃은 그날, 나는 마음속으로 몇 번이고 그 말을 되풀이했다. 환자의 죽음이 너무나 유감이라고.

어쩌면 사회는 이렇게 쉽게, 허망하게 사람을 죽이는가.
그럴 거면 나와 내 동료들이
병원에서 하고 있는 생고생은 도대체 무슨 의미가 있는가.

삶

성인 중환자실의
아가야

2016년 9월, 전북 전주에서 두 살배기 남자아이가 교통사고로 크게 다친 사건이 발생했다. 아이는 전북대학교병원으로 이송되었지만 모든 응급 수술실이 사용 중이라는 이유로 치료를 받지 못했다. 즉시 전원을 요청했지만 주변 13곳의 병원 어디에서도 아이를 받아주지 않았다. 결국 아이는 아주대학교병원에서 치료받기로 하고 헬기에 올랐지만 12시간 만에 숨을 거두고 말았다. 아주대학교병원은 수원에 있는, 처음 사고가 발생했던 전주와는 무려 200킬로미터나 떨어진 곳이다.

이 사건은 언론에 대대적으로 보도되며 많은 사람의 관심을 받았다. 기사를 읽으며 절로 탄식이 흘러나왔다. 고작 두 살밖에 되지 않은 그 조그마한 아이가 얼마나 고통스러웠을까. 죽어가는 아이를 보며 그 부모는 또 얼마나 가슴이 찢어졌을까. 나 역시 처음에는 병원을 원망하는 마음부터 들었다. 그러나 이 문제를 곱씹으면 곱씹을수록 무언가 잘못되었다는 생각을 지울 수가 없었다. 찜찜했다.

전원을 문의했던 병원 중에는 권역외상센터 여섯 곳도 포함되어 있었고, 익산의 원광대학교병원도 그중 하나였다. 그런데 왜 환자를 받아주지 않았을까. 이유는 간단했다. 당시 원광대학교병원에는 소아외상 환자를 진료할 수 있는 인프라가 없었다. 아이는 견인차에 깔려 골반 골절을 입었다. 심각한 내부 출혈이나 장기 손상도 고려해야 하는 상황이었다. 그러나 원광대학교병원에는 이런 환자를 진료할 수 있는 소아외과나 소아정형외과 의사가 없었다. 도무지 이해가 되지 않았다. 소아분과 전문의가 없다고 소아외상환자를 치료할 수 없는 건 아니지만, 아무리 그래도 '권역외상센터'라는 이름을 달고 있는 상급종합병원에 어떻게 소아외과 의사 한 명이 없단 말인가.

처음에는 전국적으로 소아외과 의사 자체가 적어서가 아닐까 의심했다. 찾아보니 적긴 했다. 사건이 발생했던 2016년 기준 전국의 소아외과 의사는 고작 30명이었다. 인구 10만 명당 소아외과 전문의는 0.06명으로, 일본의 3%, 미국의 1%에 불과한 수치였다.

그러나 그것보다 더 이상한 것은, 권역외상센터 13곳에 근무하는 소아외과 의사는 단 한 명도 없다는 점이었다.[23]

"난 이게 단순히 소아외과 의사가 부족해서 일어난 문제는 아닌 것 같아."

"무슨 뜻이야?"

"이상하잖아. 무려 권역외상센터인데 소아외과 의사가 한 명도 없다는 게. 이상하지 않아?"

이 이야기는 내가 부회장으로 있었던 대한전공의협의회 내부에서 큰 화두로 떠올랐다. 나 역시 관련 문헌과 논문을 이 잡듯 뒤졌다. 주변에서 공부를 이렇게 했다면 네가 의과대학 수석 졸업을 했을지도 모르겠다며 혀를 내두를 만큼. 그만큼 무언가에 홀린 듯 나는 이 문제에 매달렸다.

그러던 중 보건복지부가 발표한 '권역외상센터의 요건과 지정 기준'을 들춰보게 되었다. 기준은 철저히 성인 중심이었다. 성인 환자 대상으로는 필수 진료과목, 필요한 전문의 수, 성인 중환자실 등 구체적 기준이 있었으나 소아에 대한 언급은 찾아볼 수 없었다. 마치 소아는 외상으로 응급실에 올 리가 없다는 듯이. 소아 환자에 대한 명백한 차별이었다.

소아란 '출생 직후의 신생아부터 만 12세 미만의 어린이'를 가리킨다. 미국 최고의 소아병원으로 꼽히는 필라델피아어린이병원 입구에는 '어린이는 작은 어른이 아니다Children are not small adults'라는 유명한 글귀가 새겨져 있다. 소아는 단순히 성인의 신체를 축소한 존재가 아니며, 따라서 소아 환자에게는 연령·체형·생리적 특수성 등을 고려한 의료 서비스가 제공되어야 한다는 사실을 강조하는 말이다. 그렇기에 미국에는 소아외상센터가 따로 존재한다. 성인외상센터와 함께 있는 곳도 있지만, 소아외상을 다뤄본 경험이 있거나 관련 교육을 받은 의사가 반드시 상주한다. 소아외상센터에서 치료받은 아이들은 성인외상센터에서 치료받은 아이들보다 사망률이 낮고 치료 결과가 좋으며, 입원 기간도 짧다.[24] 이렇듯 소아외상센터의 효과가 이미 입증되어 있는데도 우리나라에서는 권역외상센터를 설계할 때 소아에 대한 별도의 기준을 마련해놓지 않은 것이다.

사고를 당한 아이와 같은 환자를 치료하기 위해서는 최소한 소아외과 의사와 소아응급세부전문의, 소아 중환자실이 갖춰져 있어야 한다. 그러나 사고가 발생한 전주 주변 병원에는 이런 최소한의 조건조차도 없었다. 어쩌면 당연한 일이었을지도 모른다. 정부가 요구하지 않은 일에 병원이 굳이 큰돈을 들여가며 먼저 나설 이유는 없으니.

더군다나 소아 중환자는 돈이 되기는커녕 병원 적자의 주요 요인이 된다. 2011년의 연구에 따르면 어린이병원의 경우 한 해 약

65억 원의 적자가 발생하며 그중에서도 중환자실 등에서 발생하는 적자가 70%를 차지했다.[25] 이 적자의 가장 큰 이유는 '고급 의료 인력'이 많이 필요하기 때문이다. 성인의 경우에도 일반병동에 비해 중환자실은 한 개의 병상당 간호사가 한 명 이상 필요할 정도로 많은 인력을 요구한다. 그러니 정서적으로도 많은 돌봄이 필요한 소아 환자라면 더더욱 많은 의료진을 필요로 할 것이다. 자연히 소아 중환자실이 설치된 병원의 수는 턱없이 적다. 전국에 있는 42개의 상급종합병원 중 소아 중환자실이 설치된 곳은 단 11곳뿐이며, 그나마도 5곳은 서울에 있다. 이 수치를 보니 한숨밖에 나오지 않았다.

그 어떤 병원도 더 많은 환자를 살리는 일을 귀찮아하거나 꺼리지 않는다. 병원이 단순히 소아 중환자실을 설치하기 싫어서 만들지 않은 것은 아닐 것이다. 병원도 결국 일개 조직에 불과하다. 사람을 살리는 곳인 동시에 돈으로 운영되는 곳이며, 수많은 조직원에게 급여를 주고, 비싼 의료 기기를 구매해 명맥을 이어나가야 한다. 적자라는 폭풍을 온몸으로 부딪치면서 꿋꿋이 사명을 이어가는 것은 결코 쉽지 않은 일이다.

결국 이런저런 이유로 전국에 있는 17개의 지자체 중에서 12곳에는 소아 중환자실을 갖춘 병원이 없다. 이런 지역에서 생겨나는 소아 중환자들은 어쩔 수 없이 성인 중환자실로 입원하거나, 다른 지역의 소아 중환자실로 전원을 가야 한다. 생체 징후가 불안정한 어린 환자들은 그렇게 먼 거리로 옮겨지고, 옮겨 다니다가 결국 돌이킬 수 없는 상태가 되기도 한다. 피범벅이 된 채 수술할 병원을 찾아 헤매다 무력하게 가버린 두 살배기 아이처럼.

내가 근무하던 분당서울대학교병원 성인 중환자실에도 태어난 지 채 석 달도 되지 않은 갓난아기가 들어온 적이 있었다. 아기는 폐렴에 걸려서 족히 자기 몸의 세 배는 될 법한 기계호흡기를 단 채로 하루 종일 잠들어 있었다. 무의식중에 꼬물거리기라도 하면 어찌나 예쁘던지. 아기는 환자 대부분이 노인인 성인 중환자실에서 마치 한 떨기 꽃과 같아서, 나뿐만 아니라 모든 의료진의 관심과 애정을 독차지했다. 시간이 날 때마다 아기의 병상을 맴돌았다. 과로와 당직에 시달리며 하루하루 지쳐가다가도 아기만 보면 절로 미소가 번졌다.

나는 친구들 사이에 소문난 '애 덕후'이다. 신생아부터 고등학생까지 웬만하면 다 좋아한다. 아이들이 좋은 이유는, 사람은 어느 누구나 존재만으로도 귀하다는 보편적인 진리를 새삼 깨닫게 해주기 때문이다. 아이들은 예쁜 짓을 해서가 아니라 단지 살아 숨 쉬기 때문에, 단지 그곳에 있다는 것 그 자체로 사랑스럽다. 그래서 전공과목을 정할 때 소아청소년과를 전공할까 진심으로 고민하기도 했다. 바라만 봐도 이렇게 좋은데 아픔까지 덜어줄 수 있다면 얼마나 행복할까. 그럼에도 결국 소아청소년과를 선택하지 않은 이유는, 역설적으로 내가 아이들을 너무 좋아하기 때문이었다. 아이들이 불치병이나 난치병으로 죽어가는 것을 감정적으로 감당할 수 없을 것 같았다. 내가 환자들에게 지나치게 감정 이입을 하지 않고 냉정함을 유지할 수 있을지 자신할 수 없었고, 고민 끝에 소아청소년과는 내게 어울리지 않는다는 판단을 내렸다. 결과적으로는 옳은 선택이었다.

그럼에도 나는 성인 중환자실에서 일하며 어린아이들을 종종 마주쳤다. 노령의 환자들 틈에서 힘겹게 숨 쉬는 아이들을 볼 때마다 마음이 아렸다. 네가 왜 거기서 나와. 정책의 길로 들어서고 나서도 소아 환자와 관련된 정책은 항상 목에 걸린 생선 가시처럼 나를 멈추게 하고, 불편하게 만들었다.

비서관으로 일하던 2019년, 국정감사를 준비하면서 퍼뜩 이런 의문이 들었다. 그때 그 아기는 왜 성인 중환자실로 입원했을까? 당시 분당서울대학교병원에는 소아 중환자실이 없었다. 분당서울대학교병원은 상급종합병원이며, 그 정도의 규모라면 대개 중환자실을 종류별로 갖추고 있기 마련이다. 성인 중환자실도 있고, 신생아 중환자실도 있는데 왜 소아 중환자실은 없었을까?

원인은 상급종합병원 지정 기준에 있다. 성인이나 신생아 중환자실과 달리 소아 중환자실은 상급종합병원 지정 기준에 포함되지 않기 때문이다. 즉, 성인이나 신생아 중환자실이 없으면 상급종합병원으로 지정될 수 없어 정부 지원을 받을 수 없지만, 소아 중환자실은 없어도 아무런 문제가 없다는 뜻이다. 법으로 강제하지 않으니 병원은 소아 중환자실을 굳이 설치하지 않는다.

전국 42개의 상급종합병원 중 소아 중환자실이 설치된 병원이 고작 11곳에 불과한 이유가 바로 여기에 있다. 상황이 이렇다 보니 성인과 소아가 섞여 진료를 받는 것이 전국 중환자실의 민낯이다. 성인 중환자실은 항생제 내성균 등 슈퍼박테리아가 창궐하는 곳이 허다하다. 소아는 성인보다 면역력이 낮아 각종 감염에 걸릴 확률이 높고, 감염에 취약한 소아 환자들이 성인 환자들 틈에 섞여 있다 보면 자연히 균에 감염될 위험도 높아진다. 또한 성인 중환자실은 모든 기준이 성인에게 맞춰져 있어 소아 환자를 진료하기에 적합하지 않다. 그래서 성인 중환자실에서 아이들과 마주칠 때마다 외줄을 타는 듯한 아슬아슬함을 느꼈다.

이 조그마한 아이가 이곳에서 버틸 수 있을까. 이곳까지 온 원인을 어찌저찌 잘 고쳐서 낫는다 해도, 슈퍼박테리아 같은 지뢰를 밟아 간신히 지킨 그 목숨을 속절없이 잃게 되는 건 아닐까.

국정감사 때 이 문제에 대한 질의를 준비했다. 의료의 수도권 쏠림 현상은 이미 널리 알려져 있지만, 소아 중환자의 경우 훨씬 더 심각하다는 사실을 아는 사람은 많지 않다. 2017년 한 해 수도권으로 원정 진료에 나선 소아 환자는 60만여 명이었으며, 그중 중환자도 1만여 명이나 포함되어 있었다. 이들이 지출한 진료비는 1인당 1억 4800만 원으로 총 1조 7000억 원에 달했다. 본인 부담금도 1인당 740만 원가량이 발생했다.[26] 게다가 여기서 말하는 비용은 '순수한 의료비'이다. 성인과 달리 의사 결정 능력이 없고, 혼자서 아픈 몸을 책임지기 힘든 소아 중환자는 의료 원정을 갈 때 반드시 부모 중 한 명을 동반해야 한다. 그래서 보통은 가족들이 간병을 위해 병원 근처로 이사를 한다. 치료비 이외에도 눈에 보이지 않는, 오직 아픈 이와 가족 당사자들만이 알 수 있는 비용이 수두룩하게 발생한다. 그렇게 가계 경제가 위태로워지고, 단란하던 가정이 흔들린다.

소아 중환자에 맞는 최적의 치료를 위해서는 반드시 소아 중환자실을 따로 마련해야 한다. 상급종합병원 지정 기준에 소아 중환자실의 유무가 반드시 포함되어야 하며, 정부가 나서서 시설이나 장비, 운영비 등을 지원해주어야 한다. 실제로 옆 나라 일본은 소아 중환자실과 같은 개념으로 '소아특정 집중치료실'을 운영하고 있으며 정부에서 하루에 약 150만 원에서 170만 원을 지원한다.[27] 그에 비해 2019년 기준 우리나라의 소아 중환자실 수가는 하루에 30만 원 남짓으로, 일본의 5분의 1 수준에 불과하다. 정부의 지원 내용을 보다 보면 생색내기에 그친다는 생각이 떠나지 않아 마음 한 편이 씁쓸해진다.

소아 중환자 정책에 대해 한 달이 넘도록 공들여서 질의를 준비했지만 큰 이슈는 되지 못했다. 예상대로였다. 소아 중환자에 대한 정책은 보건의료정책 분야에서도 사각지대에 놓여 있다. 정치권과 언론은 돈도, 표도 되지 않는 인구 집단에 별 관심이 없으니까. 아직 어린 아이들 대신 목소리를 내야 할 부모는 간병을 하거나 간병비를 버느라 여유가 없다. 정책의 당사자들은 말 그대로 '살아남기' 바빠서 정치에 적극적으로 참여할 여력이 없고, 그 결과 정책적으로 배제당한다. 그러나 누군가는 반드시 그들을 대변해야 한다.

지금도 우리나라의 권역외상센터 지정 기준에는 소아 환자가 없고, 상급종합병원에는 소아 중환자실이 없다. 이는 소아 환자의 건강을 정확히 겨누어 위협한다.

물론 나도 안다. 모든 게 잘 마련되어 있어도 아이를 살리지 못할 수 있다. 인프라가 있다고 해서 모든 것이 해결되는 건 아닐뿐더러 생명을 살리는 일에 백 퍼센트의 확률이란 존재하지 않으니까. 그러나 적어도 의료진이 최선을 다할 수 있는 환경이 갖추어져 있다면, 전주의 두 살배기 아이처럼 손 한 번 써보지 못한 채 허망하게 떠나보내는 아이들의 수는 훨씬 줄어들 것이다.

국정감사가 끝나고, 모두가 퇴근한 텅 빈 사무실에서 애꿎은 질의서를 읽고 또 읽었다. 공들인 질의가 별다른 반향을 얻지 못하고 끝난 것이 못내 아쉬웠다. 저출산을 해결해야 한다며 온갖 대책을 내놓으면서 아이들을 건강하게 키우는 것도 그만큼 중요하다는 건 왜 알지 못할까. 기껏 태어난 아이들이 목숨을 잃는다면, 그것도 충분히 막을 수 있었던 질병이나 사고로 죽어버린다면 그보다 허탈한 일이 또 어디 있을까. 그러나 일개 비서관이 쓴 질의서가 단박에 주목을 받고 세상을 바꿀 수 있다면 애초에 이런 질의서를 쓸 일도 없었을 것이다. 그래, 첫술에 배부를 순 없겠지. 그런 말로 애써 스스로를 위로하며 모니터를 껐다. 집으로 가는 발걸음이 유달리도 무거운 날이었다.

돌아온
탕아

    눈이 내리는 크리스마스이브였다. 추운 날씨 때문인지, 아니면 휴일을 앞둔 시기 때문인지 모처럼 평화로운 응급실 당직이었다. 환자가 없는 틈을 타 간호사들이 나누어 준 케이크를 먹을 수 있을 정도로. 콧노래가 나올 만큼의 고요함과 케이크의 달콤함에 캐럴도, 트리도 없지만 썩 나쁘지 않은 성탄 전야라고 생각하던 참이었다. 응급실 입구 쪽에서 묵직한 발걸음 소리가 들리는가 싶더니 이내 구급대원이 이동식 침대를 끌고 나타났다. 그럼 그렇지. 이런 평화가 오래갈 리가 없다.

    "환자 왔습니다. DOA입니다."

    평소와는 달리 느긋하다 싶을 정도로 담담하게 구급대원이 말했다. 두툼한 방호복을 입은 그의 어깨 위로 진눈깨비가 소복이 가라앉아 있었고, 이동식 침대 위에도 눈처럼 새하얀 천이 덮여 있었다. 가장 먼저 눈길이 간 곳은 천 밑으로 드러난 거친 맨발이었다.

DOA는 'Dead On Arrival'의 약자로, 병원에 도착했을 때 이미 사망한 환자를 뜻한다. 가능한 치료를 모두 시도했는데도 끝내 사망한 것이 아니라, 미처 손 쓸 틈도 없이 떠나보내야 하는 허탈한 객죱이다.

"30대 중반 남자예요. 번개탄을 피웠습니다."

이 좋은 날에 자살이라. 나는 씁쓸하게 시트를 들췄다. 차라리 빨리 사망 선언을 하고 허탈함을 털어버리고 싶었다. 그러나 시신의 얼굴을 본 순간 나는 그 자리에 얼어붙었다. 차갑게 식은 몸으로 병원 문을 두드린 이 '손님'은 한 달 전쯤 내가 입원시켰던 자살 시도 환자, 김상훈 씨였다.

김상훈 씨는 오래도록 실직 상태였다. 1년 넘게 새로운 직장을 구하지 못한 그는 온종일 집에서 술만 마셨다고 했다. 우울증과 알코올 중독으로 약을 먹고 있던 그는 어느 날 만취한 상태로 집에 있는 항우울제를 한입에 털어 넣었다. 그리고 의식을 잃은 채 거리에 쓰러진 모습으로 발견되어 응급실에 왔다. 그는 약을 먹은 뒤 집에서 어떻게 나왔는지, 왜 거리를 방황하고 있었는지 전혀 기억하지 못했다. 그리고 의식을 되찾은 그 시점부터 내가 권하는 치료를 완강히 거부했다.

"나는 아픈 데가 없어요. 멀쩡하다고요."

환자는 반드시 입원해서 정신건강의학과 치료를 받아야 한다는 나의 말에 자기를 미친 사람 취급한다며 난동을 피웠다. 보안 요원이 두 명이나 달려와 억제대로 묶고, 진정제를 놓고서야 환자는 겨우 진정이 되었다.

"이거 풀어주세요. 집으로 갈 거예요."

두 시간이 넘도록 설득했지만 그는 고집스럽게 치료를 거부했다. 다른 환자들이 점차 몰려오고 모두가 지칠 때쯤, 내가 묘안을 냈다. 영양실조로 나빠진 콩팥 기능만 치료하자는 것이었다. 신체적으로 건강한 30대여서 그랬는지, 보름이 넘도록 술만 마셨다는데도 김상훈 씨의 혈액 검사나 가슴 엑스레이 사진에는 별다른 이상이 없었다. 콩팥 기능을 나타내는 크레아티닌 수치가 약간 오른 것 외에는. 불행인지 다행인지 모르겠지만 이걸 핑계로 환자를 잡아둘 수 있을 것 같았다.

정신건강의학과가 아닌 신장내과로 입원시켜 주겠다는 나의 말에 그는 의외로 순순히 동의했다. 지금까지의 불만은 다 무엇이었나 싶을 정도로. 대신 나는 조건을 걸었다. 신장내과에 입원해 있는 동안 반드시 정신건강의학과의 협진을 본다는 것이었다. 이 말에도 김상훈 씨는 고분고분하게 동의했다. 돌이켜보면 그는 지푸라기라도 잡고 싶었고, 마침 그때 내가 내민 손을 간신히 붙잡았던 것 같다.

응급기록에 그의 상태에 대해 세세히 적어 입원시켰지만, 결국 김상훈 씨는 입원 도중 몰래 병원에서 도망쳤다. 그는 고아였고, 경찰을 통해서야 힘들게 연락이 닿은 이혼한 전 부인은 김상훈 씨를 돕고 싶어 하지 않았다. 그녀는 경제적 능력도 없었던 데다가, 짧은 결혼 생활 동안 걸핏하면 술에 취해 폭력을 휘두르던 전 남편을 '남보다 못한 사람'이라고 불렀다. 그렇게 병원을 나간 김상훈 씨는 연락이 닿지 않았고, 결국 차디찬 시체로 내 앞에 다시 나타났다.

"12월 24일 오후 8시 32분, 김상훈 님 사망하셨습니다."

무미건조한 목소리로 사망 선언을 했다. 같이 온 가족이 없으니 사망 선언을 할 때면 병원을 가득 채우던 절규나 울음소리도 들리지 않았다. 응급실의 공기는 변한 게 없었다. 곧 이송팀이 오고, 시신은 영안실로 옮겨질 것이다. 검게 변한 환자의 얼굴을 내려다보다가 천을 덮어주었다. 속이 아렸다.

대한민국은 자타공인 '자살 공화국'이다. 꼭 내가 지금껏 봐온 응급실 풍경을 이야기하지 않더라도 수많은 통계가 이를 뒷받침한다. 2018년 우리나라의 자살률은 OECD 회원 36개국 가운데

1위를 차지했다. 하루에 무려 40명에 가까운 사람이 스스로 목숨을 끊었다. 자살 사망률은 26.6명으로 전년보다 2.3명 늘었다. 연령대로 보면 80세 이상을 제외한 전 연령에서 증가했으며 특히 10대, 30대, 40대에서 크게 늘었다. 청년의 자살률은 더욱 심각하다. 자살은 우리나라 10~30대의 사망 원인 중 가장 큰 비율을 차지한다. 안타깝게 사망한 김상훈 씨도 30대라는 아까운 나이였다. 10대의 경우 자살은 전체 사망 원인 중 무려 35.7%에 달했다. 20대는 47.2%가 스스로 목숨을 끊었다. 사망한 20대 2명 중 1명이 자살로 목숨을 잃은 것이다.[28] 청년靑年, 한창 성장하고 무르익을 시기에 그들은 스스로 세상을 등졌다. 사실 이건 그다지 생소한 이야기가 아닐 것이다. 우리나라의 자살률은 이미 수년째 OECD 국가 중 1~3위를 다투고 있고, 많은 사람이 이 사실을 알고 있다.

그러나 우리는 지금껏 나약한 개인의 탓이라며 자살 문제를 축소하고 외면했다. 한창 미래를 꿈꿔야 할 나이에 그 많은 사람이 어째서 죽음이라는 선택을 해야 했는지 알려고 하지 않았다. 정부와 사회가 우리나라 자살 문제의 심각성을 깨달은 지는 아직 얼마 되지 않았다. 2004년에 이르러서야 처음으로 제1차 자살예방기본계획이 수립됐고, 2011년에야 '자살예방법'*이 제정됐다. 자살예방

---

* 〈자살예방 및 생명존중 문화 조성을 위한 법률〉.

법에 따르면 정부는 5년마다 자살 방지를 위한 국가 계획을 제시해야 하지만 제3차 기본계획은 2014년이 아닌 2016년에야 발표되었다. 정부가, 우리 모두가 자살 문제의 심각성을 제대로 인지하지 못하는 동안 응급실에는 하루가 멀다 하고 스스로 목숨을 끊은, 끊으려 시도한 청년들이 실려 들어왔다. 젊은 나이인 나보다도 한참은 어린 환자가 생을 마감하려 했다는 것을 보면 가슴 한 구석이 쓰라렸다.

다행히 문재인 정부가 2017년 발표한 국정 과제 안에 자살 예방이 포함되었다.* 이는 역대 최초이며, 정부중점사업으로 추진되는 것 역시 최초라는 점에서 분명 의미 있는 일이나 아직은 역부족인 것 같다. 자살 예방 사업은 과정보다 결과로 증명해야 하기 때문이다. 실제로 자살률이 감소하지 않으면 어떤 제도든, 정책이든 의미가 없다. 자살률이 최고치였던 2011년과 비교할 때 자살자 수는 14.1% 감소했고, 자살률도 16.1% 감소했지만 2017년에 비하면 이는 증가한 수치이다.[29] 갈 길은 아직 멀다.

의사로서 아무리 애를 써도 어떤 환자들은 어쩔 수 없이 세상을 떠난다. 그럴 때마다 아쉽고, 속이 상하고, 때로는 자책도 한다.

---

* 문재인 정부는 국정 운영 100대 과제 중 '건강보험 보장성 강화 및 예방 중심 건강관리 지원'의 세부 내용에 자살 예방 및 생명 존중 문화를 확산시키는 계획을 포함했다.

하물며 신체적으로 건강하던 환자가 스스로 목숨을 끊은 것을 보면 그 속상함은 이루 말하기가 어렵다. 환자 한 명 한 명의 속사정을 낱낱이 알진 못해도 지금껏 그가 버텨온 세월이, 역경이, 그리고 앞으로 펼쳐질 미래와 가능성이 못내 아깝다. 그래서 자살을 시도했다는 환자를 만날 때마다 유독 답답한 심정을 느낀다. 자연히 자살 예방에도 관심이 많다. 이는 비단 나만의 독특한 특성이 아니라, 그 어떤 노력을 불사하고도 목숨을 놓쳐본 경험이 있는 의사들이라면 비슷하게 느끼는 감정일 터이다.

나는 먼저 의사로서, 현장에서 내가 맞닥뜨리는 상황과 이때 필요한 자살 예방법에 대해서 이야기하고 싶다. 그러기 위해서는 김상훈 씨가 처음 실려 왔던 11월의 어느 밤으로 돌아가야 한다.

우선 김상훈 씨가 자살을 시도했다는 것을 인지하고 '자살 시도자 지원팀'을 호출한다. 이상적인 시스템으로 돌아가고 있다면 이 지원팀은 24시간으로 운영되며, 언제든 전화 한 통으로도 쉽게 접촉할 수 있을 것이다. 의사, 간호사, 사회복지사, 임상심리사 등이 포함되어 있는 이 지원팀은 그 구성원이 최소 3년 이상의 경력을 쌓은 베테랑들이라면 더할 나위 없겠다. 응급실에 도착한 지원팀은 김상훈 씨와 면담을 시도한다. 김상훈 씨가 본인의 상태를 인정하고 정신건강의학과로 입원하는 것에 동의할 때까지 면담은 지속된다. 만약 끝끝내 입원을 거부한다면 지금보다 간소화된 절차를 통해 2주간 '비자의입원'을 시킬 수도 있다. 퇴원 후 또 다시 자살을 시도할 가능성이 높은 환자에 한해 병동에서 좀 더 면밀하게 관찰하기 위해서이다.

입원해 적절한 치료를 받고, 어느 정도 안정 궤도에 오른 것이 확인되어야 김상훈 씨는 퇴원할 수 있다. 이후에도 지원팀은 환자를 집 근처 정신건강의학과 의원이나 정신건강증진센터와 연결시켜 줘 외래 치료를 계속할 수 있도록 돕는다. 지원팀은 치료비를 지원할 뿐만 아니라, 다시 상태가 악화될 경우를 대비해 정기적으로 김상훈 씨에게 전화를 하거나 방문을 하는 식으로 계속 사례 관리를 진행한다. 그가 원한다면 언제든지 핫라인을 통해 연락을 취할 수 있고, 평소 경제적 어려움을 겪었다면 취업을 지원해주는 등 현실적인 도움도 받을 수 있다.

다만 이 체계는 어디까지나 자살 시도자가 자살을 다시 시도하는 것을 막고, 정신건강을 회복하도록 돕는 아주 최소한의 지원일 뿐이다. 수능 성적을 비관하며 목을 맸다는 수험생, 몇 년 동안이나 취업이 되지 않아 극단적인 선택을 했다는 취업준비생. 전혀 드물지 않은 이야기인 이런 뉴스를 볼 때면 앞에서 이야기한 자살예방체계가 생기더라도 큰 변화는 없을 것 같다는 생각이 들곤 한다. 결국 궁극적으로 자살을 막기 위해서는 과도한 경쟁이나 사회적 고립처럼 자살을 유발하는 요인 자체를 제거하기 위한 거시적인 노력이 필요하다.

자살은 없다. 살고자 하는 것은 인간의, 생물의 본능이다. 자살은 막다른 골목에 몰린 이들이 편안해지고자 택한 결과이다. 어쩌면 궁지에 몰린 그들에게는 그것이 유일한 선택지로 보였을지도 모른다. 목숨을 끊는 선택 자체는 개인이 했을지 모르나, 그 사람에게 자살이라는 선택지를 내민 것은 사회였다. 자살은 개인의 탓이 아니다. 우리가 목격한 것은 모두 사회적 타살이었다.

앞서 언급한 체계는 사실 가상의 것이 아니다. 2013년부터 보건복지부는 '자살 시도자 및 노인 우울증 치료비 지원'이라는 사업을 시행하고 있다. 이 사업은 병원 내 응급의학과-정신건강의학과-사례관리팀으로 '생명사랑위기대응센터'를 조직하고, 응급실에 내원한 자살 시도자에게 응급치료와 상담, 심리치료를 제공한다. 환자나 자살 시도자의 가족이 경제적으로 좋지 않은 상황이라면 치료비도 지원한다. 자살 시도자가 퇴원한 후에는 전화와 방문을 통해 꾸준히 관리하고, 집 근처의 의원과 환자를 연결해준다. 다만 모든 의료기관에서 이런 사업을 운영하고 있지는 않다. 참여기관이 계속 확대되고는 있지만 응급실로 내원하는 자살 시도자의 수를 생각해보면 턱없이 부족하다.[30] 김상훈 씨가 찾아왔을 당시 내가 근무하던 병원에도 이런 사업은 없었다. 지금도 나는 못

내 아쉽다. 두 시간 넘게 설득해서 내과 병동에라도 입원시키는 것, 고작 그게 내가 할 수 있는 최선이었다는 것이.

한번 자살을 시도한 사람은 다시 똑같은 시도를 할 가능성이 매우 높다. 실제로 이 생명사랑위기대응센터에서 자살 시도자의 실태를 분석하자, 응답자 중 과거에 자살을 시도한 적이 있다는 이들의 비율은 3분의 1이 넘었고 향후 또 자살을 시도할 계획이 있다고 답한 응답자 중 절반 정도가 1개월 이내에 자살 계획이 있다고 답했다. 누군가는 자살 시도자들을 계속 주시해야 하는 이유이다. 그리고 이런 추적관찰은 의료기관에서부터 시작되는 편이 가장 효율적이다. 자살을 시도했으나 살아남은 사람이라면, 반드시 한 번은 의료기관으로 이송되기 때문이다. 그때가 바로 자살 시도자를 살릴 수 있는 사실상 마지막 기회이다.

올해 들어 이 사업의 결과를 검토하며 자꾸만 가슴을 찔러오던 대목이 있었다.

'도움을 얻으려고 했던 것이지, 정말 죽으려고 했던 것이 아니다.'

자살 시도의 진정성을 묻는 질문에 10명 중 4명이 위와 같이 대답했다. 어떤 사람들은 자살이라는 극단적인 방법을 통해서라도 처절하게 도움을 구한 것이다. 어쩌면 김상훈 씨도 자살 시도라는 방법으로 도움을 청한 것이고, 정신건강의학과가 아닌 신장내과로 입원하길 권했을 때 그렇게 순순히 받아들였던 것은 일종의 구원을 받고 싶어서였을지도 모른다. 그에게는 그 권유가 단 한 가닥 남은 간절한 희망이었던 걸까.

하나 다행인 것은, 아직 그 규모가 충분하지는 않지만 자살 시도자 사후관리서비스가 긍정적인 효과를 보이고 있다는 점이다. 서비스가 진행될수록 전반적인 자살 위험도나 자살 생각 및 계획, 우울감 등이 감소했다. 기관과 처음 접촉했을 때는 자살 시도자의 자살 생각이 23.6%였지만 4회 접촉했을 때는 13.6%로 감소했다. 자살 '계획'이 있는 경우도 첫 접촉 때는 3.1%에서 4회 접촉 시 1.6%로 감소했다. 사업은 분명 효과가 있었다. 결과가 이를 입증한다. 자살 시도자들에게 손을 내밀면, 그들은 언젠간 그 손을 잡을 것이다.

의사는 생명을 구하는 직업이지만 병원 밖에서까지 사람을 살리기는 어렵다. 김상훈 씨를 입원시킬 수는 있었지만 그가 병원을 몰래 빠져나가 끝끝내 자살을 시도한 건 막을 수 없었던 것처럼. 자살을 시도한 사람이 당장 죽는 것은 막을 수 있어도 환자가 병원 밖으로 걸어 나간 순간부터 의사는 그의 죽음을 막을 길이 없다. 더 많은 생명을 구하기 위해서는 병원 밖에서도 자살을 막을 수 있는 무언가가 필요하다.

글을 마치며 마지막으로 고백하고 싶은 이야기가 있다. 나는 불면증을 앓고 있다. 이따금 불면증과 우울감이 함께 찾아올 때도 있다. 그럴 때면 '감기에 걸렸구나' 싶은 심정으로 정신건강의학과를 찾는다. 수면제를 소량 처방받아 좀 더 쉽게 잠에 들기도 하고, 주치의에게 내 기분이나 상태에 대해서 상담을 받기도 한다.

이 글이 세상에 나오고, 부모님께서 읽으시면 가슴 아파 하실 것을 뻔히 알면서도 이를 굳이 적는 건 내게도 적잖은 용기가 필요한 일이다. 그럼에도 이런 이야기를 하는 이유는 나조차도, 건강과 생명에 대해 그리 잘 아는 의사조차도 가끔은 잠들기 어렵고, 우울감에 시달릴 때가 있다는 걸 알리고 싶어서이다. 그리고 적절한 치료를 하면 고비를 넘길 수 있다는 것 역시 힘주어 말하고 싶다. 불면증이나 우울감은 부끄럽거나 숨겨야 하는 것이 아니며, 의료의 도움을 받으면 얼마든지 해결할 수 있다. 혹시 지금 우울감으로 괴로워하고 있다면 부디 용기를 내어 정신건강의학과의 문을 두드려보길 바란다. 누구나 살면서 한 번은 감기에 걸린다. 감기에 걸렸다고 해서, 혹은 감기 때문에 병원에 갔다고 해서 그걸 수치스러워하거나 숨기는 사람은 없다. 우울증은 감기와 같다. 우울증은 충분히 치료할 수 있고, 그러므로 자살도 얼마든지 치료하고 예방할 수 있는 질환일 뿐이다.

우리는 이겨낼 수 있다. 누구든 죽고 싶을 수 있지만, 그럼에도 우리는 계속 살아갈 수 있다.

당뇨병을 앓고 있던
김영호 씨와 김영호 씨

의사는 하루에도 다양한 환자를 만난다. 워낙 많은
사람을 접하다 보니 동명이인 정도는 비일비재하고, 아주 특이한
이름이 아니고서야 그다지 인상적이지도 않다. 사람을 이름보다
는 병력, 증상으로 기억해야 하는 것이 내 직업이다. 그럼에도 그
병력 이상으로 머릿속에 오래 남는 이름이 하나 있었다. 평범하기
그지없는 이름, 김영호.

나는 2015년에 두 명의 김영호 씨를 만났다. 둘 다 1950년생으
로, 내가 만났던 해에는 똑같이 환갑을 맞은 61세였다. 두 사람 다
고혈압과 당뇨병, 고지혈증을 앓고 있었고 공교롭게 이름까지 같
았다. 다만 한 사람은 심근경색으로 서울시립보라매병원에 실려

왔고, 다른 한 사람은 서울대학교병원 VIP 병동인 특실에 협심증으로 입원했다는 점이 달랐다.

전자의 김영호 씨를 만난 것이 먼저였다. 그는 이름 모를 달동네에서 컸고, 초등학교밖에 나오지 못했으며 쪽방촌에 살면서 몸쓰는 일을 해 겨우 생계를 이어가는 사람이었다. 반면 몇 달 후 서울대학교병원에서 만난 또 다른 김영호 씨는 서울에서 태어나 명문 대학교에 진학했고 박사 학위까지 취득했다고 했다. 나와 만났을 때 그는 내로라하는 대기업의 이사였다. 그들은 이름도, 앓고 있는 병도 같았지만 삶의 궤적은 동전의 양면처럼 달랐다.

보라매병원에서 만난 김영호 씨에게는(편의상 그를 김영호1 씨라고 하겠다) 부모님에 대한 기억이 거의 없었다. 가족력을 확인하기 위해서 부모님이 앓았던 질환에 대해 물었지만 그는 모른다고 했다. 부모님에 대해서 기억하는 점이라면 어머니는 일찍이 집을 나가 연락이 끊겼고, 아버지는 늘상 술을 마셨으며 그가 어렸을 때 간이 안 좋아 죽었다는 것뿐이었다.

김영호1 씨는 30대 초반이라는 이른 나이에 고혈압 진단을 받았다. 당시 의사는 과음으로 인한 복부 비만이 원인이라며 절주와 체중 감량을 권했지만, 매일 막노동으로 먹고사는 김영호1 씨에게 고된 하루를 마치고 마시는 막걸리 두 병은 유일한 낙이었다. 그렇게 그는 술로 피곤을 달래며 고혈압 진단을 잊었다. 증상이 없으니 병원에 한 번도 가지 않았고, 약도 먹지 않았다. 그렇게 10년이 흘렀을 즈음, 먹는 양에는 변화가 없는데도 자꾸만 살이 빠지고 입이 바싹바싹 타들어갔다. 같이 일하던 동료가 자기 어머니가 그러다가 당뇨병을 진단받았다며 진료를 권했고, 설마 하며 찾아간 병원에서 김영호1 씨도 당뇨병 진단을 받았다.

의사는 당화혈색소*가 높다고 입원을 권했지만, 하루 벌어 하루 먹고 사는 김영호1 씨에게는 그럴 여력이 없었다. 담배를 끊으라는 의사의 잔소리도 귀찮았다. 그는 20년이 넘도록 하루에 두 갑씩 담배를 피웠다고 했다. 의사는 초반에는 2주 간격으로 자주 보면서 혈당 조절을 하자고 권했지만, 김영호1 씨가 병원에 가는 것은 1년에 한 번뿐이었다. 그는 한 번 갈 때 6개월 치 약을 한꺼번에 처방받아 생각날 때만 입에 털어 넣었다.

어차피 먹는 약, 한 번에 많이 주면 좋을 것을. 김영호1 씨는 불만이었지만 의사는 완강했다. 그는 꾸준한 관리가 필요하다며 6개월마다 병원에 와야 한다고 못 박았고, 6개월 이상의 약을 처방해 주려고 하지 않았다. 아마 김영호1 씨를 어떻게든 병원에 오게 하려는, 그렇게 해서라도 당뇨와 고혈압을 치료하려는 노력의 일환

---

* 지난 2~3개월간의 혈당의 평균치를 평가하는 검사. 일정 기간 동안 혈당이 얼마나 잘 조절되고 있는지를 평가하는 데 도움이 된다.

이었을 것이다. 김영호1 씨는 매번 6개월 뒤에 꼭 병원을 찾겠다고 약속했지만 사느라 바빠서 약속을 지킬 수가 없었다. 그래서 약은 항상 부족했다.

병원에서 혈압과 혈당을 측정해서 기록해오라며 수첩을 줬지만 가정용 혈압대와 혈당측정기를 살 엄두도 나지 않았다. 공짜로 혈압을 잴 수 있는 곳이 있다고 들었지만 이내 잊어버렸다. 어차피 김영호1 씨에게는 주기적으로 어딘가를 찾아갈 정도의 여유가 없었다. 그래서 입원할 때 그가 내민 구겨진 수첩에는 수치가 하나밖에 적혀 있지 않았다. 아마 병원에서 처음 수첩을 나눠 줄 때 간호사가 써준 것 같았다. 응급실에서 측정한 그의 혈당은 정상 범위를 훌쩍 넘어 있었다.

건강검진을 받으라는 통지서가 가끔 날아왔지만 가지 않았다. 이미 가진 병이 많았다. 또 아프다고 할까 봐, 추가 검사를 받으라고 할까 봐 발걸음이 떨어지지 않았다. 마지막으로 언제 검진을 받았느냐는 내 질문에 그는 그저 애매하게 얼버무렸다.

그러던 김영호1 씨에게 추운 겨울날, 가슴에 둔한 통증이 찾아왔다. 좀 쉬면 낫겠지, 술 한잔 하면 괜찮아지겠지. 애써 모른 척했지만 흉통은 낫지 않았다. 협심증이었다. 협심증은 심장에 혈액을 공급하는 혈관인 관상동맥이 동맥경화증으로 좁아지는 질환이다. 동네 병원에 갔더니 병이 더 진행되면 관상동맥이 아예 막히는 심근경색이 올 수도 있고, 그래서 심장마비가 오면 죽는다고 했다. 의사는 큰 병원에 가서 진료받기를 권하며, 우선 흉통이 심해지면 먹으라고 임시방편으로 노란 알약을 주었다. 김영호1 씨는 덜컥 겁부터 났다. 입원이나 시술이 필요할 수도 있다는 의사의 말에 돈이 얼마나 들까, 하는 생각이 먼저 들었다. 다행히 의사가 처방해준 노란 알약은 효과가 있었다. 줄어드는 흉통에 안심했다. 아프지 않으니 굳이 병원에 가지 않았다. 그로부터 약 1년 뒤, 그는 막일을 하다 가슴을 부여잡고 쓰러졌다. 심근경색이었다.

다행히 김영호1 씨는 죽지 않았다. 좁아진 혈관에 스텐트를 삽입해 넓혀주는 시술을 마치고 입원한 그의 시트를 들췄을 때, 썩어서 검게 변한 발가락들이 눈에 들어왔다. '당뇨발(당뇨병성 족부 질환)'이었다. 당뇨병을 앓고 있는 환자가 오래도록 혈당 관리를 제대로 하지 않으면 발의 감각이 떨어지고 쉽게 다치게 된다. 다친 줄도 모르기 때문에 상처를 내버려두다가 궤양, 감염, 혈관 질환 등이 생긴다. 그리고 이러한 '당뇨발'이 진행되기 시작하면 작은 상처도 잘 낫지 않고, 혈액 순환이 되지 않아 까맣게 썩어 들어간다. 공사장 일용직으로 일하는 김영호1 씨는 추운 날씨에 동상에 걸리거나 발을 다칠 일이 많았다. 자기 나름대로 민간요법으로 치료하려고 했는지, 이미 검게 변한 발가락 사이마다 돌돌 말린 휴지 조각이 끼워져 있었다. 입원한 지 며칠 되지 않아 그의 발가락은 끝내 썩어 떨어져 나갔다.

김영호1 씨는 더 늦기 전에 치료를 받아서 다행이라고, 제2의 생명을 얻은 것이나 다름없다는 나의 말을 흘려들은 것이 틀림없었다. 술을 끊고, 당뇨가 있으니 식이 조절을 잘해야 한다는 조언이 무색하게 그는 술을 못 마시니 입맛이 없다며 병원에서 나오는 환자식에는 통 손을 대지 않았다. 의료진 몰래 병원 밖에서 담배를 피우느라 자리를 비우기 일쑤였다.

그는 명백한 알코올 중독을 앓고 있었고, 우울해 보였다. 자살 생각을 해본 적이 있느냐고 묻자 그렇다고 했다. 그렇지만 정신건강의학과 치료는 한사코 거부했다. 이렇게 더 살아서 무엇 하느냐며 손사래를 쳤다. 살살 달래도 보고, 화도 내봤지만 그는 요지부동이었다. 내가 눈앞에 있어도 그의 눈빛 너머에는 내가 없었다. 무기력한 태도가, 창밖을 바라보는 멍한 눈빛이 답답했다. 그러나 얼마나 깊을지 상상도 되지 않는, 삶에 대한 오랜 절망과 체념을 나나 현대 의학이 해결해줄 순 없었다.

"대신 살아줄 거 아니면 아무 말도 하지 마."

하루에도 두세 번씩 찾아가 잔소리를 하는 내게 그는 귀찮다는 듯 손을 내저었다. 내 말을 흘려듣는 옆얼굴에서 깊은 무력감이 느껴졌다. 그가 퇴원할 때, 한 달이 지나면 반드시 병원에 와야 한다고 거듭 힘주어 설명했지만 그는 성의 없이 고개를 끄덕일 뿐

별다른 대꾸를 하지 않았다. 어느 날 문득 그가 생각나 의무기록을 열어 보았지만 퇴원 이후 기록은 보이지 않았다. 약속과 달리 그는 다신 병원에 오지 않았다.

서울대병원 특실에서 만난 또 다른 김영호 씨(편의상 그를 김영호 2 씨라고 하겠다)는 사뭇 달랐다. 어릴 적 그는 특별히 부유하지는 않았지만 못 살던 축도 아니었다고 했다. 아버지는 40대에 고혈압으로 진단받기는 했으나 여든을 넘은 나이에도 정정했고, 어머니는 당뇨병이 있지만 관리가 잘되고 있었다. 그는 살면서 크게 아팠던 기억도, 다친 기억도 없었다. 그저 남들처럼 평범하게 중고등학교를 졸업하고 명문대에 진학해, 대학원까지 마치고 곧바로 대기업에 취직했다고 했다. 특실에서 만났을 때 그는 유명한 기업의 이사였다. 그의 곁에는 걱정스러운 표정의 아내가 서 있었다. 겉으로 보기에 김영호2 씨는 주말 드라마에 나올 법한 화목한 가정의 든든한 아버지, 그 전형에 무한히 가까웠다.

그는 어머니가 당뇨병을 진단받은 뒤부터 부쩍 건강에 관심이 생겼다고 했다. 1년에 한 번씩 꾸준히 건강검진을 받다가 10년 전 자신도 당뇨병을 진단받았다. 동네 의원에서도 충분히 치료할 수 있다고 했지만 그는 진단받자마자 서울대학교병원으로 옮겼다. 집에서 멀어도 그렇게 하는 편이 마음이 편했다. 석 달에 한 번씩 규칙적으로 병원을 찾고 처방해준 약을 꼬박꼬박 먹었지만 몇 년 뒤에는 고혈압과 고지혈증도 진단받았다.

김영호2 씨는 의사의 조언대로 일 때문에 가끔 있는 회식이 문제라고 판단했다. 이후 적극적으로 회식 자리를 줄이고 식단 조절을 했으며 운동도 규칙적으로 했다. 집 근처에 잘 조성된 산책로가 있어 아침마다 아내와 함께 조깅을 했고, 날씨가 궂은 날이면 회사 지하에 있는 헬스장에서 실내 운동을 했다. 평소 집에서도 당뇨병에 좋다는 음식을 챙겨주었다며 아내가 옆에서 거들었다. 김영호2 씨는 일이 바빠도 외래 방문을 놓치지 않았다. 아주 가끔, 단순히 깜빡해서 약을 먹지 않았던 경우를 제외하면 약은 꼬박꼬박 잘 챙겨 먹었다. 그는 당뇨라는 병의 경과와 예후에 관심이 많았고 규칙적인 약 복용의 중요성도 잘 알고 있었다. 정보를 찾아보고 실천할 여유도 충분했다.

어느 날 그에게도 협심증이 왔다. 아침에 조깅을 하다가 가슴에 둔한 통증을 느꼈고, 즉시 서울대학교병원으로 와서 검사를 받았다. 그리고 예정된 시술을 받기 위해서 특실로 입원했다. 시술은 큰 무리 없이 끝났다. 다른 당뇨병 합병증은 없었고, 김영호1 씨처럼 발가락이 썩지도 않았다. 관리를 잘했다는 나의 말에 그도 동의했다. 입원할 때 측정한 혈압이나 혈당 모두 정상이었다.

김영호2 씨는 다른 건강 문제를 호소하지 않았다. 3년 전부터는 가끔 마시던 술도 아예 끊었고, 몸무게도 적정 체중으로 유지하고 있었다. 그는 이렇게 관리를 열심히 하는데도 협심증이 왔다고 사뭇 속상해하면서 나에게 이것저것 물어왔다. 협심증에는 어떤 건강보조식품이 좋으냐, 앞으로 병원을 더 자주 와야 하느냐, 일 때문에 해외 출장이 잦은데 비행기를 타도 되느냐……. 그에게는 굳이 자살 사고를 물을 필요도 없었다. 입원한 그의 곁에는 늘 아내가 있었고, 저녁 시간이면 아들과 딸이 번갈아 병문안을 왔다. 병실에는 도란도란 대화를 나누는 목소리와 웃음소리가 끊이지 않았다. 가족은 밝고 행복해 보였다. 찾아오는 사람이 아무도 없어 김영호1 씨가 늘 혼자 있던 것과는 대조적이었다. 그러고 보니 김영호1 씨에게는 결혼했는지 물은 적이 없었다. 시술받을 때는 반드시 보호자가 한 명 필요한데, 그때는 남루한 행색의 동료가 왔던 것 같다.

김영호2 씨를 볼 때면 김영호1 씨에 대한 생각이 그림자처럼 따라붙었다. 같은 나이, 심지어 같은 이름의 두 당뇨병 환자는 왜 이렇게까지 다를까. 정작 당뇨병 치료 방법은 누구에게나 똑같은데 말이다.

만성질환 관리에는 빈부격차가 뚜렷하다. 일단 소득 수준이 낮을수록 당뇨나 고혈압 같은 만성질환이 흔하게 생긴다. 소득이 가장 낮은 가구 중에서 한 명이 갖고 있는 만성질환의 수는 소득이 가장 높은 가구에 비해 세 배 이상 많다. 2011년을 기준으로 소득 하위 10%에서는 10가구 중 6가구에 고혈압을 앓고 있는 사람이 있었지만, 상위 10%에서는 채 세 가구도 되지 않았다.[31]

그러나 가난한 사람은 부자보다 더 많이 아픔에도, 치료는 덜 받는다. 소득 수준이 낮을수록 약을 처방받지 않으며 이에 따라 사망 위험도가 크게 높아진다.[32] 이유는 단순하다. 가난하니까 더 많이 일해야 하고, 열악한 환경과 과로로 건강은 쉽게 나빠진다. 그리고 병을 알게 된 후에도 길고 고된 노동으로 건강에 신경을 쓸 겨를이 없으니 건강은 더욱 나빠진다. 건강 불평등의 악순환에 빠진 것이다.

의사는 환자 곁에서 건강 불평등을 가장 적나라하게 목격한다. 가난한 사람은 먹고살기 바빠서 본인의 몸에 관심을 갖고 챙길 물리적 시간도, 그럴 만한 심적 여유도 부족하다. 그들은 약속한 시간에 맞춰 외래에 오는 것을 버거워하고, 매일 약을 챙겨 먹는 데에도 많은 노력을 기울여야 한다. 김영호1 씨처럼 삶에 지쳐 알코올 중독이나 우울증까지 앓고 있을 경우, 자신의 건강을 위해 노력할 의지도 부족하다. 그리고 아무리 '날고 기는' 의사라고 해도, 아무리 현대 의학이 발전해도, 가난한 사람이 건강에 더 관심을 갖게 하거나 삶에 대한 의지를 회복하게 만들기는 참 어렵다.

김영호1 씨가 어렸을 때 고등교육이 의무화되어서 그가 고등학교까지 졸업했더라면? 그래서 졸업 후 좀 더 안정적인 직업을 구해서 일정한 소득을 벌 수 있었더라면? 그에게 김영호2 씨처럼 살뜰하게 챙겨주는 아내가, 가족이 옆에 있었다면? 그랬다면 그도 좀 더 자신을 소중히 여기고 챙겼을까. 김영호1 씨가 더 건강하게 살았을 방법을 머릿속으로 수십 번 찾아봤지만 그 무엇도 의료의 영역에 있진 않았고 고로 내가 더 해줄 수 있는 것을 도저히 떠올릴 수가 없었다. 나는 그게 답답했다. 번듯한 병실에 앉아 있는 김영호 씨를 보며 또 다른 김영호 씨를 떠올릴 때마다 가슴은 무거워졌고 해결되지 않는 무력감이 덮쳐왔다.

물론 건강에도 처음부터 타고나는, 어쩔 수 없는 격차가 있다. 어떤 사람은 건강하게 태어나지만 어떤 사람은 희귀한 유전질환을 안고 태어난다. 그러나 개인이 선택할 수 없는 이런 유전적 차이를 제외하고도 사회나 환경의 요인에 따라 집단 사이에 건강 격차가 생겨난다. 이러한 격차는 적절한 정책과 제도를 통해 피할 수 있다. 적어도 조금이나마 줄일 수는 있다. 그럼에도 시간이 갈수록 이런 후천적 건강 격차가 커져만 간다면, 그 사회를 '공정하다'고는 말할 수 없을 것이다. 우리나라처럼 건강이 중요한 가치로 대두되는 사회라면 더욱 그러하다.

건강은 어디까지나 개인의 책임으로 여겨진다. 원래 약하게 태어나서, 제때 혈압 관리를 하지 않아서, 계속 술을 마셔서, 쉬어야 한다는데도 무리하게 일을 해서……. 이유를 대자면 끝도 없이 나열하며 환자를 탓할 수 있다.

그러나 건강 불평등은 개인의 책임이 아니다. 건강에는 유전적 요인이나 개인의 생활방식 외에도 수입, 교육 수준, 물리적 환경, 사회적 지지체계 등 여러 요인이 한꺼번에 영향을 미친다. 건강 불평등을 오롯이 개인의 책임으로 전가하기에는 명백한 한계가 있으며, 그 개인을 탓한다고 해서 건강 불평등이 저절로 줄어들거나 해소되는 것도 아니다. WHO(World Health Organization, 세계보건기구)는 2008년, 일찍이 건강 불평등을 해소하기 위해서 권력과 돈, 자원의 재분배가 필요하다고 과감하게 제안했다.[33] 지금으로부터 무려 13년 전에 이미 누구나 평등하게 건강할 수 있는 정책의 중요성을 알린 것이다. 그러나 2008년 이후 지금까지 우리나라의 건강 불평등 격차는 완화되기는커녕 더 악화되었다. 가난한 사람들은 여전히 더 많이 아프고, 덜 치료받는다.

김영호1 씨처럼 만성질환으로 진단받고도 관리를 제대로 하지 않는 사람은 누군가가 꾸준히 그를 챙기고 독려해줘야 한다. 우리 사회에는 그 역할을 해줄 사람이 없다. 사실 그 역할은 1차적으로 '주치의'의 몫이다. 주치의는 한 지역의 환자와 가족들을 오래도록, 지속적으로 관리한다. 주치의 제도가 자리 잡은 곳의 의사는 하루에 책임질 수 있는 만큼의 환자만 진료하기 때문에, 김영호1 씨처럼 고혈압으로 진단받고 병원에 다시 오지 않는 환자에게 직접 전화를 해서 닦달할 시간과 정성, 여력, 그리고 책임이 있다. 그러나 우리나라에는 아직 주치의 제도가 없다.

우리나라처럼 의료 접근성이 좋은 나라에서는 누구나 당뇨나 고혈압으로 진단받을 때 한 번쯤은 의사를 만난다. 그러나 환자가 의지를 갖고 병원에 꾸준히 찾아오지 않으면 바쁜 의사는 그를 잊어버린다. 김영호1 씨 말고도 찾아오는 환자가 많기 때문이고, 환자도 의사를 자유롭게 바꿀 수 있기 때문이다.

우리나라는 전 국민이 하나의 의료보험에 가입되어 있는 '단일 건강보험체계'를 유지하고 있다. 모두에게 식별 가능한 번호가 부여되어 있고, 모든 사람의 진단명과 약품 투약력, 시술이나 수술력 등의 정보가 국민건강보험공단으로 집결된다. 정말이지 정부가 환자들이 꾸준히 건강을 관리하고 있는지 확인하고, 살뜰히 챙기기에 더할 나위 없이 좋은 환경이다. 그런데 이상하게도 만성질환 관리는 아직도 우리에게 아득히 먼 이야기이다. 우리나라에서는 당뇨병을 앓고 있는 환자 10명 중 6명만 당뇨병으로 진단받고, 목표 혈당에 도달하는 환자는 그중에서도 절반밖에 되지 않는다.[34] 김영호1 씨는 운 좋게 당뇨로 진단받은 6명 중 하나였지만 혈당이 잘 조절되는 3명에는 끼지 못했다.

얼핏 듣기에는 비약 같지만 건강 불평등은 자살과 유사한 측면이 많다. 개인의 탓이 아니라 우리 사회의 탓이라는 점에서 그러하다. 자살 예방 정책이 개인의 정신건강에 대한 미시적 접근과 사회 안전망 확충이라는 거시적 접근 두 가지를 동시에 필요로 하듯, 건강 불평등에 대해서도 양쪽에서의 접근이 필요하다. 아무리 개개인의 생활 습관을 개선하고 의료 접근성을 높여도, 불평등을 유발하는 요인 자체를 제거하지 않으면 건강 불평등은 나아지기 어렵다. 살릴 수 있는 사람을 죽게 만든다는 점에서도 자살과 건강 불평등은 닮아 있다. 하물며 정부가 10여 년 전부터 범국가적 대책을 마련했음에도 상황은 계속 악화되고 있다는 점마저 유사해 더 서글프다.

내과 의사는 만성질환 환자들을 자주 만난다. 이러시면 안 돼요, 더 악화되기 전에 자주 오셔야 해요, 관리를 하셔야 한다니까요, 안 그러면 위험해요. 수없이 닦달하면서도 일을 해야 해서 낮 시간에 병원에 오기 힘들다는 하소연이나 꼭 필요한 검사조차도 비싸서 못 받겠다는 고민을 들으면 숨이 턱 막힌다. 당장의 생계를 챙기느라 내년, 내후년의 건강을 돌볼 여력이 없다는 그들을 누가 비난할 수 있을까.

모든 자살이 사회적 타살이듯 모든 건강 불평등도 사회적 악행이다. 자살처럼 어떤 시스템을 이용해 착착 해결하기는 어려운 과제이나, 건강 불평등 역시 얼마의 시간과 노력이 들든 반드시 해결해야 한다.

"사회 부정의不正義는 살인이다Social injustice is killing on a grand scale."

WHO는 이렇게 선언한다. 그리고 나는 의사로서 이 말에 완벽하게 동의한다.

두 명의 김영호 씨를 처음 만났던 그때도, 그리고 지금도 만성 질환 관리에는 빈부격차가 뚜렷하다. 건강 불평등을 줄이기 위한 혁신적인 정책과 적극적인 노력이 앞으로도 생겨나지 않는다면 이 격차는 더 벌어지기만 할 것이다. 김영호 씨와 김영호 씨는 어떻게 되었을까. 김영호 씨의 나머지 발가락은 썩지 않고 남아 있을까. 내가 걱정하지 않아도 잘 먹고, 잘 살고 있을 김영호 씨보다는 아무래도 다른 김영호 씨가 더 맘에 걸린다.

책을 쓰면서 그의 의무기록을 다시 한번 열어봤지만 2015년 이후의 기록은 찾을 수 없었다. 그는 병원에 오지 않았다.

방콕에서
온 그대

이중기 씨는 1년에 딱 한 번만 볼 수 있는 환자였다. 그는 동성애자이면서 에이즈AIDS(Acquired Immune Deficiency Syndrome, 후천성면역결핍증후군) 환자였다. 그에게는 부인도, 장성한 아들도 있었지만 그의 가족들은 그가 동성애자라는 것도, 에이즈 환자라는 것도 몰랐다. 다행히 가족들은 감염되지 않았다고 했다.

그는 방콕에서 사업을 했다. 어떤 사업을 하는지는 모르겠지만 여름에 일이 한가할 때만 잠깐 한국에 올 수 있었고, 한국에 오면 가족에게도 알리지 않고 곧바로 입원해 검진을 받은 후 다시 방콕으로 돌아갔다. 그는 항바이러스제를 꾸준히 복용하면서 에이즈 합병증 없이 건강을 유지하고 있었다.

그런 이중기 씨의 걱정거리는 오직 하나뿐이었다. 가족들이 자신이 동성애자이며 에이즈 환자임을 알게 되는 것. 그래서 회진을 돌 때마다 나를 붙잡고 신신당부하곤 했다.

"선생님, 혹시 제 상태가 악화되더라도 가족에게는 절대 알리지 말아주세요. 가족들만큼은 몰라야 합니다."

입원해 있는 동안 그를 찾아오는 이는 아무도 없었다. 같은 병실을 쓰는 환자들이 가족들과 도란도란 이야기를 나눌 때도 그는 우두커니 앉아 창밖만 보고 있었다. 어느 날 가족이 그립지 않느냐고 물었을 때 그는 처음으로 눈물을 보였다.

"그리워도 어떡해요. 만약에 저에 대해 알려지면 어떡합니까. 나야 그렇다 쳐도, 사람들이 얼마나 수군거리겠어요. 제 가족들이 그런 짓 당하게는 못 합니다. 그런 짓은 나만 당해도 족해요. 내가 죽일 놈이지, 내가 죽일 놈이야……."

나는 그를 걱정했다. 에이즈는 만성질환이다. 병이 악화되면 백혈구 수치가 감소하고, 백혈구 수치가 감소하면 면역력이 떨어져 일반인들은 걸리지 않는 감염증에도 잘 감염된다. 그래서 수시로 혈액 검사를 통해 백혈구 수치를 확인하고, 항바이러스제나 항생제 등을 복용하며 꾸준히 백혈구 수치를 조절해야 한다. 하지만 이중기 씨가 에이즈를 관리하기 위해 병원에 오는 건 고작 1년에 한 번뿐이었다.

이중기 씨는 가족에게 알리지 않으려면 해외에 나가 사는 수밖에 없다고 했다. 방콕으로 떠난 이유도, 태국이 한국에서 가까우면서도 성소수자에게 관대한 나라이기 때문이었다. 그나마 다행이라고 해야 할지. 그는 감기처럼 가벼운 질환은 태국에서 치료받고 있었다.

그렇게 일주일 남짓의 짧은 입원 뒤에 그는 또 방콕으로 떠났다. 1년 뒤에 만나자는 인사를 남기고. 몸에 이상이 생긴 것 같으면 주저 말고 꼭 한국으로 오라고, 걱정 어린 말을 건네는 나보다 퇴원하는 그의 표정이 훨씬 밝았다. 이번 입원에서 별다른 문제점이 발견되지 않았다는 것이 그에게는 향후 1년 동안 아프지 않을 것이라는 일종의 보증처럼 느껴졌나 보다.

10년 남짓 의사 일을 하면서 종종 성소수자들을 만났다. 성전환 수술을 앞두고 호르몬 치료를 받던 환자, 에이즈 합병증인 기회감염으로 입원한 환자, 성소수자란 이유로 가족에게 버림받고 자살을 시도한 환자……. 제각기 사연도, 나를 만난 이유도 달랐지만 그들에게는 하나같이 어떤 그늘이 있었다. 이미 본인이 성소수자임을 주변에 알린, 이른바 '커밍아웃'을 한 사람에게는 이런저런 차별을 받으며 쌓인 우울감이, 커밍아웃을 하지 않은 사람에게는 자신의 비밀이 언제 알려질지 모른다는 불안감이 그림자처럼 쫓아다녔다.

성소수자는 환자가 아니다. 동성애나 양성애, 성전환도 당연히 질환이 아니다. 동성애나 양성애는 이성애와 다를 바 없는 '성적 지향'의 차이일 뿐이며 질환이 아니라는 사실은 이미 1970년대부터 인정되었다. 미국 정신의학회도 1974년에 동성애를 질병명에서 아예 삭제했다.* 성소수자도 아파야 병원에 오고, 어떤 질환이 있어야 의사를 만난다. 내가 만난 이중기 씨가 에이즈를 치료하러 온 것이지, 성소수자여서 온 것이 아니었듯이.

또한 성적 지향은 치료의 대상이 아니다. 의사들 중에도 간혹 동성애 등의 성적 지향은 후천적으로 생겨나는 것이며 따라서 '치료'가 가능하다고 믿는 사람들이 있다. 그들은 성소수자들의 성적 지향을 발달적 혹은 정신적 결함이라고 주장한다. '성적 지향 전환 시도'라는 것도 있다. '치료' 등을 통해 개인의 성적 지향을 바꾸려는 시도로, 동성애자나 양성애자를 이성애자로 바꾸기 위해 사용하는 것이다. 그러나 지금까지 이런 시도가 효과가 있었다는 과학적 근거는 발견되지 않았다.[35] 주류에 있는 정신건강학회는

---

* 1974년 정신장애 진단 및 통계 편람(DSM, Diagnostic and Statistical Manual of Mental Disodrders)의 6쇄부터 질병명에서 동성애를 삭제했다. 이는 1952년 미국 정신의학회에서 발간하기 시작한 정신의학계의 진단 기준 중 하나로, 현재는 중국 등 일부 국가를 제외한 대다수 국가의 정신건강의학과 의사들이 DSM을 이용하여 환자를 진단하고 분류한다.

더 이상 성소수자가 스스로의 성적 지향을 바꾸도록 권장하지 않는다.

하나 더 말해두고 싶은 점은, 에이즈는 동성애자들만의 전유물이 아니라는 사실이다. 몇몇 종교단체들은 '동성애가 곧 에이즈'라고 주장하며 마치 동성애자는 모두 에이즈에 걸리는 것처럼 호도하곤 한다. 그들은 동성애자들이 에이즈를 확산시키고 있다며 책임을 묻고 대대적으로 비난한다. 그러나 질병의 '원인'과 '감염 경로'를 혼동해서는 안 된다. 에이즈는 'HIV(Human Immunodeficiency Virus, 인간면역결핍 바이러스)'에 걸려 발생하는 바이러스성 감염 질환이다. 흔히들 알고 있는 것처럼 안전하지 않은 성 접촉이나 수혈 등을 통해 감염된다. 여기서 말하는 '안전하지 않은 성 접촉'은 콘돔 등 적절한 피임 도구를 사용하지 않은 삽입 성교나 항문 성교 등을 말한다. 그러므로 동성애 자체는 에이즈의 직접적 원인이 아니다. 에이즈의 '원인'은 HIV 바이러스의 감염이다. 단, 전파되는 감염 경로 중 하나가 남성 동성애자들의 항문 성교일 뿐.

동성애자 간 전파가 에이즈 감염에서 가장 큰 비중을 차지하는 것이 아니냐고 되묻는 사람들도 있다. 이에 답하자면, 세계에서 에이즈가 가장 많이 발생하는 아프리카의 경우 대부분의 에이즈가 이성 간 성 접촉을 통해 발생한다. 경제적인 이유로 안전하지 않은 성 접촉을 맺게 되는 15~24세의 젊은 여성이 주된 감염 집단이다.[36] 나는 의사이자 과학자이며, 과학적 근거가 없는 주장은 신뢰하지 않는다. 그래서 논리적이지도, 과학적이지도 않은 이유로 성소수자들을 사회 바깥으로 내모는 모습을 보면 자주 화가 치민다.

혐오와 사회적 낙인은 성소수자의 건강을, 그리고 삶 자체를 위협한다. 성소수자들은 자신의 성 정체성을 인정하지 않는 사회에서 차별받고 고통받는다. 고통을 견디다 못해 우울증에 시달리기도 하며, 최악의 경우 자살까지 시도한다. 연구에 따르면 성소수자의 경우 연간 자살 충동이 일반 인구집단에 비해 약 8배나 더 많았고, 자살 시도 빈도 역시 약 10배나 더 높았다.[37] 이들의 자살 시도는 사회적 차별과 밀접한 상관관계를 보인다. 차별 등의 사회적 폭력을 받지 않았지만 자살 생각을 했다는 성소수자의 비율이 23.1%였던 데 비해, 차별을 경험한 뒤 자살 생각을 했다는 성소수자의 비율은 34.2%로 전자보다 훨씬 높았다. '차별' 그 자체가 성소수자의 삶을 위협하는 흉기가 되는 것이다.

의사로서 나는 사람이 예방할 수 있는 질환 때문에 아파하는 것이 싫다. 충분히 안 아플 수 있는 사람들이 차별 때문에 고통받고, 심지어 목숨까지도 위협받는다는 사실에 분통이 터진다. 예방할 수 없는 질환으로 아픈 환자만 해도 이미 차고 넘친다. 그리고 차별은 충분히 예방할 수 있는 질환이다.

이중기 씨처럼 필요할 때 치료를 받지 못하는 것도 심각한 문제이다. 성소수자와 이성애자 간의 건강 격차가 성소수자의 의료 접근성 제한 때문에 발생한다는 것은 의료계에서는 익히 알려진 사실이다.[38] 성소수자라는 사실을 밝히면 차별받을지도 모른다는 두려움 때문에 성소수자들은 병원에 가기를 꺼려한다. 용기 내 병원에 와도 진료를 거부당하는 경우마저 간혹 있다. 단지 성소수자라는 이유로, 아파도 적절한 치료를 받지 못하는 것이다.

성소수자들의 건강 문제는 늘 제도권 밖에 존재해왔다. 특히 성전환자의 경우, 성전환 수술을 비롯해 정신과적 약물 치료나 상담, 호르몬 치료 등 장기적인 의료 서비스를 받아야 한다. 그러나 대부분이 건강보험에서 보장하지 않는 비급여 항목이기 때문에 이 모든 비용은 성전환자 개인의 몫이다. 더군다나 아직도 성소수자에 대한 사회적 차별이 심하기 때문에 이들은 양질의 일자리를 구할 확률도 낮다. 가족이나 지인에게서 정서적, 경제적 지지를 얻는 것도 쉬운 일이 아니다. 결국 성소수자는 치료에 필요한 비용을 오롯이 홀로 감당하며 외로움과, 돈과 사투한다.

그런데도 정치권에서는 선거철마다 일부 종교 집단의 지지를 얻기 위해 성소수자에 대한 차별 발언을 늘어놓는다. 그리고 나는 의사로서 그 장면을 볼 때마다 울화통이 터진다. 2018년, 2019년 국정감사 때 나는 비서관으로서 국회 국정감사장에 있었다. 맞은 편에 앉아 있던 어느 정당의 의원은 "에이즈 확산이 동성애자들의 탓"이라며 성소수자 혐오 발언을 이어갔다. 심지어 그는 보건의료인 출신이었다. 명색이 과학자라는 사람이, 검증되지도 않은 논리로 공식적인 자리에서 국민들을 호도하는 장면을 보며 나는 강한 분노를 느꼈다. 만약 차별금지법이 제정되어 있는 미국이었다면 그는 의원직을 내려놔야 했을 뿐만 아니라 징벌적 손해배상 제도에 따라 천문학적인 벌금까지 물어야 했을 것이다. 속으로 그런 가정만 하며 분을 삭였다. 성소수자가 '환자'라는 꼬리표를 뗀 지 벌써 40년이 지났다. 이제는 선거 때마다 반복되는 이런 행태를 멈출 때도 되지 않았을까.

성소수자의 건강을 보장하기 위해서 가장 우선시되어야 할 것은 '차별금지법'의 도입이다. 일단 제도적으로 성소수자를 인정하면 성소수자에 대한 차별이 줄어들 것이고, 자연스럽게 의료 접근성도 높아질 것이며 나아가 그들의 건강 상태와 의료 정보 취합도 용이해질 것이다. 특별한 치료가 필요한 이들을 위해 보건의료인을 대상으로 교육 프로그램을 마련해, 의료 접근성을 크게 높일 수도 있다.

그렇게 성소수자의 사회 참여가 확대되면 보건의료 정책을 설계하거나 연구할 때부터 성소수자가 직접 참여하는 사례도 늘어날 것이다. 이렇게 되면 보건의료정책에 성소수자의 목소리를 반영하는 것도 훨씬 수월해진다. 누군가를 인간답게 대해야 한다는, 아주 당연한 선언을 담은 법 하나를 만드는 것만으로도 차별이라는 질환을 예방할 수 있는 길이 열린다. 그런 날이 온다면 나는 이중기 씨를 좀 더 자주 만나게 되겠지.

정작 의사에게는 자신의 환자가 동성애자인지, 양성애자인지, 성전환자인지는 전혀 중요하지 않다. 나만 그런 것은 아니라고 믿는다. 당시 나와 함께 이중기 씨를 담당했던 교수님도 그의 사생활에 대해서는 일절 무관심했다. 교수님에게 중요한 것은 오로지 이중기 씨가 항바이러스제를 잘 먹고 있는지, 먹고서 부작용은 없는지, 백혈구 수치가 정상 범위 안에 있는지, 감염의 징후는 없는지 같은 것들뿐이었다.

물론 의사로서 일반적인 인구 집단과 다른 성소수자의 특징적인 건강 상태를 파악하기 위해서는 성 정체성의 확인이 필요하다. 그러나 환자가 동성애자이든, 양성애자이든, 성전환자이든 내가 그를 치료하는 마음가짐에는 차이가 없다. 나에게 성 정체성이란 누군가가 과체중이거나, 말랐거나, 나이가 많거나, 어리거나, 남자이거나, 여자인 문제와 별반 다를 것이 없다. 환자가 과체중이어도, 말랐어도, 나이가 많아도, 어려도, 남자여도, 여자여도 내가 아무렇지 않게 그를 치료하듯이, 성소수자가 아픈 사람이고 그에게 내 도움이 필요하다면 나는 기꺼이 도울 것이다. 환자의 그 무엇에 대해서도 나에게는 함부로 평가할 자격이 없고, 그럴 이유도 없다. 나는 그저 아픈 사람을 돌보고 치료하는 사람이므로.

이중기 씨가 원할 때 얼마든지 병원에 올 수 있으면 좋겠다. 사회의 시선을 두려워하지 말고 자유로이 한국에서 살아갔으면 좋겠다. 아프면 언제든 병원에 와 치료받을 수 있었으면 좋겠다. 누구와도 다를 바 없이.

보이지
않는 자들

"선생님, 이번 주말엔 꼭 퇴원할게요. 좀만 기다려줘요."

"지난주에도 그렇게 얘기하셨잖아요. 더는 안 돼요. 내일 퇴원하세요."

"아이, 선생님, 그러지 말고. 이번 주말에는 정말로 퇴원할게요. 미안해."

어느 날, 나는 박해식 환자의 퇴원 문제를 놓고 보호자인 그의 아내와 실랑이를 벌이는 중이었다. 박해식 씨는 3년 전쯤 뇌졸중으로 쓰러져 요양병원에서 지내다가 분당서울대학교병원으로 온 환자였다. 뇌졸중 후유증 때문에 마비 증상이 남아, 의식은 있지만 원활한 소통은 불가능했고 몸의 절반은 쓸 수 없었다. 그리고 박해식 씨처럼 거동이 어려워 하루 대부분의 시간을 침대에 누워 지내면 폐렴이나 요로감염 같은 감염증이 쉽게 생긴다. 그도 폐렴이 생기는 바람에 이곳까지 온 것이었다.

박해식 씨 같은 환자에게 폐렴이 생기면 일정 기간 동안에는 당장 항생제 투약과 같은 치료를 받아야 하는 '급성기 환자'로 분류된다. 그리고 폐렴이 다 나으면 의학적으로 더 이상 종합병원 수준의 입원 치료가 필요하지 않은 '만성기 환자'로 변모한다. 그럼 환자는 집으로 퇴원하거나, 원래 있던 요양원 혹은 요양병원으로 돌아가야 한다.

정부는 상태가 호전되어 종합병원에서의 입원 치료가 불필요함에도 입원을 지속하는 환자, 이른바 '나이롱 환자'를 막기 위해서 입원 기간이 15일 이상 지나면 입원료의 10%, 30일 이상 지나면 15%를 삭감한다.[39] 쉽게 말해서 '나이롱 환자'를 진료하는 병원에는 돈을 적게 준다. 그래서 가뜩이나 병상이 부족한 대형병원은 박해식 씨처럼 입원이 장기화될 것이 뻔히 보이는 환자의 입원을 꺼리고, 급성기 치료가 끝나자마자 원래 있던 곳으로 돌려보내려고 애를 쓴다. 실제로 나는 대형병원에서 전공의 생활을 하면서 '입원관리실'이라는 병원 내 행정부처에서 곤란한 듯 환자의 퇴원을 재촉하는 전화를 무수히 받았다. 아마 담당 교수들도 병원 측으로부터 비슷한 압력을 받았을 것이다. 소문에 따르면 몇몇 병원에서는 담당하는 장기 입원 환자 수나 초과 입원 일수에 따라 교수들의 성과급을 깎기도 한다고 했다. 그렇게까지 해야 하나, 싶으면서도 심각한 상태의 환자가 매일같이 밀려오는 대형병원 입장을 생각해보면 이해하기 힘든 일도 아니었다.

사실 박해식 씨의 폐렴은 좋아진 지 오래였다. 원래 먹던 고혈압, 고지혈증 약과 항응고제를 규칙적인 시간에 투약하고, 주기적으로 석션*을 해주는 것이나 꾸준히 재활치료를 해주는 것 외에 의료진이 특별히 더 해주는 것은 없었다. 회진이 끝날 무렵이면 교수님도 불편한 표정으로 "박해식 환자 빨리 퇴원시켜"라고 당부하곤 했다. 하지만 부인은 박해식 씨를 하루라도 더 분당서울대학교병원에 두고 싶어 했다. 내가 회진을 갈 때마다 부인은 입버릇처럼 말했다.

"여기는 일주일에 세 번이라도 재활치료 해주잖아요. 얼마나 꼼꼼하게 열심히 해주시는데. 여기 오면 우리 남편 얼굴이 달라져요. 자주 움직이니까 부기도 빠지고, 가래도 많이 줄었어요."

박해식 씨의 아내에게 그의 퇴원을 종용하는 것은 나의 지루한 일과 중 하나였다. 실제로도 그에게 우리 병원이 '상급종합병원'

---

* 흡입기로 가래를 뽑아내는 의료 행위로, 혼자 가래를 뱉지 못하는 환자를 위해 필요하다.

이기에 특별히 더 해줄 수 있는 치료는 없었다. 그가 원래 지내던 요양병원에서도 그 정도의 치료는 충분히 받을 수 있을 터였다.

"지금 응급실에 있는 환자분들이 대체 며칠 동안 대기 중인지 아세요? 다들 여기 오신 지 사흘이 넘었어요. 그런데 병상이 없어서 이도 저도 못 하고 응급실에만 계신다고요. 보호자분도 응급실에 계셔보셨으니 잘 아시잖아요, 얼마나 힘든지. 저희는 환자분에게 특별히 해드리는 치료가 없어요. 요양병원 가셔도 돼요. 이제 그만 좀 퇴원하세요."

하루에 30명이 넘는 환자를 돌보면서 지칠 대로 지쳐 있던 나는 부인에게 역정을 냈다. 때로는 원래 있었던 요양병원으로 돌아갔다가 문제가 생겼을 때 다시 오면 되지 않겠느냐고 회유도 해봤다. 하지만 보호자도 만만치 않았다. 회진 시간이면 일부러 나를 피해 어딘가로 가버리거나, 나보다 더 목소리를 높여 짜증을 내고 가끔은 화를 냈다. 그러다가 또 나를 붙잡고 눈물로 호소했다. 그럴 때면 곤란한 마음에 머리가 지끈지끈 아파왔다. 그러나 평범한 환자가 대형병원의 조직적인 압력을 이길 도리는 없었고, 결국 버티고 버티던 박해식 씨는 퇴원 절차를 밟았다.

전문의가 된 후 내가 처음으로 자리 잡은 직장은 요양병원이었다. 요양병원에 오고 나서야 나는 박해식 씨의 아내가 왜 그렇게 돌아가지 않으려고 애를 썼는지 알 수 있었다. 사회적 입원 환자를 제외하면 내 환자의 대부분은 박해식 씨처럼 뇌졸중이나 사고로 거동이 불편하지만 당장 치료해야 하는, 이를테면 감염 같은 급성기 질환은 없는 환자였다. 이런 환자들은 '회복기' 혹은 '만성기' 환자로 분류된다. 아프기 전과 완전히 같은 상태로 돌아가긴 어렵더라도 만성기 환자들은 꾸준한 재활치료를 받아야 한다. 그래야 추가적인 근 손실이나 신체의 기능 저하를 막을 수 있고, 일상으로 복귀할 가능성도 높아진다.

그때 내가 있던 요양병원에는 재활의학과 전문의가 없었다. 그래서 그들에게 어떤 재활치료를 해줘야 하는지 자문을 구할 방법도 없었다. 나는 내과 전문의라서 이런 환자들의 경과를 대충이야 이해하고 있지만 그들에게 얼마나 자주, 어떤 종류의 재활치료가 필요한지는 잘 모른다. 대형병원에 있을 때는 재활치료에 대해 굳이 신경 쓸 필요가 없었다. 내과에서 환자를 살린 뒤 재활의학과에 의뢰하면 재활의학과에서 그 환자의 증상에 따라 알맞은 재활치료를 처방해주었다. 좀 더 집중적인 재활이 필요하다고 판단되면 두 과가 상의하여 환자를 재활의학과로 보낼 수도 있었다.

전공의 시절 어깨너머로 배운 재주로 모든 환자에게 일주일에 두세 번씩 물리치료를 처방했지만 당시 140여 명의 환자를 담당하는 물리치료사는 단 한 명이었다. 당연히 제대로 된 물리치료가 진행될 리 없었다. 병원의 재활치료실에 들어가 보기만 해도 열악한 상황이 한눈에 보였다. 10평도 채 되지 않을 것 같은 공간에 자전거와 러닝머신만 덩그러니 놓여 있을 뿐 체계적인 재활 기구는 보이지 않았다. 그나마도 자전거와 러닝머신은 원래 사지가 멀쩡한 사회적 입원 환자들의 운동 도구로나 쓰이고 있었다. 재활치료를 도울 만한 충분한 인력도, 인프라도 없는 상황이었다. 꾸준한 재활치료가 필요한 환자들이 멀뚱히 누워만 있는 모습을 보다 보면 가슴이 답답해졌다.

요양병원에서 제공하는 재활치료의 수준은 병원마다 천차만별이다. 건강보험심사평가원은 전국 요양병원을 평가해 1등급부터 5등급까지 나누는데, 2018년 기준으로 1등급 평가를 받은 건 20% 정도에 그쳤다.[40] 등급이 곧 병원의 질을 담보하진 않지만, 적어도 1등급과 5등급 병원은 분위기도, 인력도, 갖추고 있는 진료과목과 의료기기도 다를 것이고 재활치료 수준도 아마 확연히 다를 것이다. 그제야 박해식 씨와 그의 아내에 대한 미안함이 밀려왔다. 원하는 수준의 치료를 제공해줄 수 있는 다른 병원이 턱없이 부족한 상황에서, 나는 그들을 병원 밖으로 몰아낸 것이다.

박해식 씨 같은 환자는 뇌졸중 같은 중증 질환이 발생한 직후에만 대형병원의 '주인공' 대접을 받는다. 환자가 골든타임 내에 적절한 치료를 받고, 그에게 남을 후유증을 최소화하는 것에 의료진의 모든 관심이 집중된다. 그러나 3개월쯤, 즉 관례적인 급성기가 지나고 나면 이 환자들은 어느새 뒷전 신세가 된다. 박해식 씨처럼 큰 후유증이 생겨 일상생활로 바로 복귀하기 힘든 환자에게도 대부분의 대형병원은 더 이상 해줄 것이 없다며 퇴원을 종용한다. 사실 틀린 말은 아니다. 급성기를 지난 환자에게 제공되는 치료는 대형병원이 아니라도 충분히 제공할 수 있다. 단, '제대로 된' 재활의료체계가 갖추어져 있다는 전제가 필요하지만.

재활병원은 발병이나 수술 후에 집중적인 재활치료를 통해 장애를 최소화하고 빠른 시일 내로 환자들이 일상생활로 돌아갈 수 있도록 하는 곳이다. 그러나 2020년 3월 기준으로 전국의 재활병원은 고작 26개에 불과하며,[41] 그나마도 대부분이 서울과 수도권, 대도시에 몰려 있다. 울산과 세종, 전북, 전남, 경북, 경남에는 전문 재활의료기관이 없다. 한국의 인구 1만 명당 재활병상 수는 0.4개로, OECD 평균(4.9개)은커녕 그 평균의 10%에도 미치지 못한다.[42] 물론 일부 요양병원에서 재활전문의와 물리치료사를 적극적으로 채용해 재활병원에 버금가는 재활치료를 제공하기도 하지만, 이런 요양병원에 들어가는 것 자체가 결코 쉽지 않다. 일단 환자 개인이 부담해야 하는 본인 부담금이 비싸서 병원비를 감당하기가 힘들고, 설령 경제적 여유가 있다고 해도 대기 환자가 워낙 많아서 입원하기가 매우 어렵다.

옮길 병원을 알아보는 것도 고스란히 환자와 보호자의 몫이다.

대형병원의 경우 퇴원할 때쯤 환자 집 근처의 연계 병원을 소개해주기도 하지만 결국 알아보고 결정하는 것은 환자와 보호자이다. 갑자기 닥친 큰 병마도 힘겨운데, 뒤숭숭하기 그지없는 상황에서 '좋은' 병원이 어디인지 판단하고, 찾아보고, 직접 방문해 결정해야 하는 것은 환자와 보호자에게 적지 않은 부담이 된다.

상황이 이렇다 보니 박해식 씨는 대형병원에 계속 입원해 있기를 바랐던 것이다. 운이 따라주지 않아 제대로 된 재활치료가 가능한 의료기관으로 가지 못한다면 그에게는 남는 선택지가 별로 없다. 우리 병원에서 그랬듯이 진상 취급을 받으며 대형병원을 떠돌아다니는 '재활 난민'이 되거나, 혹은 적극적인 재활치료를 포기하거나. 치료비나 간병비가 부담스러워 아예 재활치료를 포기해버리는 경우도 적지 않다.

박해식 씨는 어서 나가라는 대형병원의 등쌀에 못 이겨 결국 요양병원으로 돌아갔다. 그리고 또다시 폐렴이나 요로감염 같은 감염 질환이 생겨 급성기 환자의 모습으로 대형병원 응급실에 등장하기 전까지, 그는 의료진의 관심이라는 무대에서 사라진다. 지금의 의료전달체계에서는 '보이지 않는 자'가 되는 것이다.

이렇게 말해야 하는 현실이 서글프지만 박해식 씨 같은 성인은 그나마 나은 축에 든다. 어린아이들의 상황은 더욱 심각하다. 2017년 기준으로 소아 환자가 재활치료를 받을 수 있는 병원은 전국을 모두 합해도 223곳에 불과하다. 그중 96곳은 수도권에 위치해 있고, 62곳은 경상도에 몰려 있다.[43] 이렇다 보니 전국 각지의 장애 아동들은 수도권으로 이동해 재활병원을 알아볼 수밖에 없다. 심지어 공공어린이재활병원은 전국에 단 한 곳도 없다. 지속적 재활치료를 요하는 장애 아동은 7만 3000명에 육박하는데도.[44] 수치를 찾아보면 찾아볼수록 한숨만 나온다.

또한 소아 환자는 성인 환자보다 훨씬 많은 시간과 전문 인력, 공간을 필요로 하지만 재활 수가는 성인과 동일하다. 그러니 민간병원은 소아 재활 환자의 입원을 반기지 않을 수밖에 없다. 소아 재활 환자를 보면 볼수록 적자가 나는 수가 구조에서 병원을 원망하기도 어렵다. 실제로 우리나라의 유일한 어린이재활병원인 푸르메재단 넥슨어린이재활병원은 연간 30억 원의 적자에 시달리고 있다. 그 와중에 입원 대기자는 무려 300명에 달해, 입원하고 싶어도 마음대로 할 수가 없다.[45]

박해식 씨의 아내는 원래 있던 요양병원에서는 대형병원처럼 꼼꼼한 재활치료를 받을 수 없다며 하소연했었다. 그리고 그곳으로 돌아갔으니 박해식 씨는 필요한 만큼 재활치료를 받기 어려울 것이다. 그는 과연 가족이 기다리는 집으로, 일상으로 돌아갔을까. 여기 오면 남편 얼굴이 달라진다며 기뻐하던 부인의 표정이 못내 마음에 걸린다.

뇌졸중이나 사고 등으로 거동이 어려워진 환자에게 급성기 재활만큼이나 중요한 것이 회복기 및 만성기 재활이다. 거동이 어려워져서 자리에 누워 있는 시간이 길어지면 말하는 법을 잊어 의사소통이 원활하지 않게 되고, 삼키는 기능이 떨어져 영양 불량이 되기 쉽다. 영양 불량이 생기면 근 손실이 오고, 근 손실이 오면 넘어져 다치기 쉽다. 호르몬계 불균형, 우울감까지도 유발한다. 가래 배출이 원활하지 않아 폐렴에 쉽게 걸리고, 정체된 소변 때문에 요로감염이 발생한다. 체중이 쏠리는 꼬리뼈 주변에는 욕창이 생긴다. 적절한 재활치료를 받지 못하면 환자는 그렇게 하루하루 살아 있는 송장으로 변해간다. 병이 다 나아도 환자는 걷지 못한다. 일상으로의 복귀는 꿈도 꿀 수 없다. 계속 병원이나 요양원에서 생활해야 하니 의료비나 간병비 부담은 더해지고, 이는 한 가정을 완전히 무너뜨리기도 한다.

2021년 우리나라에는 제대로 된 회복기 재활의료체계가 없다. 지금의 건강보험체계상 재활 수가는 턱없이 낮고 입원 수가는 비교적 높다. 쉽게 말해, 재활 환자는 병원에 돈이 되지 않는다. 상황이 이렇다 보니 재활에 힘쓰는 것보다 환자가 더 아파서 오랫동안 입원하는 편이 차라리 병원에 더 이득이다. 그러니 병원도 굳이 소매를 걷어붙이고 나서서 환자를 일상으로 돌려보내고 싶어 하지 않는다.

회복기-만성기 재활의료체계 활성화를 위해서는 정부의 수가 지원이 필수적이다. 그러나 비용 대비 효과가 충분히 입증되지 않았다는 이유로 모두가 소극적이다. 애초에 박해식 씨 같은 재활 환자들은 '보이지 않는' 자들이기에 정치권이나 언론의 관심도 받지 못한다. 2020년 3월에 재활의료기관 지정 운영 본사업이 시작되었으니 그나마 다행이라고 해야 하나.[46]

나는 종종 이상적인 재활의료체계가 마련되어 있는 모습을 상상한다. 박해식 씨가 뇌졸중으로 쓰러져 분당서울대학교병원으로 실려오면 우선 급성기 치료에 집중한다. 치료를 마치고, 관례적으로 급성기에서 빠져나오는 3개월이 지나도 급하게 환자에게 퇴원을 종용하지 않는다. 그 대신 환자의 회복 정도를 면밀히 살피며 이 환자가 급성기인지, 회복기인지를 구분한다. 만약 환자가 급성기를 지나 회복기로 접어들었다고 판단되면 그가 사는 곳 근처에 재활치료가 가능한 병원이 있는지 정부와 병원이 나서서 살펴본 후 그곳으로 연결해준다. 환자와 보호자는 좋은 재활병원을 찾아 애타게 헤맬 필요가 없다. 그곳에서 박해식 씨는 회복기에 맞는 '맞춤 재활치료'를 받으며 일상으로의 복귀를 차근차근 준비한다. 회복을 모두 마쳐 집으로 돌아간 후에도 필요에 따라 지속적으로 재활치료를 받는다. 정부가 충분히 지원해주는 덕분에 지갑 사정을 보며 재활치료를 할지, 말지 망설일 필요도 없다.

만약 지역사회 복귀가 어려운 만성기 환자라면 요양병원이나 요양원에서 만성기 재활치료를 받는다. 만성기 재활치료는 환자의 신체 기능을 유지하고, 노쇠화되는 속도를 늦추어 감염 등 급성기 질환에 걸릴 가능성을 최소한으로 줄인다. 그렇게 지내다 급성으로 치료해야 하는 질환이 생기면 언제든지 대형병원으로 와서 필요한 진료를 받는다. 요양병원에서도 만족스러운 수준의 재활치료를 받을 수 있으니 급성기 치료만 끝나면 금방 다시 요양병원으로 돌아갈 것이다. 그러니 대형병원도 병상 부족으로 허덕이며 환자에게 눈치를 줄 필요가 없다.

혼자서 상상하다 보면 나도 모르게 헛웃음이 난다. 스스로도 이게 무슨 뜬구름 잡는 소리인가 싶어서. 정작 현실에서는 병실이 없다는 이유로 환자와 보호자를 설득해 박해식 씨 같은 환자들을 온 힘을 다해 병원 밖으로 몰아내고 있다. 이 체계에서 나는 악역일 수밖에 없지만, 속상하지 않은 것은 아니다. 퇴원을 재촉하며 마음이 불편하지 않았던 적은 한 번도 없었다.

우리 아버지와 연배가 비슷했던 환자에게 퇴원을 종용했을 때 마음이 더욱 무거워졌다. 언젠가는 내가 퇴원을 거부하는 진상 보호자가 될 수도 있지 않을까. 마음 놓고 맡길 수 있는, 재활치료를 제대로 받을 수 있는 병원이 많으면 얼마나 좋을까. 환자도, 보호자도, 의사도 행복한, 그런 의료체계는 도대체 어디에 있을까.

우리가
살리지 못한 생명들

코끝을 스치는 바람에서 초여름이 느껴지는 5월의 어느 날이었다. 환자를 살피면서 나는 습관처럼 휴대폰을 뒤적였다. 그런데 큰 사고라도 났는지, 인터넷 포털 사이트가 일순 속보로 도배되었다.

'서울지하철 또 스크린도어 사고…… 구의역 부상 직원 이송했으나 숨져.'

무심결에 기사를 클릭하려다 움찔했다. 절로 무거운 한숨이 나왔다. 온종일 마음 한쪽에 돌이라도 얹힌 양 침울해져 있다가 무거운 발걸음으로 병원을 나섰다. 2016년 5월 28일, 살릴 수 있었던 또 다른 생명이 스러진 날이었다.

어느 의사나 매 순간 환자를 살리고 싶은 절실함을 느낀다. 특히 생명과 직접적으로 연관된 진료를 하는 소위 '바이탈 과(내과, 외과, 흉부외과 등)'는 더욱 그렇다. 부모 자식 간에도 더 아픈 손가락이 있듯이, 의사에게도 더 마음이 쓰이고 더 살리고 싶은 환자가 있는 건 당연지사이다. 물론 모든 생명이 소중하지만 의사도 어쩔 수 없는 사람이므로. 어떤 환자는 유난히 덜 아팠으면 좋겠고, 더 절실하게 살리고 싶고, 살아남은 뒤 후유증도 덜 남기를 바란다.

나는 사랑하는 사람들과 닮아 있는 환자를 진료할 때 특히 그런 마음이 든다. 평소에는 냉정하고 감정을 잘 숨기는 편이라고 자부하는데도 그렇다. 세 살 먹은 내 조카처럼 귀여운 소아 환자, 잔소리와 오지랖이 우리 부모님과 똑 닮은 60대 노부부, 내 늦둥이 동생처럼 한창 팔팔한 20대 초중반의 청년들. 이런 환자들을 보고 있자면 나도 모르게 감정 이입이 되고 한결 친절해진다. 그리고 그들이 위독해지면 유난히 가슴이 먹먹하고 두렵다. 마치 내 가족이 아픈 것처럼.

구의역 사고의 피해자 김 모 군은 현장에서 세상을 떠났고, 전형적인 외상 환자였기에 살아서 병원으로 이송되었더라도 나 같은 내과 의사를 만날 일은 없었을 것이다. 하지만 얼굴 한번 본 적 없는 김 군을, 나는 정말 살리고 싶었다. 기사 속 사진이 너무 앳되었다. 그는 1997년생으로 사고를 당했을 때 고작 열아홉 살이었다. 당시 내 남동생과 비슷한 나이였다. 참 이상하지. 어째 이런 가슴 아픈 사고는 늘 꽃다운 20대 초반의 청춘들에게만 일어나는 것 같다. 못다 피우고 떠난 그 젊음이 아까워 자꾸만 속이 답답해졌다.

흔히 사람들은 보건의료를 병원에 도착한 순간부터 퇴원하는 순간까지로 국한해 이해하지만, 보건의료는 사실 우리 삶 전반의 건강을 아우르는 개념이다. 보건의료는 병이 생기기 전, 사람을 '더 건강하게' 만드는 지점부터 시작한다. 사람은 하루의 3분의 1 이상을 노동에 쓴다. 당연히 사람의 건강과 직업, 근무 조건, 노동 환경 등은 밀접하게 얽혀 있다. 산업재해와 직업병만을 전문으로 진료하는 학문이 따로 있을 정도다. 비교적 생소하겠지만, 의사 중에는 '직업환경의학과'라는 진료과목의 전문의도 있다. 이들은 직업과 환경에 존재하는 유해 요인에 노출되어 발생하는 손상과 질환의 예방 및 치료를 다루는 전문가로, 특히 직업의학 전문의는 노동자의 손상과 질병을 다룬다. 이처럼 산업재해는 너무도 당연히 보건의료 영역 안에 존재하며, 의사로서 나는 병원 밖에서 발생하는 사고에 관심을 놓을 수 없다.

환자들은 병원 밖에서 다치고, 병원 밖에서 병을 얻어서 의사를 만나러 온다. 그중에서도 정말 크게 다친 외상 환자들은 수술을 통해 일단 급한 불을 끈 후 결국 나 같은 내과계 의사를 만나게 된다. 싫으나 좋으나 어쨌든 오래도록 많이 아픈 환자라면 내과 의사의 손을 한 번쯤 거쳐야 하니까. 그리고 그렇게 병원에서 접한 이들은 밖에서 너무 쉽게 다치고, 아프고, 죽었다.

김 군은 서울 지하철 2호선 구의역 내선 순환 승강장에서 스크린도어를 혼자 수리하던 중 전동열차에 치여 사망했다. 21세기에, 19세 청년이 기차에 치여 죽었다. 이렇게 생생하고 어이없는 죽음이라니, 영화보다 더 영화 같아서 기사를 보면서도 쉬이 실감이 나지 않았다.

애초에 죽어서는 안 될 사람이었다. 조사가 계속되면서 이 사고가 단순히 개인 과실에 의해서가 아니라 열악한 작업 환경과 관리 소홀 때문에 발생했다는 것이 밝혀졌다. 김 군은 고등학교 재학 중 지하철 스크린도어 유지 보수 업체에 비정규직으로 취직했다. 그의 유품인 가방 속에는 작은 컵라면이 있었다. 밥 먹을 시간도 없을 만큼, 바쁘고 열악한 환경에서 일했던 거겠지. 속속 뜨는 기사를 보며 열아홉 살의 앳된 청년이 허겁지겁 컵라면을 욱여넣었을 장면을 떠올렸다.

김 군이 일했던 회사는 무려 97개 역의 스크린도어 보수 업무를 담당해왔지만 직원은 그를 포함해 고작 10명뿐이었다. 한 사람당 최소한 역 10개 이상의 보수 공사를 맡아야 했고, 그러다 보니 원래는 안전 수칙에 따라 2인 1조로 진행해야 함에도 김 군은 혼자서 보수 작업을 할 수밖에 없었다. 고등학교를 갓 졸업한, 아직 업무가 손에 익지도 않은 초보가.

그리고 그가 숨지기 딱 1년 전에도 비슷한 사고가 있었다. 강남역에서 혼자 스크린도어를 수리하던 정비 업체 직원이 열차에 치여 숨진 것이다. 그 사고 이후 서울메트로는 안전 작업에 대한 관리·감독을 강화하고 외주를 맡긴 유지 관리 업체를 직영으로 전환하는 등 재발방지대책을 추진하겠다고 밝혔지만 그건 공허한 울림일 뿐이었다. 거짓말처럼 똑같은 사고가 1년 만에 그대로 재현되었다. 서울메트로는 스크린도어를 보수할 때 반드시 '2인 1조'로 작업하도록 규정해놓았지만 매뉴얼은 허울일 뿐 지켜지지 않았다. 안전관리책임자가 현장에서 관리·감독만 제대로 했어도 김 군은 살 수 있었을 것이다. 애초에 재발방지대책 같은 것은 존재하지 않았다.

대한민국 국민이라면 그날, 한 청년의 안타까운 죽음에 누구나 슬퍼했을 것이다. 나는 슬픔과 허탈함을 넘어 불타오르는 분노를 느꼈다. 의사는 사람의 생명을 구하는 직업이다. 그러나 최선을 다하고도 살리지 못하는 것이, 그래서 늘 애달픈 것이 인간의 목숨이다. 그날 사회가 하나의 인격체라면 나는 그 사회라는 것의 멱살을 부여잡고 따지고 싶었다. 병원에서는 사람 한 명을 살리자고 수많은 사람이 그렇게 애를 쓰는데. 그러고도 살리기가 그토록 어려운데. 어쩌면 사회는 이렇게 쉽게, 허망하게 사람을 죽이는가. 그럴 거면 나와 내 동료들이 병원에서 하고 있는 생고생은 도대체 무슨 의미가 있는가.

그로부터 얼마 지나지 않아 나는 그때와 똑 닮은 분노와 허탈감을 느껴야 했다. 2018년 12월 11일, 태안 화력발전소에서 1994년 생 김용균 씨가 숨졌다. 한국발전기술 계약직으로 근무하던 그는 컨베이어 벨트에 끼인 채 발견되었다. 발전소에도 2인 1조 근무 규정이 있었지만 지켜지지 않았고, 김용균 씨 역시 홀로 일하다 변을 당했다. 구의역 사고가 발생한 지 채 3년도 지나지 않았을 때였다.

김용균 씨도 비정규직이었다. 그는 10일, 밤늦은 시간까지 혼자 일을 하다가 컨베이어 벨트와 기계 사이에 끼는 사고를 당했다. 홀로 있었기에 아무도 사고를 알아차리지 못했고, 그의 시신은 사건이 발생한 지 다섯 시간이 지난 이후에야 발견되었다. 잠시 짬을 내어 끼니를 때우려 했던 듯 그의 유품에서도 컵라면이 나왔다. 김 군과 김용균 씨의 사고는 놀라우리만치 닮아 있었다. 무엇보다도 살릴 수 있는 목숨이었다는 데서 그러했다.

김용균 씨가 일했던 공장에는 몸이 끼는 사고가 발생했을 때 컨베이어 벨트를 멈추게 할 수 있는 비상 정지 스위치가 있었다.

원칙대로 2인 1조로 일했다면 컨베이어 벨트를 멈출 수 있었을 것이다. 그러니까 김용균 씨의 죽음은, 막을 수 있었다. 한국기술발전 측은 "야간에 2인 1조로 근무하는 것이 원칙이지만 인력 수급 문제로 1명씩 근무했다"라고 진술했다. 회사 측에서 과도하게 인건비를 절감한 것이다. 최소한의 안전장치조차 내팽개치면서.

김용균 씨는 하청 업체 직원이었다. 그는 서부발전이 운영하는 태안 발전소 9·10호기 컨베이어 벨트 관리 업무를 했다. 하청 노동자가 원청 사업장에서 공정의 일부를 담당한 것이다. 구의역 김 군과 마찬가지로 김용균 씨도 입사한 지 3개월밖에 되지 않은 초보였다. 일이 채 손에 익지도 않았을 때 그는 야간에 밤을 새우면서 홀로 일해야 했다. 경찰 조사 결과, 발전소 측은 노동자 안전 교육조차 제대로 하지 않은 것으로 나타났다. 사건의 내막이 밝혀질수록 절망적이었다. 김용균 씨는, 구의역 김 군은 하청 노동자에 대한 안전 보건 관리가 얼마나 소홀한지를 단적으로 보여주는 증인들이었다.

하청 노동자가 산재 위험에 노출되는 원인은 기본적으로 원·하청 구조 자체에 있다. 원청은 산재 책임을 피하기 위해 위험한 업무를 외주화하고, 하청 업체는 원청에 비해 규모가 작은 중소기업인 경우가 많다. 설비 투자도 어렵고 늘 업무 속도를 높이고 예산을 감축하라는 압력을 받는다. 업체는 인건비 절감을 위해서 무리하게 인력을 줄이거나 아직 숙련되지 않은 직원을 제대로 된 안전 교육도 없이 현장에 투입한다. 실제로 외주화로 인한 안전사고는 줄곧 증가하기만 했다. 2018년 국정감사 자료에 따르면, 연도별 하청 업체 산업재해는 2015년 4만 2532건에서 점차 증가해 2018년에는 4만 8125건에 달했다.[47]

크게 다친 사람을 빨리 병원으로 이송하고 치료하려는 노력, 즉 사고가 발생한 순간부터 퇴원까지의 생존율을 높이기 위한 사회적 노력은 끊긴 적이 없다. 아주대학교 이국종 교수님 같은 외상외과 전문가들이 줄기차게 변화를 요구한 결과 '예방 가능한 외상 사망률'은 2015년 30.5%에서 2017년 19.9%로 크게 감소했다.[48] '예방 가능한 외상 사망률'이란 외상으로 인해 사망한 환자 중 적절한 시간 내에 걸맞은 병원으로 이송되어 치료를 받았다면 생존할 수 있었을 것으로 추측되는 사망자의 비율이다. 쉽게 말해 2015년에 비해 2017년에 사고로 다친 환자를 더 많이 살렸다는 뜻이다. 여기에는 중증외상환자 치료에 특화된 권역외상센터 개소와 정부의 집중적인 지원이 한몫을 했다.

이는 분명 환영할 만한 일이다. 예전 같았으면 그저 하릴없이 떠나보냈을 환자를, 지금은 예전보다는 많이 살린다. 그러나 안전사고가 끊이지 않는다면 결국 밑 빠진 독에 물 붓기에 불과하지 않은가. 사고 현장으로부터 아무리 신속하게 환자를 이송해도, 아무리 빠르게 진단하고 치료해도, 이 사람을 살려놓으면 저 사람이 다치고 저 사람을 살려놓으면 또 이 사람이 다친다. 적어도 지금의 현실에서는 그렇다. 사람이 더 건강해지기 위해서, 더 많은 사람의 생명을 구하기 위해서 궁극적으로 필요한 것은 안전한 사회 그 자체이다. 사고에 신속하게 대응하는 시스템이나 응급 환자 이송보다 그것이 더 우선되어야 한다. 수많은 보건의료인에게, 그리고 국민들에게 그 어떤 근사한 병원이나 유능한 의사보다도 훨씬 더 필요한 것이기도 하다.

2019년 1월, 1990년 이후 약 30년 만에 산업안전보건법 개정안, 이른바 '김용균법'이 공포되었다. 개정안에서는 김용균 씨와 같은 하청 노동자의 산업재해를 예방하기 위해 사업장과 시설, 장비 등에 대한 실질적인 지배·관리 권한을 가진 도급인(원청 사업주)의 책임을 강화했으며, 안전 보건 조치 의무 위반에 대한 처벌도 강화했다. 그러나 이제 시작일 뿐이다. 제2의 김 군, 제2의 김용균 씨를 만들지 않기 위해서는 더 안전한 사회가 필요하다. 안전에는 '이 정도면 되었겠지'란 타협은 존재하지 않는다.

사고가 터졌을 때부터 '김용균법'이 통과될 때까지, 바쁜 일상에 지쳐 관심은 좀 멀어졌을지언정 나는 구의역 김 군과 김용균 씨를 기억에서 지운 적이 없다. 비극적인 사건이 생기고, 그럼으로써 사회적 논의가 시작되는 것만으로도 우리는 고인에게 갚을 수 없는 빚을 진다. 1년 반 동안 비서관으로 일하면서 누구보다 잘 알게 되었다. 구의역 김 군과 김용균 씨의 사고는 나를, 우리 모두를 울고 분노하게 만들었다. 사고 '덕분에' 여론이 형성되었고, 정치권은 여론이 형성된 후에야 반응했다. 관련 법안이 쏟아져 나왔고 그 어떤 법안보다 신속하게 처리되었다. 사고가 나기 전에 미리 법이 바뀌고 제도가 정비되었다면 그들은 목숨을 잃지 않아도 되었을 텐데. 뒤늦게서야 척척 법이, 제도가 정비되는 것을 보며 씁쓸함도 느껴졌다. 소를 잃기 전에 외양간을 미리 고칠 수 있었다면 참 좋았을 텐데, 아직은 우리 사회가 그러한 경지에는 이르지 못했나 보다. 그러나 소를 잃고 나서도 외양간을 고치지 않는 것은 더 어리석은 일이다. 다행히 우리 사회는 움직였고, 변화했다.

어떤 이는 세상에 나서 아쉬울 만큼 빨리 우리 곁을 떠나가지만 죽음으로써 우리 사회에 경종을 울리고, 어떤 논의에 불을 지피며 세상을 바꾼다. 김 군과 김용균 씨가 그랬듯이. 그렇게 우리 모두는, 특히 사람의 건강을 보살피는 나 같은 사람은 구의역 김 모 군과 김용균 씨에게 큰 빚을 지고 있다.

술에 대한
단상

　　"나는 인종, 종교, 국적, 정당정파 또는 사회적 지위 여하를 초월하여 오직 환자에 대한 나의 의무를 지키겠노라."

　　히포크라테스 선서 중 한 구절이다. 히포크라테스 선서는 고대 그리스의 의사였던 히포크라테스가 정한 의료윤리 지침이며, 오늘날 의과대학을 졸업할 때는 이 선서를 읊는 것이 의례로 정해져 있다. 말 나온 김에 굳이 고백하자면, 히포크라테스 선서를 전부 외우고 있는 의사는 없을 것이다. 시간 관계상 수석으로 졸업하는 학생이 대표로 낭독하며, 그마저도 보고 읽기 때문이다.

　　어쨌거나 자칫 시적으로까지 느껴지는 이 문구는 히포크라테스 선서 중 내가 가장 좋아하는 구절이다. 환자를 결코 차별하지 않고, 개개인의 특성을 인정하고 받아들이겠다는 의사의 다짐을 담고 있다. 말이야 쉽지만 사실 누군가가 나와 다르다는 것을 인정하는 건 여간 귀찮고 불편한 일이 아니다. 이를테면 의료 현장에서 생겨나는 '다름'은 이런 것이다. 여기 CT 촬영(전산화단층촬영술)을 해야 하는 환자, 김현지 씨가 있다고 해보자.

첫째, 김현지 씨의 콩팥 기능이 정상일 경우. 대부분의 환자가 여기에 해당한다. 이런 환자들은 그냥 CT를 찍으면 된다. 별다른 준비가 필요 없다.

그러나 이다음부터는 조금 복잡해진다. 둘째, 콩팥 기능이 좋지 않은 경우에는 CT 촬영 시 투여되는 조영제가 '급성 신손상'을 유발할 가능성이 더 높기 때문에 촬영 전 수액 등의 약물을 투여해야 한다. CT 촬영 후에는 콩팥에 혹 문제가 생긴 것은 아닌지 확인하기 위해 추가적인 혈액 검사도 해야 한다.

마지막으로 콩팥이 좋지 않은데 심장 기능도 좋지 않은 경우라면 더 세심하게 다루어야 한다. 이럴 때는 콩팥이 좋지 않은 경우와 비슷하긴 하나, 수액을 한꺼번에 많이 투입하면 심장에 무리가 가면서 폐에 물이 차고 숨이 찰 수 있다. 자칫하면 응급 상황이 생길 수도 있기 때문에 수액을 천천히 주입하면서 환자의 상태를 면밀하게 지켜봐야 한다.

고작 CT 촬영일 뿐인데 이렇게나 다양한 변수를 고려하고 적절한 처치를 내려야 한다. 의사에게는 모든 환자가 다르다는 가정이 필수적이다. 어떤 상황에도 모두가 다를 수 있다는 점을 기억하고, 그 다름을 하나하나 배려하기 위해 최선을 다하는 것이 의사의 의무이다. 의사가 귀찮다고 해서 당연한 배려를 외면하면 그것만으로도 환자에게 해가 된다. 사람으로서는 좀 귀찮고 불편해도 의사로서는 꼭 해야 하는 일이다.

나는 의사라는 직업을 통해서 굉장히 다양한 사람을 만난다. 그러면서 사람 한 명, 한 명에 대해 배려하는 법을 익힘과 동시에 그 노력을 귀찮아하지 않고 당연시하는 훈련을 매일, 매 순간 하고 있는 셈이다. 제대로 해내기가 어려워서 그렇지, 의사는 참 좋은 직업이다.

어느 날 문득 생각했다. 그래, 그러니까 정말 훌륭한 의사라면 어느 누구도 차별하지 않을 것이다. 국적이나 인종이 달라도, 어리거나 노인이어도, 돈이 없거나 많아도 그저 환자로서 똑같이 대하고 배려하는 법을 배우면서 성장했으니까.

부끄럽지만 사실 나는 아직 잘 안 된다. 말이 잘 안 통하는 외국인 환자를 진료할 때면 매번 통역을 불러다 설명해주는 것이 가끔은 귀찮기도 하고, 귀가 어두운 노인 환자가 잘 알아듣지 못해 몇 번이나 같은 설명을 반복할 때는 영 답답하다. 경제적 이유로 꼭 필요한 치료마저 거부하는 환자를 보면 말 못 할 갑갑함에 사로잡

히기도 한다. 의사를 10년 해놓고도 나는 아직 갈 길이 멀다.

그중에서도 특히, 아직 쉽사리 답하지 못하는 질문이 하나 있다. 알코올 중독자도 치료받을 기회가 있을까. 좀 더 정확히 말하자면 '알코올 중독자에게 간 이식의 기회를 주어야 할까'.

인턴 때 파견을 나갔던 인천의료원에는 유독 알코올 중독 환자가 많았다. 이들은 모두 비슷하다. 매일 소주를 두 병씩 마시는 바람에 알코올 중독을 진단받은 사람들이 "나는 술을 절제할 수 있다"라며 큰소리를 치고, 가족들은 이런 환자에 지쳐 외면하거나 혹은 이미 떠난 상태이다. 알코올 중독 환자 대부분은 술을 마시느라 제대로 된 경제 활동을 해본 적이 없으며, 돈을 버는 족족 술값으로 써버리기 때문에 가난에서 벗어나지 못한다.

술을 너무 많이 마시면 간이 딱딱하게 변하는데, 이 상태를 '간경화'라고 한다. 말기 간경화 환자는 위장관의 혈관이 울퉁불퉁하게 불거져 잘 터진다. 그래서 피를 토하거나 혈변을 봐서 병원에 오는 경우가 잦다. 그중에서도 알코올 중독 때문에 간경화까지 이른 환자들은 의료진이 며칠 동안 공을 들여 살려놓아도 퇴원 후 며칠 지나지 않아 또 술을 마셔 인사불성이 된 채 실려 온다. 아무리 알코올 중독 치료를 하자고 권해도 그들은 꿈쩍하지 않았다. 오히려 끈질기게 설득하는 나에게 폭언을 퍼붓거나, 심지어 폭행을 가하려 들기도 했다.

"멀쩡한 사람을 왜 정신병자 취급하냐! 꺼져!"

가뜩이나 바쁘고 힘든데 무슨 다람쥐 쳇바퀴라도 돌듯 술을 마셔서 병원으로 실려 오고, 퇴원 후 또다시 술 때문에 똑같은 과정을 반복하게 만드는 알코올 중독 환자들이 나는 너무나 미웠다. 그래서 남몰래 그들을 '술탱이'라고 비하해서 부르며 속으로 온갖 불평을 늘어놓곤 했다.

전공의 1년 차 시절, 내 환자 중에 뇌사자의 간 이식을 기다리고 있는 '술탱이'가 있었다. 그야말로 전형적인 '술탱이'였다. '어쨌거나 애들 아빠'라며 간병을 하는 부인도 고개를 내저을 정도로, 그는 사는 내내 지독할 만큼 술을 마셨다고 했다. 환자는 알코올성 간경화가 급성 악화된 상태로, 며칠 내로 간 이식을 받지 않으면 사망할 가능성이 높았다. 가족 중에 간을 이식해줄 수 있는 사람은 아들뿐이었다. 그러나 하나밖에 없는 아들 간은 절대 못 준다며, 부인은 검사조차 받지 못하게 했다.

"평생 술 마시고 고생만 시켰는데, 그런 인간 살리자고 앞길 창창한 애 간은 못 뺏어요. 절대 못 줘요. 뇌사자가 안 나타나서 죽으면 그건 지 팔자지, 누굴 탓해요? 지가 잘못해서 저렇게 된 걸. 죽을 테면 죽으라고 해요. 아쉽지도 않아."

보호자는 의식 없는 환자 옆에서 저주에 가까운 말을 거리낌 없이 내뱉었다. 이해가 안 되는 것도 아니었다. 내 눈에는 남편이 그렇게 고생을 시켰는데도 어쨌든 곁에서 간병을 하고 있다는 것 자체가 대단해 보일 지경이었으니까.

그렇게 며칠이 흘렀다. 환자는 예상보다 꽤 잘 버텼다. 그리고 어느 날, 기적처럼 뇌사자가 나타났다. 헬멧 없이 오토바이를 타다가 빗길에 미끄러지는 사고를 당한 청년이었다. 부인은 말은 모질게 했어도, 뇌사자가 나타났다는 내 말에 짐짓 안도의 표정을 지었다.

"참 다행입니다."

사실 그녀에게 그렇게 말하면서도, 나는 환자를 바라보며 속으로 다른 생각을 했다.

'아저씨, 나는 당신한테 갈 간이 아까워. 그 간으로 살릴 수 있는, 술 안 마시는 환자가 얼마나 많은데. 그리고 나는 지금까지 당신한테 들어간 약, 피, 의료진의 시간, 건강보험료까지 모조리 다 아까워. 몇십 년을 술만 마시고 사회에 도움이 되는 일이라곤 일절 해본 적도 없는 사람이, 왜 이제 와서 아프다고 병원에 와서 건실한 사람들의 건강보험 재정을 갉아먹어?'

물론 이렇게 생각하면 안 된다. 나도 안다. 저것은 초짜 의사의 섬뜩한 치기였다는 걸. 알코올 중독은 병이다. 알코올은 중독을 유발하는 대표적인 물질 중 하나이므로 알코올 중독이 되는 것도 백 퍼센트 개인의 잘못만은 아니다. 크게 보면 결국 환자도 알코올이라는 무서운 중독 물질의 피해자이다. 또한 모든 개인은 건강할 권리가 있고, 의사는 환자에게 적합한 의료 행위가 무엇인지 판단하고 제공하거나 권하는 사람일 뿐 그가 그 행위를 받을 자격이 있는지, 없는지 판단할 수 없다. 의사에겐 그걸 판단할 권리가 없고, 그래서도 안 된다. 그리고 의료 서비스는 건강보험료를 얼마를 냈든 대한민국 국민이라면 언제나 누릴 수 있는 것이어야 한다. 보험료 납부 금액에 따라 누릴 수 있는 혜택의 정도가 달라진다면 그것은 의료민영화와 다를 바 없다. 인본주의 사회에서 결코 있어서는 안 될 일이며, 사회적 지위 여하를 초월해 환자에 대한 나의 의무를 지키겠다는 숭고한 선서를 무색하게 만드는 일이다.

하지만 나도 의사이기에 앞서 사람인지라, 응급도에 밀려 간 이식을 하염없이 기다리고 있던 다른 환자들을 보고 있자니 이런 '술탱이'가 먼저 간을 이식받는 게 억울하고 분했다. 마치 그 환자가 다른 환자들의 간을 가로채기라도 하는 것 같았다. 의사로서 인정하고 싶진 않지만, 더 살리고 싶은 아픈 손가락이 있듯 덜 아픈 손가락도 있는 법이니까.

사실 지속적인 알코올 중독 가능성이 있는 환자의 경우 간 이식을 해주면 안 되는 '금기'에 해당되지만[49] 대부분의 환자와 보호자들은 간 이식만 받게 해주면 술을 끊겠다고 굳게 약속한다. 실제로 간 이식을 앞두고 수개월 이상 금주하는 모습을 보인다(물론 건강이 뒷받침해주지 않으니 어쩔 수 없는 반강제적 금주에 가깝다). 그런 환자에게 간 이식을 금지할 법적 근거는 없다. 이 문제는 우리나라에서만, 혹은 그때의 나 같은 의사에게만 국한된 고민은 아니다. 2014년 영국 정부가 간 이식 기회가 배제됐던 중증 알코올 중독자에 대해서도 수술을 허용한다는 방침을 발표하면서 공익과 환자의 권리를 둘러싼 찬반 논쟁이 불거지기도 했다.[50]

사실 알코올이 얼마나 해로운지를 생각하면 사회가 왜 알코올에는 그토록 너그러운지 의아해진다. 알코올은 담배의 성분인 비소, 카드뮴과 같이 WHO가 지정한 1군 발암물질이자 중독 물질이다. 게다가 통계청에 따르면 2018년 기준, 하루에 무려 13명이 술 때문에 숨진 것으로 나타났다. 알코올 관련 사망률도 전년 대비 2% 증가했다.[51] 알코올 중독은 간경화 같은 질병을 유발할 뿐만 아니라 가정불화를 불러일으키고, 경제적인 능력을 잃게 만들기까지 한다. 음주운전을 일으켜 불특정 다수의 생명을 위협하는 일도 비일비재하다. 내 환자 역시 다르지 않았다. 그는 변변찮은 직업을 가진 적도 없이 평생을 술만 마시며 살아온 사람이었고, 말리는 가족들에게는 폭언을 일삼았다. 당연히 제대로 건강보험료를 납부한 적도 없었을 것이다. 그러나 간 이식을 위해서 입원해 있는 동안 그에게 든 의료비는 5000만 원이 훌쩍 넘었다.

2013년 국민건강보험공단 건강보험정책연구원의 연구에 따르면 알코올 때문에 발생하는 사회경제적 비용은 해마다 9조 원이 넘는다. 담배의 사회경제적 비용(약 7조 원)을 훨씬 웃도는 수치이다.[52] 그럼에도 담배가 광고나 방송 등에서 각종 규제를 적용받는 것에 비해 술을 벌컥벌컥 들이키는 장면은 TV 드라마에 꽤나 자주 나온다. 그나마 2020년부터 절주 정책이 강화되어 미디어에 술이 노출되는 장면은 좀 줄었지만, 선진국 곳곳의 단면과 비교해보면 그마저도 턱없이 부족하다. 그 예로 노르웨이는 알코올 함량이 2.5% 이상인 주류 광고는 전면적으로 금지하고 있고, 프랑스도 TV나 영화관에서 주류를 광고할 수 없다. 또한 대부분의 나라가 공공장소에서의 음주를 규제하는 것에 비해 우리나라는 단 한 곳도 규제하지 않는다.[53] 술에는 이상할 만큼 정부도, 사회도 지나치게 너그럽다.

간 이식을 받은 뒤 환자는 빠르게 건강을 되찾았다. 일주일도 되지 않아 앉아서 밥을 먹기 시작했고, 회진을 온 내게 밝은 목소리로 감사 인사를 전했다. 이제는 정말 술을 마시면 안 된다는 내 당부에 그는 손사래를 쳤다.

"아이고, 내가 또 그걸 입에 대면 사람도 아니지. 이번엔 진짜, 죽을 때까지 한 방울도 안 먹습니다!"

새 생명을 얻었으니 새로운 사람으로 거듭나겠다는 환자의 너스레에 웃어주면서도 속으로는 생각했다. 또 술을 마시면 간을 다시 뺏어 오는 법이라도 있었으면 좋겠네.

의사로서 나는 알코올이, 술이 밉다. 물론 술이 가진 묘한 매력을 모르는 것은 아니다. 고된 하루를 마치고 친구와 함께 들이켜는 시원한 맥주 한잔이나 쌀쌀한 가을날 포장마차 홍합탕에 곁들이는 소주 한잔이 때로는 삶을 지탱할 힘이 되어주기도 하니까. 취기는 세상을 일그러뜨린다. 고통의 초점을 자의식으로부터 우스꽝스러운 어떤 것으로 옮겨놓는다. 적당한 음주가 누군가에게는 정서적 위안이자, 달콤한 은둔처라는 것을 부인하고 싶지는 않다. 작가 캐럴라인 냅은 본인의 알코올 중독사를 '러브 스토리'라고 부를 정도였으니까. 그러나 그 어떤 세기의 사랑도 지나치면 개인의 영혼을 잠식시키고 서서히 망가뜨린다.

내가 의사이기 때문에 술을 마시는 환자들을 미워할 수 없다면, 그 유발 요인인 술이라도 실컷 미워하겠다. 의료와 정책을 통해 한 사람, 나아가 사회 구성원 모두가 보다 건강하게 살아가게 만들고 싶다는 꿈을 가진 나 같은 사람의 입장에서는, 관대하게 넘기는 술 한잔이 때론 담배 한 모금보다도 더 끔찍하게 느껴진다. 소주랑 막걸리 회사는 다 망하라고 할 수도 없고. 나는 오늘도 '술탱이'와 실랑이를 하며 남몰래 술을 증오하고 있다.

결핵을
아시나요

얼마든지 예방할 수 있고 완치할 수도 있는 병으로 사람들이 죽어가는 것을 볼 때 나는 가장 격렬한 분노를 느낀다. 그것은 내과 의사로서도, 정책에 뛰어든 임상의사로서도 가장 가슴 아픈 지점이다. 10년간 그렇게 허무하게 떠나가는 환자들을 보면서 사람을 살리는 데에 의사 한 명의 힘으로는 역부족이며, 결국 보건의료체계를, 정책을, 법과 제도를 바꿔야 한다는 사실을 점차 깨달았다. 그리고 동시에 임상의사로서의 한계와 무능력을 스스로 재확인해야 했다.

어느 여름, 스물넷의 젊고 건강해 보이는 여자가 응급실로 찾아왔다. 그녀는 벌써 한 달 넘게 기침을 하고 있다고 했다. 보통 기침 같은 가벼운 증상 때문에 바로 대학병원으로 오진 않지만, 바빠서 도저히 짬이 나지 않아 가까운 응급실에 들른 것이라 했다. 간단한 혈액 검사를 하고 가슴 엑스선 사진을 찍은 뒤에도 그녀는 빨리 회사로 돌아가야 한다며 연신 결과를 재촉했다. 그러나 가슴 엑스선 사진을 본 응급의학과 의사는 연이어 흉부 CT를 찍었으며, 그다음에는 영상의학과 공식 판독이 나오기도 전에 다급하게 그녀를 중환자실 격리 병동으로 입원시켰다. CT 촬영 결과, 그녀의 양쪽 폐에는 치즈같이 끈적끈적해 보이는 고름 덩어리가 가득했고, 군데군데에 시커먼 구멍이 뚫려 있었다. 사진으로만 봐도 그녀의 폐는 이미 정상적인 폐와는 한참 거리가 멀었다. 그리고 바로 다음 날, 그녀는 호흡부전으로 죽었다. 고작 스물네 살의 젊디젊은 사람이.

또 어느 날은 한 아이 엄마가 찾아와 두통을 호소했다. 그녀는 출산 때 말고는 입원해본 적 없는 건강 체질인데 참 이상하다며 하소연을 늘어놓았다. 동네 의원에도 몇 번 갔지만 차도가 보이지 않았고, 의사가 그녀에게 대형병원에 가보기를 권해 오게 되었다고 말했다. 진료를 보는 내내 세 살쯤 된 어린아이가 무릎에 앉아 빨리 집에 가자며 칭얼거렸다. 여느 가벼운 질환의 환자와 다를 바 없는, 평범한 풍경이었다. 그러나 신경과 의사는 머리 MRI 결과를 본 뒤 바로 그녀를 입원시켰다. 대수롭지 않게 두통을 말하던 그녀의 머릿속에는 10센티미터가 넘는 혹이 있었다. 최선의 치료에도 불구하고 결국 일주일 뒤에 그녀는 세상을 떠났다. 아이 엄마의 나이는 고작 서른두 살이었다.

누군가는 죽음을 자주 목격하니 의사들은 죽음에 무뎌지지 않느냐고 묻는다. 그러나 이런 죽음만큼은, 절대 무뎌지지 않는다. 오히려 보면 볼수록 화가 치민다.

두 환자를 어이없을 만큼 빠르게 죽음까지 이르게 만든 것은 바로 결핵이었다. 소설이나 드라마에 나오는 전형적인 결핵 환자와는 다를 것이다. 창백하고 마른 얼굴에 기침을 하다가 피를 토하진 않았으니까. 하지만 두 사람 모두 명백한 결핵 감염으로 인한 죽음이었다. 스물네 살, 아직 앳되었던 그녀의 병명은 '활동성 폐결핵으로 인한 급성 호흡부전'이었고, 아이 엄마의 병명은 '폐외결핵', 즉 뇌에 생긴 결핵 감염이었다.

흔히 결핵을 감기처럼 가벼운 질환으로 알고 있는 경우가 많은데, 결핵은 사실 굉장히 무서운 병이다. 결핵의 심각성을 모르는 사람은 너무도 많고, 심지어 보건당국과 보건의료인조차 그렇다. 지금도 평범하기 그지없는 젊고 건강한 사람들이 결핵으로 죽어나가고 있다. 예상치 못한 순간에, 갑작스럽고 허무하게 세상을 떠난다. 자신이 얼마나 심각한 상태인지도 모른 채 어서 회사에 복귀해야 한다고 성화였던 그 젊은 여자 환자처럼.

결핵은 결핵균Mycobacterium tuberculosis complex에 의한 감염병이다. 초기에는 증상이 없으나 점차 병이 진행되면서 전신의 피로감, 식욕 감퇴, 체중 감소 등 비특이적non-specific인 증상과 함께 2주 이상의 기침, 가래, 흉통 같은 호흡기 증상이 나타난다. 대부분은 폐 조직에 감염을 일으키지만, 신경계에 감염을 일으키기도 한다. 이론적으로는 뼈, 림프절, 장 등 몸속 거의 모든 조직이나 장기에서 결핵 감염이 발생할 수 있다.

두 환자의 무시무시한 결말에 비해 허탈하게도 결핵은 치료, 아니 완치가 가능하다. 치료약이 없던 1950년대까지만 하더라도 결핵 환자들은 공기가 깨끗한 시골에서 요양하면서 죽음을 기다리는 방법밖에 없었지만 항결핵제가 발명된 지는 이미 오래이다. 결핵은 항결핵제만 꾸준히 복용하면 완치가 되는 질환이다. 게다가 결핵의 치료법은 수십 년간 바뀐 것이 없다. 즉, 결핵을 진단하고 치료하는 우리나라의 의료 기술은 전 세계에서 최고 수준이다. 치료법이 근 수십 년간 바뀐 적이 없는 데다가 전 세계가 동일하므로 애써 최고라고 말하기도 머쓱하지만.

결핵은 일명 '후진국 병'이다. '못 먹고 못 살기 때문에 걸리는 질환'이라는 인식이 강하다. 그러나 우리나라는 세계 10대 무역대국이자 1인당 GDP가 3만 달러가 넘는, 객관적으로 '잘사는 나라'

이다. 그런데 도대체 우리나라에서 이렇게까지 결핵이 활개를 치는 이유가 뭘까. 우리나라의 결핵 발생률은 경제·사회 환경이 열악한 멕시코나 라트비아보다도 훨씬 높다. 우리나라 사람들이 유독 더러운 걸까? 아니면 서울의 공기가 안 좋아서? 대체 왜 우리나라는 '결핵 공화국'이 되었을까?

질병관리청에 따르면 2018년 한 해 동안 새롭게 결핵에 걸린 환자는 2만 6433명으로 10만 명당 51.5명이었다.[54] 이게 얼마나 심각한 수치인지는 다른 나라들과 비교해보면 한눈에 보인다. 우리나라의 결핵 발생률은 OECD 회원 35개국 중 1위이다. 그것도 압도적으로. WHO의 '글로벌 결핵 리포트 2018 Global Tuberculosis Report 2018'에 따르면 2017년 기준 우리나라는 결핵 발생률이 10만 명당 70명, 사망률이 5명으로 OECD 평균인 결핵 발생률 11.1명, 사망률 0.9명과 비교조차 할 수 없을 만큼 높았다.[55] 심지어 우리나라의 뒤를 잇는 라트비아(결핵발생률 32명, 사망률 3.7명)와도 차이가 크다. 거듭 강조하지만 우리나라의 의료 기술은 세계 최고 수준이며, 결핵 치료는 수십 년간 바뀐 점이 없다. 왜 이런 참담한 사태가 벌어졌을까.

또다시 사회의 탓으로 돌릴 수밖에 없다. 우리나라는 기본적으로 결핵을 대수롭지 않게 여기고, 그러니 자연히 관리체계도 부실하다. 대부분의 결핵 환자는 초기에는 증상이 없어서, 나중에는 단순히 감기인 줄 착각해서 버젓이 거리를 활보한다. 또한 우리나라는 아직 올바른 기침 예절이 보편화되지 않아 공공장소에서 입을 가리지 않고 기침을 하거나, 호흡기 증상이 있어도 마스크를 쓰지 않는 경우가 많다. 어떤 세균과 바이러스는 기침이나 재채기를 통해 전파된다.

그리고 결핵은 환자와 밀접하게 접촉한 10명 중 3명이 감염되고, 감염자의 약 10%가 평생에 걸쳐 발병하게 되는 감염력이 매우, 아주, 무척 높은 질환이다.[56] 2019년 말부터 코로나19가 대유행하면서 지금은 마스크를 쓰지 않은 사람을 찾기가 더 힘들어졌는데, 이걸 '다행'이라고 말해야 할지는 참 애매하다. 어쨌든 코로나19가 등장하기 전, 마스크 없이 아무렇게나 기침하는 풍경 속에서 결핵은 살금살금 퍼져나갔다.

결핵은 진단이 어렵다. 초기에는 증상이 기관지염처럼 흔한 호흡기계 질환과 유사하기 때문에 처음 환자를 접촉한 의료인이 결핵을 의심하지 않으면 놓치기 쉬우며, 감기나 단순 세균성 폐렴으로 오인하는 경우도 더러 있다. 더구나 결핵은 치료도 어렵다. 약이 없어서, 약의 치료 효과가 낮아서가 아니라 약을 끝까지 다 먹기가 힘들어서 치료가 어렵다. 우여곡절 끝에 결핵으로 확진을 받아도 완치까지 이르기가 쉽지 않다.

결핵으로 진단받으면 누구나 네 종류의 약을 최소 6개월 이상 복용해야 한다. 알약 개수가 워낙 많아서, 우스갯소리로 "밥보다 약을 더 많이 먹어야 한다"라는 말도 한다. 그리고 결핵을 완치하기 위해서는 약을 끝까지 먹는 것이 매우 중요하다. WHO는 효과적인 결핵 치료를 위해서는 환자가 약을 삼키는 것을 관리요원이 직접 지켜봐야 한다고 권장할 정도이다.[57] 아무리 의사의 말에 잘 따르는 협조적인 환자라도 6개월 동안 배가 부를 만큼의 약을 챙겨 먹는 것은 결코 쉽지 않은 일이다.

게다가 약을 2주 정도 복용하면 보통 병세가 호전되기에, 스스로 병이 다 나았다고 판단해 약을 끊는 경우가 많다. 그래서 결핵은 대표적으로 약물 순응도가 낮은 질환이다. 연구에 따르면 100명 중 16명이 약을 먹다가 자의로 중단한다.[58] 증상이 줄어드니 다 나았다고 여기는 것이다. 마치 감기에 걸린 것처럼. 약을 끊은 환자는 자연스럽게 병원에 가지 않으며 의사는 이내 환자를 잊어버린다. 그렇게 환자는 결핵 보균자가 된 채로 또다시 거리를 활보한다.

제 나름대로 살길을 궁리해온 덕일까, 결핵균은 몹시 영리하다. 단 한 번이라도 결핵약에 노출되면 내성 능력을 습득해 '다제내성 결핵균'으로 진화할 가능성이 높다. 자의적으로 약을 끊은 환자들은 얼마 지나지 않아 또다시 상태가 악화된 채로 병원에 오곤 하는데, 내성이 생긴 경우 기존의 항결핵제는 더 이상 듣지 않는다.

이 때문에 치료 효과는 훨씬 떨어지지만 부작용은 훨씬 심한 2차 약제를 더 오래(무려 18개월까지), 더 많이 먹어야 한다. 또한 그 사이 환자가 얼마나 많은 사람에게 다제내성결핵균을 전파시켰는지는 아무도 모를 일이다. 이는 결코 '도시 괴담' 같은 것이 아니다. 2021년 현재 우리 사회에서 버젓이 벌어지고 있는 현실이다.

결핵을 제대로 치료하기 위해서는 의료 기술뿐 아니라 범국가적 차원의 결핵관리체계가 필요하다. 아무리 저명한 호흡기내과 교수라도, 결핵 환자에게 처방하는 약은 풋내기 의사와 똑같다. 결핵은 의료 기술만으로 치료되는 질환이 아니다. 의심 증상이 있을 때 올바른 기침 예절을 준수하며 공공장소를 피하되 빨리 병원으로 가도록, 모두에게 결핵의 심각성을 인지시켜야 한다. 또한 만약 결핵을 진단받은 환자가 있다면 환자가 결핵균의 특성과 무서움을 충분히 알 수 있도록 설명하고, 약을 반드시 6개월 동안 꾸준히 복용해야 한다고 알려주어야 한다. 또 실제로 실천하고 있는지도 지속적으로 확인해야 한다.

6개월 동안 약을 다 먹고 증상이 좋아진 결핵 환자의 경우, 완치 판정을 위해 가래 검사를 다시 해야 한다. 이때 환자가 자발적으로 오기를 기다릴 것이 아니라, 보건당국과 의료진이 먼저 나서서 검사를 챙기는 적극적인 관리가 필요하다. 그리고 이 모든 것은 저명한 결핵 전문 의사 한 명의 힘으로는 절대로 이룰 수 없다.

이는 의사의 능력 그 너머에서 해결되는 일이다.

한 나라의 보건의료체계가 얼마나 효율적인가는 바로 결핵 관리 능력에서 판가름 난다. 충격적인 통계가 무색하게도 우리나라 정부가 결핵 퇴치를 위해 들이는 공은 참 인색하다. 결핵을 우습게 보고 있다고밖엔 해석되지 않는다. 2018년 8월, 정부는 향후 5년간 결핵 발생률을 절반 수준으로 감소시키겠다는 목표로 '제2기 결핵관리종합계획(2018~2022년)'을 발표했다. 2016년에는 인구 10만 명당 77명이었던 결핵 발생률을 2022년에는 40명까지 줄이겠다는 것이다. 그 목표가 달성될 수 있을지는 잘 모르겠다. 물론 의사로서는 당연히 그 목표가 달성되길 간절히 바란다. 그러나 거창한 목표에 비해 정부가 들이는 공이 턱없이 부족해, 의구심을 거두기가 어렵다.

당장 결핵을 담당하는 정부 부처의 직원 수만 봐도 그렇다. 2020년 1월 기준으로 주무부처인 보건복지부 질병정책과의 결핵 담당 공무원은 행정 사무관 단 한 명이며, 심지어 실무부처인 질병관리본부(현 질병관리청)에는 결핵을 단독으로 담당하는 부서가 없다. 결핵을 담당하는 부서에서 에이즈 관리도 함께 맡고 있으니, 이들이 결핵에 모든 정신을 쏟기는 현실적으로 불가능한 것이다. 그마저도 결핵 담당 직원은 단 15명이다. 2017년에만 하루에 결핵으로 5명이 죽어나갔는데도. 전국의 수많은 결핵 환자를 기껏 16명, 2017년 하루 사망자의 3배에 불과한 직원이 담당하는 현실이 곧 우리나라가 결핵을 대하는 태도를 보여준다.*

게다가 2020년 국가결핵예방 예산은 464억 원으로 전년도에 비해 단 3.8% 올랐을 뿐이다. 물론 과거에 비하면 많이 늘었다. 2007년 99억 원에 지나지 않았던 국가결핵예방 예산은 2017년에 이르러 412억 원으로 4배 정도 증가했다. 이 점은 분명 고무적이다. 그러나 그 후에는 계속 한 자릿수의 증가율에 머물고 있다. 그 사이의 결핵 발생률을 비교해보면 2007년 10만 명당 70.6명에서 2018년 51.5명으로, 11년이라는 긴 세월이 지나는 동안 채 20명도 줄지 않았다.

나는 감히 단언할 수 있다. 그간 결핵 관리 성과가 이토록 부실했던 것에는 국가의 예산도 한몫했다고. 답은 결과가 말해준다. 환자 수라는 결과를 놓고 평가했을 때, 지금까지의 예산은 명백히 부족하다. 더 극적인 인력과 예산 투입 없이는, 2022년까지 결핵 발생률을 40명까지 줄이겠다는 정부의 선언은 공허한 울림이 될지도 모른다.

---

* 2020년 9월 질병관리본부가 질병관리청으로 승격되면서 결핵에이즈관리과가 각각 결핵정책과와 에이즈관리과로 분리되었으며, 결핵정책과의 인원도 27명으로 늘었다.

결핵으로 죽음이 턱밑까지 다가온 채로 병원에 오는 환자를 마주할 때마다, 나는 분노를 느끼는 동시에 깊은 절망에 잠긴다. 가끔은 '누구나 이름을 알 만한 유명인이 결핵에 걸려야 좀 나아지려나' 하는 자조 섞인 생각도 한다. 옛날에는 뭉크, 샬롯 브론테 등 수많은 당대 최고의 예술가들이 결핵으로 목숨을 잃었다. 지금으로 치면 톱스타급의 인지도를 자랑하는 인사들이다. 그래서인지 예전에는 결핵이 대중 예술의 소재로 유행하기도 했다. 지금도 가끔 드라마나 영화에 희귀병을 앓는 주인공이 나오면, 한동안 병원에 본인의 증상이 희귀병의 그것이 아니냐는 문의가 쇄도한다. 계기가 무엇이든 자신의 병이 무엇인지 빨리 알아낼 수 있다면 어쨌든 좋은 일이다. 그러니 언젠가 사명감을 가진 어떤 창작자가 결핵을 심도 있게 다뤄줬으면 하는 바람까지 생긴다. 그런다면 적어도 결핵을 빠르게 진단받는 환자가 늘어날 테니까.

획기적인 결핵 백신이라도 개발되지 않는 한, 지금 이 상황에서 우리나라의 결핵 사태는 단기간에 극적으로 해결되기 어렵다. 우리는 지금 '결핵 재난 사태'에 처해 있다고 말해도 될 것 같다. 다양한 원인이 복합적으로 꼬리에 꼬리를 물며 우리나라를 '결핵 공화국'으로 만들었다. 이제는 어느 한 가지를 개선한다고 해서 결코 해결될 수 없는 지경에 이르렀다. 정부, 보건의료인 그리고 우리 모두가 결핵을 바라보는 태도를 바꾸고 그 위험성을 직시해야 한다. 결핵은 정말 무서운 질환이며, 아주 쉽게 퍼지고, 지금 이 순간에도 많은 사람을 죽이고 있다.

결핵 환자들을 마주할 때마다 나는 분노한다. 그리고 같은 생각을 거듭하고 거듭한다. 더 이상 이 따위 질환으로 사람이 죽어서는 안 된다고.

숨이 넘어갈 듯 헐떡이던 할머니가
마치 손녀딸을 대하듯 내 손을 잡으며 다정하게 속삭였다.
"들어가서 좀 자야지."
아, 눈물이 왈칵 쏟아졌다.

경계

의과대학에서
가르쳐주지 않는 것들

당시 나는 36시간 동안 소아응급실에서 근무하고 있었다. 그 시간에 내가 먹은 건 고작 퉁퉁 불은 컵라면 하나였고, 잠은 한숨도 자지 못했다. 사람이 36시간 동안 자지 못하면 온몸이 두드려 맞은 듯이 아프고, 아무리 옷을 두껍게 껴입어도 으슬으슬 한기가 느껴진다. 팔다리가 천근만근 무겁고, 분명히 눈은 뜨고 있는데 글자를 읽어도 무슨 뜻인지 단박에 이해가 가지 않는다. 나는 그런 상태로 겨우 버티고 있었다. 당장이라도 아무 데나 쓰러져 잠들고 싶을 만큼 피곤했다.

딱 하나 희망적인 것은, 한 시간 후면 퇴근이라는 사실이었다. 비록 12시간 뒤에 출근해서 다시 또 36시간을 일해야 하긴 하지만(그때는 '전공의법'이 없어 주 최대 근무 시간 제한이 없었고, 나는 일주일 168시간 중 132시간을 일하고 있었다), 잠이라도 잘 수 있는 게 어디인가. 단 몇 시간이라도 눈을 붙인다면 얼마나 행복할까. 초짜 의사는 그렇게 퇴근만 목 빠져라 기다리고 있었다. 그때였다. 요란한 사이렌이 울린 건.

"소아 심폐소생술 환자 도착 예정입니다!"

이내 상황이 급박하게 돌변했다. 응급실 내 의료진의 얼굴에 전운이 감돌았다. 안내 방송이 들리고 채 5분도 되지 않아 아기가 구급차에 실려 왔다. 응급의학과, 소아청소년과, 의사, 간호사 할 것 없이 환자에게 달려들었다. 같이 온 아기의 엄마는 이미 제정신이 아니었다. 그녀는 정신 나간 사람처럼 초점 없는 눈으로 심폐소생술 장면을 바라보다가 스르륵 주저앉았다.

인턴이었던 그때 할 줄 아는 것이라고는 흉부 압박과 앰부백*을 짜는 것뿐이었던 나도 당연히 이 심폐소생술에 투입되었다. 원래 심폐소생술이 발생하면 인턴이 가장 바쁘다. 드라마에서 심정지 환자가 발생하면 땀을 흘리며 흉부 압박을 하는 사람이 바로 인턴이다. 아직 스스로 판단해 환자의 상태를 진단하고 치료할 줄은

---

* 환자에게 직접 숨을 불어 넣어주는 고무로 된 기계로, 환자가 혼자 숨 쉬기 어려울 때 사용한다.

모르는 초짜이기에, 가장 단순한 신체 노동을 도맡는 것이다. 뒤통수를 얻어맞은 것처럼 갑자기 정신이 또렷해졌다. 세 살짜리 아기의 작은 몸이 부서져라 강하게 흉부를 압박하고, 또 압박했다. 어떻게든 살려야 한다는 생각뿐이었다.

그러나 결국 아기는 떠났다. 입술은 금세 파랗게 변했고, 흉부 압박에도 몸이 들썩일 만큼 축 늘어졌다. 누가 봐도 이미 죽은 모습이었다.

"어머니, 아기가 너무 힘들어요. 우리 이제…… 그만 보내줍시다."

한 시간이 넘도록 흉부 압박을 해도 아기의 숨이 돌아오지 않자, 담당의가 무거운 목소리로 아기 엄마를 달랬다. 눈 한번 떼지 못한 채 아기만 바라보던 그녀가 끝내 고개를 끄덕이자, 담당의가 내게도 흉부 압박을 멈추라고 눈짓했다. 그렇게 응급실 모든 인력이 달려들었지만 아기는 허무하게 떠났다. 아기 엄마는 실감이 나지 않는 듯, 아기의 얼굴을 쓰다듬다가 이내 작은 몸을 끌어안고 오열했다. 자식을 잃은 부모의 절규가 응급실을 가득 메웠다.

그렇게 의료진이 하나둘 자리를 떠나는데, 갑작스레 할 일을 잃고 혼자 남겨진 나는 그 자리에 망부석처럼 멍하니 서 있었다. 순간적으로 아무런 생각이 들지 않았다.

나는 누구이고, 여긴 어디일까.

응급실이 떠나가라 통곡하는 보호자를 바라보며 바보처럼 두

눈만 껌뻑이는데, 갑자기 눈물이 왈칵 쏟아졌다. 스스로에게 당황할 정도로 크게 흐느꼈다. 내가 의사 면허를 따고 맞이한 첫 죽음이었다. 10년이 지났지만 아직도 아기의 얼굴과 이름이 기억날 만큼 그때 그 죽음은 내게 큰 충격이었다. 하지만 방금 자식을 잃은 보호자 앞에서 생뚱맞게 의사가 울 수는 없는 일이다. 황당한 얼굴로 나를 바라보는 다른 의료진의 눈빛이 따갑게 꽂혔다. 창피했다. 황급히 화장실로 달려가 서럽게 울었다.

물론 한창 뛰어놀아야 할 나이의 어린 아기가 죽었다는 사실 자체가 슬프기도 했다. 하지만 그 순간 나를 가장 울고 싶게 만든 감정은 회의감이었다. 36시간 동안 밥도 못 먹고, 잠도 못 자고 일하면 뭘 하나. 결국은 저 작은 아기 하나 살리지도 못했는데. 바로 그 순간 응급실이, 병원이, 세상이 싫었다. 모든 불행하고 가여운 사연들을 다 겪는 것 같은 느낌도 싫고, 밥 먹는 것도, 자는 것도 사치가 되는 환경도 싫었다. 지금껏 익숙하게 받아들였던 시스템이 갑자기 몸서리쳐질 만큼 싫었다. 왜 이렇게 나를 비참하게 만드는지 누구에게든, 어디에든 따지고 싶었다.

정시 퇴근은 진즉에 물 건너갔다. 그렇게 화장실에 쪼그려 앉아 두 시간을 내리 울었다. 더 이상 짜낼 눈물이 없겠다 싶을 만큼 진이 빠진 뒤에야 가까스로 몸을 일으켰다. 밤을 새고 한 시간 넘게 온몸으로 흉부 압박을 하고 난 뒤였다. 어떻게 집에 돌아왔는지는 전혀 기억이 나지 않는다. 집에 도착하자마자 걸신들린 듯 폭식을 하고 씻지도 않은 채 쓰러져 잠들었다. 36시간 만에 처음 먹은 밥이었다. 이틀 만에 집에 온 딸이 허겁지겁 밥을 욱여넣으면서도 펑펑 눈물을 흘리니, 부모님은 내내 눈치만 보며 안절부절못했다. 다음 날 새벽 6시, 좀비처럼 일어나 택시를 타고 출근하는데 개나리가 흐드러지게 피었기에 또 울었다. 세 살 아기가 죽어도 오늘 개나리는 피더라. 무심하고 잔인한, 완연한 봄이었다.

그때 나는 처음으로 의사로서 어찌할 수 없는 죽음을 맞이하고 극심한 스트레스 상황에 노출된 것이었다. 그러나 그런 스트레스를 어떻게 받아들여야 하는지, 또 어떻게 해소해야 하는지는 전혀 몰랐다. 의과대학에서는 환자가 죽었을 때 의사가 어떤 충격을 받고 또 그로부터 오는 스트레스를 어떻게 해소해야 하는지 알려주지 않았고, 살면서 읽은 책에도 전혀 나와 있지 않았다. 의대생 시절 술자리에서 선배들이 비슷한 넋두리를 하는 건 들어봤지만, 그때는 나도 빨리 의사가 되고 싶다는 생각만 했을 뿐 대수롭게 여기지 않았다. 그저 상념에 잠긴 선배들의 모습이 멋있었다. 그리고 그때 그 선배들도 어떻게 해야 하는지 가르쳐주지 않았다. 그들도 몰랐던 게 아닐까. 단지 쓴웃음으로 연거푸 소주잔을 넘기던 것만 어렴풋이 기억이 난다.

의료인은 매일같이 생과 사의 적나라한 모습을 맞닥뜨린다. 최선을 다해 치료해도 환자의 상태가 나빠지는 불가항력적인 상황, 바로 눈앞에서 맞이하는 수많은 죽음, 보호자의 의존과 절규, 환자의 원망 혹은 투사. 어쩔 수 없는 직업의 특성상 우리는 높은 스트레스에 쉽게, 자주 노출된다. 그리고 의료인의 스트레스는 환자 진료에 직접적으로 악영향을 미친다는 점에서 치명적이다.

한 연구에 따르면 의사의 감정소진emotional exhaustion을 점수화했을 때, 점수가 1점 오를 때마다 의료 과실을 범할 가능성은 5%씩 증가했다.[59] 의사가 스트레스를 받을수록 부지불식간에 환자에게 피해를 끼칠 위험이 늘어나는 것이다. 하지만 우리나라 의사들의 우울증과 자살에 관련해 정확한 통계는 알기 어렵다. 통계청이 사망원인통계조사를 통해 매년 직업별 자살 현황을 발표하고 있지만, 의료인을 독립적으로 구별하지는 않는다. 관련된 연구 역시 전무하다시피 한다. 의사나 의료인만을 대상으로 정신건강과 자살률을 심층적으로 분석한 국내 연구는 없다. 의료인의 정신건강 문제에 대한 사회적 관심은 점차 늘고 있지만, 이를 해결할 만한 통계와 연구가 부족한 실정이다. 그리고 이는 의사들의 정신건강에 대한 교육이 이뤄지지 못하고 있다는 뜻이기도 하다.

최근에는 환자와 의사 사이 유대관계의 중요성이 부각되면서 많은 의과대학에서 자투리 수업을 통해 환자를 대하는 법이나 의료인이 맞닥뜨릴 법한 법률 문제에 대해 가르친다. 그러나 의사가 환자를 진료하면서 겪는 스트레스를 다루는 법, 의사에게 찾아오는 이 직업 특유의 회의감이나 번아웃에 대응하는 법을 가르치는 곳은 찾아보기 힘들다. 모든 의대생은 정신건강의학을 배우지만, 역설적이게도 자신의 정신건강을 돌보는 법은 배우지 못한다.

갑작스럽게 맞닥뜨린 죽음의 충격이 너무 큰 나머지 그때는 이렇게 의사를 계속할 수 있을까, 설령 계속 의사를 하더라도 내과나 외과처럼 직접 생명을 다루는 바이탈 과를 전공할 수 있을까 진지하게 고민했다. 그러나 시간이 모든 것을 해결해주는 것인지 아니면 살인적으로 바쁜 스케줄에 괴로워할 틈도 없었던 것인지, 정신을 차려보니 나는 인턴을 마친 후였고 그 사건의 인상도 점차 희미해져 있었다. 환자를 잃은 스트레스와 트라우마는 해결되지 않은 채 응어리로 남았지만, 그때는 그 사실도, 그 스트레스가 오래도록 내게 어떤 영향을 미칠지도 전혀 알지 못했다.

시간은 흘렀고 나는 '어쩌다' 내과를 전공하게 됐다. 바이탈 과는 절대로 하지 않겠다고 생각했는데도. 그리고 전공의 2년 차가 끝나가던 무렵, 나는 심각한 우울감에 시달렸다. 전공의 수련은 살인적으로 고되었고, 그런 환경에서 스트레스 관리는 사치나 다름없었다. 내과를 전공하고 첫 2년간 무수히 많은 환자를 잃으며 스스로 감당하기 어려울 지경의 스트레스에 노출되었지만 나는 그저 그 복잡한 감정들을 켜켜이 쌓아두기만 했다. 밥을 먹고 잠을 잘 시간도 없는데 온갖 부정적인 감정들을 하나하나 들여다보면서 내 마음을 추스를 여유 따윈 없었다. 그리고 그렇게 쌓아두었던 감정들은 기어코 독이 되어 나에게 돌아왔다. 당시 썼던 일기에는 내 심경이 고스란히 남아 있다.

> 그 자리에 서서 버티자.
> 버티다 보면 좋은 날도, 감사한 날도 오리라.
> 그런데 내 나름대로 정말 열심히 1년을 버텼는데,
> 왜 좋은 날도, 감사한 날도 오지 않을까.
> 여전히 나는 이 자리에 서 있다. 아주 위태위태하게.
> 믿음이 흔들린다. 다 놓아버리고 싶다.

저 일기를 썼던 날은 정말 말 그대로 '한'숨도 자지 못하는 밤샘 당직을 선 다음 날이었다. 당시 진료했던 환자는 70대의 할머니였다. 사고 직전까지만 해도 건강했던 할머니는 빙판길에 미끄러지면서 엉덩이뼈가 골절되어 병원에 왔다. 부러진 뼈를 이어붙이는 수술을 준비하던 중 할머니에게 급작스러운 호흡부전이 왔다. 외상으로 인한 급성호흡곤란증후군이었다. 미처 손쓸 틈도 없이 다발성 장기부전이 진행되면서 심장 기능은 물론, 콩팥 기능까지 떨어졌다. 왜소한 체구의 할머니가 금방이라도 숨이 넘어갈 듯 헐떡거렸다. 기도 삽관을 하고 환자를 중환자실로 옮겨야 할지를 결정해야 했다.

생명이 위독한 상황에서도 할머니의 의식만큼은 명료했다. 가족들과 의료진이 설득했지만 할머니는 완강하게 연명의료를 거부했다. 지금 당장 죽더라도 그런 고통스러운 치료는 하지 않겠다는 것이었다. 숨을 헐떡이는 그 순간에도 할머니는 짧게 자른 백발을 깔끔하게 넘기고 무릎 위로 덮은 담요에 두 손을 곱게 모으고 있었다. 아, 이분은 죽음 앞에서도 한결같이 정갈한 모습을 지키시려는 분이구나. 나는 할머니의 뜻을 받들어 연명의료는 하지 않기로 했다. 그러나 동시에 내가 할 수 있는 것에서는 최선을 다하자고 마음먹었다.

사실 연명의료 여부를 결정해야 하는 순간이 온 정도면 환자의 상태가 앞으로 악화될 것이라는 사실은 이미 자명하다. 그런데도 나는 내려놓을 수가 없었다. 당직하면서 고작 하루 본 환자였다. 그새 환자와 라뽀rapport*나 애착이 쌓였을 리는 만무하다. 돌이켜보면, 아마도 그건 고되었던 당시 내 생활에 대한 보상 심리였

---

* 사람과 사람 사이에 생기는 상호 신뢰관계, 특히 환자와 의사 사이의 관계와 서로 간 신뢰의 정도.

던 것 같다. 그렇게 고생하고도 어린 아기를 잃으며 느꼈던 그 사무치는 회의감을 또 겪고 싶지 않았다. 이번에도 또 환자를 잃으면 밥도 못 먹고, 잠도 못 자며 일하는 내 삶이 너무 비참할 것 같았다. 나는 어떻게든 환자를 살리고 싶었다.

사실 환자와 보호자만큼이나 의사도 환자가 호전되지 않는 것을 받아들이기 어렵다. 그날 나는 20시간 가까이 화장실 갈 때를 빼놓고는 환자 곁을 한 발짝도 떠나지 않았다. 그렇게 5분에 한 번씩 뭔가 조치를 취하는데도 환자는 눈앞에서 서서히 죽어갔다.

이럴 수는 없어. 왜 나는 이렇게 멍청하지. 왜 내가 해줄 수 있는 게 없지. 할머니는 왜 좋아지지 않지. 내가 뭘 잘못하고 있을까. 대체 뭘 잘못한 걸까.

내가 표정이 너무 안 좋고 지쳐 보였던 걸까. 당장이라도 숨이 넘어갈 듯 헐떡이던 할머니가 마치 손녀딸을 대하듯 내 손을 잡으며 다정하게 속삭였다.

"들어가서 좀 자야지."

아, 눈물이 왈칵 쏟아졌다.

동이 틀 때쯤에서야 나는 포기했다. 도저히 안 된다는 것을 알았다. 할머니가 편안하게 임종을 맞이하실 수 있게 1인실로 이송하고 나니 해는 중천에 걸려 있었다. 그렇게 또 환자를 잃었다.

가끔은 나의 무지와 경험 부족 때문에 환자가 나빠지는 건 아닐까 하는 죄책감, 시스템과 의학 기술에 대한 회의감과 절망감, 무기력감, 괴로움이 물밀듯이 밀려온다. 그 정도는 비록 감소했을지 모르겠지만, 내 환자가 생사의 갈림길에 섰을 때 느끼는 스트레스는 의사가 된 지 10년째인 지금까지도 내 삶에 적지 않은 영향을 미친다. 내가 선택한 길이지만 그 선택은 시시각각 나를 괴롭힌다.

　풋내기 시절에는 그저 너무나도 괴로웠다. 어느 누구도 죽음 앞에서 의사가 느낄 수 있는 파도 같은 스트레스에 대해 경고해주지 않았고, 대응하는 법 또한 당연히 배울 수 없었다. 스트레스의 폭풍 속에서, 나는 그냥 무작정 버텼다. 동기들을 보면 대체로 셋 중에 하나를 선택했다. 무던해지거나, 관리하는 법을 적극적으로 배우거나, 아니면 전공의 수련을 포기하고 그만두거나.

　성격상 나는 무던해지지 못했고, 포기하지도 못했다. 울며 겨자 먹는 심정으로 아득바득 스트레스 관리법을 배웠다. 음악을 듣고, 영화도 보고, 여행도 떠나고, 사람도 만나고, 마사지도 받고, 아로마테라피도 해보고, 상담도 받았다. 지구상에 현존하는 스트레스 관리법은 한 번씩 다 해본 것 같다.

　의사는 그렇게도 스트레스에 쉽게 노출되는 직업이지만 그 스트레스가 누군가의 생과 삶에 치명적인 영향을 미칠 수 있는 만큼 자신의 스트레스 관리에 능숙해야 한다. 또한 스스로 우울증이나 자살 사고에 대해 인지하는 법을 알고 도움을 구할 수 있어야 한다. 그것이 의사라는 직업에 필연적으로 따라붙는 '프로페셔널리즘'이다. 이를 위해서는 의대생 시절부터 전공의 때까지 체계적인 정신건강 교육이 필요하지만, 전혀 없다시피 한 상황이다. 의료인의 정신건강에 관한 조사나 연구는 물론, 사회적인 대응 체계도 아직 아무것도 없다. 가끔 실습을 돌고 있는 의대생들과 마주치면 그들의 해맑은 표정과 열정이 안쓰럽게 느껴지기도 한다. 병원에 들어와 그들이 겪을 고초와 스트레스가 저 표정을 어떻게 바꿔놓을까. 정말이지 후배들은 나 같은 고생을 안 했으면 좋겠다.

솔직히 말하면 나는 아직도 스트레스 관리법을 완벽하게 배우지 못했다. 아직도 환자를 보면서 감정이 북받치고, 회의감에 괴로워한다. 너무 지쳐 모두 놓아버리고 싶을 때도 있다. 그럴 때면 억지로라도 잊고 퇴근을 해서 친구를 만난다. 여행을 가거나 책을 보면서 일부러 마음을 현장에서 떼어낸다. 현장에서 멀어져 있다 보면 어느덧 스트레스는 가라앉고 환자를 살릴 때 느꼈던 보람이 스멀스멀 기억난다. 그럼 또다시 묵묵하게 현장으로 돌아간다. 그렇게 보람과 회의, 기쁨과 우울 사이에서 아슬아슬한 줄다리기를 하며 살아간다. 모든 의사가 그렇듯이. 의사도 어쩌면 한 명의 나약한 인간에 불과하다는 것을, 여기서 고백해본다.

나의
특이한 직업병

의사가 된 후 내게는 특이한 직업병이 하나 생겼다. 식당이나 카페에 갈 때 집착에 가까울 정도로 조용한 곳을 찾아 헤매고, 들어가서도 가장 구석진 자리에 앉으며 모르는 사람이 가까이 오거나 말 거는 것을 극도로 피한다. 그래서 내가 좋아할 만한 조용한 식당을 찾는 일은 친구들이 나의 생일을 맞아 꼭 치러야 하는 연례행사가 되었다.

혼자 훌쩍 해외로 여행을 떠나는 것도 익숙한 습관 중 하나이다. 친구들은 홀로 장기간의 여행을 떠나는 나를 걱정하며 심심하지 않느냐고 묻는다. 혼자 가더라도 호스텔 같은 숙소에 묵으며 사람을 좀 만나라고 조언하기도 한다. 하지만 나는 홀로 여행하는 동안 아무도 나를 찾지 않아서 오히려 행복하다. 의사 생활 10년 차, 일하지 않을 때만이라도 사람이 적은 곳에 고립되어 있어야 안정감을 얻는다는 것을 자연스럽게 깨달은 결과이다.

병원에서는 수없이 많은 사람들이 나를 찾고 무언가를 지속적으로 요구한다. 피를 토했어요. 의식을 잃었어요. 숨이 차요. 빨리 와주세요. 내 직업의 특성상 그들의 요구는 아무리 사소한 것이라도 무시할 수 없고, 요구하는 즉시 최대한 빨리 해결해줘야 한다. 실수 없이 백 퍼센트 정확하게. 환자가 피를 토했다는 다급한 보고가 오면 즉시 그에게 달려가서 혈압이나 심박 수가 정상인지 확인하고, 피가 기도로 넘어가지 않았는지 살핀다. 그리고 혈관에 굵은 바늘을 꽂아 빠른 속도로 수액을 투여하며 동시에 머릿속으로는 이 환자가 왜 피를 토한 것인지 그 원인을 찾는다. 위장관이 아니라 기도에서 출혈이 생긴 건 아닐까? 입안이나 코에서 피가 났을까? 위나 십이지장에 궤양이 생겼다면?

앞에서도 말했듯이 내 모든 판단과 처치는 한 치의 오차도 없이 정확해야 한다. 지체되어서도 안 되지만 동시에 조금의 과오도 있어서는 안 된다. 그렇지 않으면 사람이, 문자 그대로, 죽을 수도 있다. 글자로만 보면 '어떻게 사람이 매일 저런 긴장 상태로 살아갈 수 있을까' 싶겠지만, 이제는 적응했다. 솔직히 이골이 났고, 받아들였으며, 전문의가 된 이후로는 전공의 때처럼 살인적으로 바쁘지는 않으니까.

우리는 전화기 너머 고객의 불만을 해결해줘야 하는 콜센터 직원, 항상 웃는 얼굴로 모르는 사람을 상대해야 하는 은행 직원들 같은 서비스직 종사자들을 흔히 '감정노동자'라고 부른다. 사실 보건의료인을 감정노동자라고 여기는 사람은 극히 드물다. 또한 한국직업능력개발원의 직업 분류에 따르면 의사는 전문직으로 분류되므로 언뜻 '서비스'와는 먼 직업처럼 느껴지지만, 항시 사람을 만나고 그들에게 필요한 의료 서비스를 제공해야 한다는 점에서 대표적인 서비스직 중 하나이다. 감정노동Emotional Labor은 사람을 대하는 일을 할 때 자신의 감정과는 무관하게 '조직에서 바람직하다고 여기는 감정'을 행해야 하는 노동을 말한다.[60] '감정노동자 보호법(산업안전보건법 개정안)'에서는 주로 고객과 직접 대면해 상품을 판매하거나 서비스를 제공하는 근로자들을 감정노동자로 규정한다. 이 정의에 따르면 의사를 비롯해 간호사, 물리치료사 등 병원에서 일하는 많은 사람이 감정노동자에 해당된다.

보건의료인은 숨 쉬듯 감정노동을 한다. 정말 많은 사람을 만나며, 그 과정에서 상상 이상의 감정노동을 해야 하기 때문이다. 사람은 아플 때 가장 나약해지면서 공격적으로 변한다. 누구에게든 기대고 싶어 하고, 적나라한 우울함을 드러낸다. 만나는 상대가 불특정 다수여도 많은 사람을 만나면 이상한 사람을 만날 가능성이 높아지는데, 하물며 만나는 이 대부분이 아픈 사람일 때는 불쾌한 일을 겪을 가능성이 얼마나 높을까. 아픈 사람은 사소한 문제에도 쉽게 날을 세우고, 하루 종일 아픈 사람과 마주하는 보건의료인들은 그 날카로운 말들을 다 받아낼 수밖에 없다. 이 사람은 아프니까, 이 사람에게는 나 말고는 그 아픔을 풀 데가 없으니까, 그렇게 이해하며 삭이지만 그런다고 해서 상처를 받지 않는 것은 아니다.

보건의료노조의 조사에 따르면 보건의료인 10명 중 9명이 근무 도중 감정노동을 겪는다고 한다.[61] 퇴근 후에도 힘들었던 감정이 남아 있다는 응답자는 10명 중 8명에 달했고, 부당하거나 막무가내인 요구 때문에 업무를 수행하기 어려울 때가 있다는 응답자도 10명 중 7명이나 되었다. 이는 나에게도 남의 이야기가 아니다. 진료실에 있다 보면 정말 별의별 환자들을 다 만난다. 조금이라도 비싼 검사를 권하면 돈에 눈이 먼 파렴치한으로 모는 환자, 인터넷에서 찾은 검증되지 않은 의료 정보를 들고 와서 돌팔이 취급하는 환자, 막무가내로 욕설을 퍼붓고 폭력을 휘두르는 환자. 그러나 의사는 평정심을 잃어선 안 되며, 끝까지 차분하게 환자를 진료해야 한다. 나도 그저 평범한 인간이라, 내 직업에선 당연한 그 일이 어떨 때는 참 어렵다.

여성 보건의료인의 상황은 더 열악하다. 병원에서 여자 의사는 참 다양한 호칭으로 불린다. '아가씨', '저기', '야'는 물론이고 '언니'도 있다. 처음엔 어려 보이기 때문이겠지, 하며 애써 위안했지만 시간이 흘러도 변하는 것은 없었다. 반말은 말할 것도 없다. 가끔 존댓말을 쓰는 환자를 만나면 유난히 친절하게 대해주고 싶어질 지경이니. 반면 남자 의사들이 '총각'이나 '오빠'로 불리는 경우는 거의 본 적이 없다. 대부분의 환자들은 그들을 깍듯이 '선생님'이라고 부르곤 했다.

"치료를 받았는데도 왜 좋아지질 않아? 네가 여자 의사라 그런 거 아냐?"

전공의 시절 만났던 한 간암 환자의 남편은, 색전술* 치료를 받고도 퇴원해서 통원 치료를 꾸준히 받아야 한다는 내 설명에 대뜸 삿대질을 하며 소리를 질렀다. 기가 차는 말에도 화를 억누르고 간암은 재발할 수 있기 때문에 주기적인 검사와 치료가 반드시 필요하다고 차분하게 설명했지만 그는 아랑곳하지 않았다. 병동이 떠나가라 욕설을 퍼붓던 보호자는 연세 지긋한 남자 교수님이 나타나자 언제 그랬냐는 듯 순한 양으로 변신했다. 그 순간 어찌나 허탈하던지.

---

* 암 치료법 중 하나. 동맥류 속에 미세도관을 삽입한 후 이를 통해 코일을 넣고 동맥류 속 혈류를 막는 치료법이다.

의사는 그나마 양반이다. 대부분이 여성인 간호사와 간호조무사는 입에도 담지 못할 호칭으로 불리는 경우가 비일비재하다. 보건의료인은 환자에게 의료 서비스를 제공하는 사람이지, 수발을 드는 아랫사람이 아니다. 존칭과 경어를 사용하는 건 숨 쉬듯, 밥을 먹듯 당연한 일이지만 많은 사람이 그걸 자꾸 잊어버린다.

때론 진료 중 환자나 보호자에게 폭언이나 욕설을 들었다는 동료들의 이야기를 듣기도 한다. 심지어 뺨을 맞는 등 폭행을 당한 동료도 허다하다. 보건의료인들은 생각보다 쉽게, 자주 환자들의 폭언과 폭력에 무방비 상태로 노출된다. 위에서 언급한 보건의료노조의 조사에 따르면 약 70%가 폭언을 경험한 사례가 있다고 답했으며 10명 중 1명이 폭행이나 성폭력을 겪은 것으로 나타났다.[62] 누구는 환자에게 차마 입에 올리지 못할 욕설을 들었다더라, 누구는 응급실에서 보호자에게 멱살을 잡혔다더라. 그런 이야기는 병원 내에 큰 뉴스거리도 되지 못할 흔한 일이었다.

그리고 2018년 말, 급기야 의사가 진료 중 환자가 휘두른 흉기에 찔려 사망하는 사건이 일어났다. 예약 없이 불쑥 외래로 찾아온 가해자는 상담을 받던 중 고故 임세원 교수에게 흉기를 휘둘렀다. 당시 임 교수는 진료실과 연결된 문을 열어 가까스로 몸을 피했지만 외래 간호사에게 위험을 알리고 다른 의료진의 안전을 확인하기 위해 진료실 근처에 남아 있다가 봉변을 당하고 말았다.

이 사건은 의료계와 전 국민을 충격에 빠뜨렸다. 충분히 예방할 수 있는 사건이었다고, 의료진이 곳곳에서 크고 작은 폭언과 폭행에 노출될 때 적극적으로 해결하려 노력했다면 막을 수 있는 죽음이었다고, 나는 혼자 생각하고 또 생각하며 분을 삭였다.

다행이라고 해야 할지, 그 후 의료법이 개정되면서 응급실뿐 아니라 의료기관 내 모든 의료인 폭행사건에 대해 가해자 가중처벌이 이루어지게 되었다. 이제 의료기관 내에서 의료인을 폭행해 상해 이상의 피해를 입힌 경우 가해자는 최소 1000만 원 이상의 벌금을 내야 하며, 중상해 이상의 피해가 발생한 때에는 무조건 징역형 이상의 처벌을 받게 된다. 병원에서 의료진을 향해 폭언을 하거나 폭력을 저지르는 행위는 의료진뿐 아니라 그에게 진료를 받는 다른 환자들의 생명과 안전까지도 위협한다. 지금까지 왜 그렇게 솜방망이 처벌을 내렸을까 싶을 정도로 의료진 보호는 당연히 필요한 것이다.

그러나 이런 법률적 보호 장치가 있음에도 아직까지 많은 보건의료인이 폭언과 폭력으로부터 안전을 보장받지 못한다. 통계치들이 그 단면을 여실히 보여준다. 사건 이후 정부의 방침과 제도적 보완 장치가 마련되기 시작했으나 아직도 갈 길은 먼 것 같다. 불과 얼마 전에도 '진료를 빨리 해주지 않는다'는 이유로 응급실에서 난동을 부린 50대가 징역형을 선고받았다. 그 단신을 보며 다시 한번 처참한 일을 겪어야 했던 임세원 교수를 떠올렸다.

"내가 더 급하니까 저 환자보다 더 빨리 봐줘! 내가 누군지 알아?"

"너 말고 이 병원에서 제일 높은 교수 불러. 너한테 진료 안 받을 거니까 여기서 제일 높은 교수 부르라고!"

귀에 딱지가 앉도록 들어도 이런 말에는 불쑥불쑥 화가 치밀어 오른다. 역설적인 건, 저렇게 온갖 억지를 부리다 보면 그 '갑질'은 결국 본인에게 부메랑처럼 돌아간다는 사실이다.

의료인들끼리 사용되는 은어 중에 'VIP 신드롬'이 있다. 평소에는 무난하게 치료해 별 탈 없이 회복시킬 수 있는 간단한 질환도, 환자에게 특별히 신경 써서 잘해주려고 했다가 의외의 실수 때문에 오히려 결과가 나빠지는 징크스를 일컫는다.

환자가 자꾸 유난스러운 요구를 하거나 강압적인 분위기를 만들면 의료인은 주눅이 들고 사기가 꺾인다. 그런 상황에서 신경이 곤두서다 보면 평소 능숙하게 하던 간단한 의료 행위에서도 실수를 범하게 되는 것이다. 하물며 폭언이나 폭행에 노출되면 어떨까. 그 순간에는 극심한 스트레스를 받을 것이고, 끔찍한 기억이 트라우마로 남아 오래도록 제 실력을 발휘하지 못하게 되기도 한다. 자연스러운 일이다. 의료인은 그 어떤 상황에서도 입력된 대로, 매뉴얼대로만 작동하는 로봇이 아니니까.

적당한 존칭을 쓰고 따뜻한 말 한마디를 건네는 건 어쩌면 의료의 질을 높일 수 있는 가장 쉬운 방법일지도 모른다. 병원을 방문하는 환자와 가족들이 보건의료인 모두가 감정노동자이며 누군가의 소중한 아들딸, 부모, 남편이나 부인이라는 사실을 깨달아줬으면 좋겠다. 올바른 호칭과 따뜻한 말 한마디가 보건의료인을 춤추게 한다.

소개팅과
돼지껍데기

전공의 1년 차 때였다. 그날은 일주일 만에 감격스러운 오프를 받았다. 그동안 병원에서 한 발자국도 나오지 않고 먹고, 자고, 일하며 일주일을 꼬박 보낸 참이었다. 병원 냄새만 맡아도 신물이 올라올 지경이었다. 교대해줄 동기가 올 때까지 정말이지 소처럼 일하다가 오후 4시쯤, 뒤도 돌아보지 않고 병원 문을 나섰다. 오프라고는 하지만 어차피 다음 날 새벽 6시에 또 출근해야 했다. 내게 주어진 자유 시간이라고는 고작 12시간 정도에 불과했지만 그게 그렇게 기쁠 수가 없었다.

저녁 7시에는 예정대로 소개팅을 했다. 이때까지는 내 소중한 오프가 더할 나위 없이 즐거울 줄만 알았다. 그런데 자리에 앉은

지 30분쯤 지났을까, 병동에서 전화가 왔다. 내 환자 상태가 급격하게 나빠졌단다. 수술 후 폐렴이 생겨 호흡곤란을 호소하는 80대 할아버지였다. 내가 퇴근할 때는 산소 요구량이 분당 2~3L 정도였는데, 지금은 5~6L에도 산소포화도가 잘 유지되지 않는다고 했다. 다급하게 환자 상태를 전하는 병동의 간호사와 5분마다 통화를 하다가 한 시간쯤 지났을까, 결국 소개팅이고 뭐고, 다 접고 자리에서 일어났다. 상대와 주선자에게는 미안했지만 어쩔 도리가 없었다.

집으로 돌아가 또다시 일주일 치의 짐을 싸고 멍하니 앉아 있자니 두 가지 마음이 동시에 교차했다.

'어차피 선배랑 동기가 알아서 해주겠지. 당직도 아닌데, 내가 간다고 뭐가 달라지겠어.'

'아냐, 그래도 내 환자인데 내가 가야지.'

솔직히 말하면 가기 싫었다. 딱딱한 당직실 침대 말고 포근한 내 침대에서 하룻밤이라도 편하게 자고 싶었다. 당장 가지 않아도 어차피 몇 시간 후면 나는 또 병원에 있어야 하는 사람이었다.

"내일도 새벽같이 출근하는데 오늘은 좀 쉬지 그러니."

일주일 만에 겨우 만난 딸이 푸석한 얼굴로 바닥에 주저앉아 있으니 어머니도 덩달아 나를 말렸다.

그렇게 두 시간을 고민하다가 밤 11시쯤 됐을까, 내 환자의 혈액 검사 결과가 매우 좋지 않다는 연락이 왔다. 결국 택시를 타고 병원으로 향했다. 환자가 붓진 않았는지 등과 다리를 만져보고, 수액 속도를 줄이고, 청진을 해보니 가래 소리가 끓기에 가래도 뽑아주었다. 그렇게 환자를 데리고 '이러쿵저러쿵, 우와아아아아 앙, 쿵짝쿵짝' 하다가(가끔은 정말 이렇게밖에 표현할 길이 없다) 겨우 고비를 넘겼고, 당직실 침대에서 딱 세 시간을 잤다. 일주일 만에 받은 나의 소중한 오프는 그렇게 허무하게 끝났다. 그리고 다음 날 새벽 5시 반에 일어나 또 일했다.

꼭 내 환자라서, 흔히들 말하듯이 '환자를 위해서' 그런 것은 아니었을지도 모른다. 지금 와서 생각해보면 1년 차라서, 아무것도 모르는 초짜라서 환자를 팽개쳐두었다는 얘기를 듣기 싫었던 알량한 자존심 때문이었던 것 같기도 하다. 가족들은 사명감을 갖고 열심히 일하는 모습이 멋있다고 포장해주었지만 그렇게 말하기에도 나는 영 자신이 없었다. 그도 그럴 것이 그때는 의사 면허를 딴지 2년밖에 되지 않았을 때였다. 의사로서의 사명감이 뭔지, 책임감이 뭔지도 잘 모를 시절이었다. 어쩌면 혹시라도 환자가 잘못됐을 때 주치의가 병원에 없었다는(그것도 소개팅 하느라!) 법적 문제에 휘말리기 싫었을 수도 있다.

그렇지만 인턴 때 봤던 선배들의 모습이 어렴풋이 이해가 될 것 같기도 했다. 퇴근이라는 개념을 아예 까먹은 것인지, 그야말로 병원에 살다시피 하면서 환자가 안 좋을 때면 보호자처럼 옆에 딱 붙어 있는 선배들을 보며 나는 종종 의아했다. 자기 목숨도 아닌데 왜 저렇게 죽기 살기로 달려들까. 저건 위선일까, 아니면 책임감일까.

지금 와서 돌이켜봐도 그때 내가 느꼈던 그 감정을 뭐라 확실히 표현할 수가 없다. 선배들이 어떤 심정으로 환자의 곁에 있었던 것인지, 그날은 왠지 조금 알 것 같았다. 사명감이니 책임감이니 포장하기에는 굉장히 쑥스럽지만 하여튼 의사로서 '뭔가'를 느끼긴 했다. 8년이 지나도록 그날이 선명하게 기억날 만큼. 마치 걸음마를 갓 뗀 아기가 처음 계단 오르는 법을 배운 것 같았다.

나는 왜 의사가 되었을까.

의사라면 누구나 한 번쯤 고민해봤음 직한 질문이다. 솔직히 아직도 잘 모르겠다. 자랑같이 들릴지도 모르지만 어릴 때부터 공부를 잘했고, 대학에 진학할 때도 단지 의대를 갈 수 있는 성적이었기 때문에 다른 전공을 선택하는 것이 아까웠다. 운동이나 예술에는 영 소질이 없었고, 남들보다 잘하는 것이라고는 공부밖에 없었다. 새로운 것을 배우길 좋아하고 암기에 능한 편이라, 막연히 의학 공부가 적성에 맞겠거니 싶기도 했다. 그러나 의사로서 반드시 이루고픈 꿈이 있었던 것은 아니었다.

그래서 의대에 들어온 후 첫 2년 동안은 매일 그만두고 싶다는 생각뿐이었다. 12년 내내 정해진 시간표대로 공부만 하다가 드디어 대학에 왔는데, '좋은 대학에 진학한다'는 학창 시절의 꿈을 이루고 나니 정작 길을 잃은 기분이었다. 전공과목은 왜 배우는지도 모르겠고, 아픈 사람을 치료한다는 것이야 알겠는데 의사라는 직업이 구체적으로 뭘 하는지도 몰랐다. 유일하게 좋아하는 취미는 여행뿐이라, 항공사 기장이나 스튜어디스로 일하고 싶어서 전공을 바꿀까 진지하게 고민하기도 했다. 요즘 한창 유행하는 MBTI 검사도 일찌감치 해보고, 적성 검사와 진로 상담도 받아봤지만 큰 도움이 되지는 않았다. 너무 답답한 마음에 주변의 선후배나 동기들에게 물어봐도 다들 비슷했다. 겸연쩍게 "수능을 너무 잘 봤어"라고 말하거나 부모님 중에 한 분이 의사라서 영향을 받았다거나 어릴 적 큰 병을 앓고서 본인을 돌봐주었던 의사를 동경했다거나. 아픈 사람을 돌보며 생명을 구하고 싶었다고 제 입으로 거창한 포부를 말하는 의사는 통 보질 못했다. 일 자체가 사람을 돕는 직업이라 보람차다거나, 평생 공부해야 하는 직업이라서 좋다고 에둘러 말할 뿐이었다.

그렇다면 나는 어떤가. 집안에 의사라곤 사돈의 팔촌까지 둘러봐도 없고, 심지어 범위를 넓혀 의료직에 종사하는 친척을 찾아봐도 아무도 없었다. 어릴 적에 감기 같은 잔병치레를 겪긴 했어도 큰 병을 앓은 적은 없었다. 의사는 그저 병원에 가면 하얀 가운을 입고서 주사를 놔주던 무서운 사람이었을 뿐, 나와 관계가 있다고 생각하지도 않았다.

고민에 고민만 거듭하면서 어영부영 시간은 흘렀고, 학벌이 아깝다는 마음에 끝내 그만두지는 못했다. 본과 3학년이 되어 병원에서 실습을 시작했고, 동기들과 크게 다를 바 없이 입학한 지 6년 만에 졸업해 면허를 따서 의사가 되었다. 인턴과 레지던트 과정을 거치면서 환자를 보고, 경험을 쌓고, 동료를 얻었다. 전문의를 취득하고 머리도 제법 굵어지면서 저 질문은 어느새 머리에서 지워졌다. 바쁜 와중에 고민해봤자 답도 안 나올뿐더러, 훨씬 더 중요한 고민이 있다는 것을 깨달았기 때문이다.

어떤 의사가 될 것인가.

사실 이것이야말로 의사로서 죽는 날까지 평생 고민해야 할 뿐만 아니라, 고민의 결과물을 구현하기 위해서 끊임없이 스스로에게 물어야 하는 질문이다. 이 질문은 어떤 과목을 전공할지부터 시작해서 환자를 대하는 자세, 성취하려는 목표까지 방대한 영역을 아우른다. 어떤 이는 환자의 고통에 공감해주는 따뜻한 의사로 기억되길 바라고, 어떤 이는 삶과 죽음의 경계에서 냉정한 판단을 내릴 수 있는 의사를 꿈꾸고, 또 어떤 이는 대한민국에서 가장 수술을 잘하는 의사가 되고 싶어 한다. 정답은 없으며 스스로 답을 만들어가야 한다. 그리고 하루아침에 얻을 수 있는 답은 없다.

나도 그랬다. 정책하는 의사로 살겠다고 결심하기 전까지 어떤 의사가 되어야 하는지 계속 고민했고, 잠시 병원으로 돌아와 환자를 보는 임상의사로 살고 있는 지금도 내내 그 답을 찾고 있다. 전에는 정답이라 여겼던 나의 결심이 틀렸던 적도 있고, 시간이 지나며 자연스럽게 바뀌기도 했다. 하나 확실한 것은 끊임없는 고민과 소개팅 사건 같은 작은 경험 조각들이 모여 의사로서의 나를 형성한다는 것이다. 그리고 재미있게도 경험이 쌓이는 만큼 깨달음을 얻는 속도에도 가속도가 붙었다. 소위 '아는 만큼 보인다'는 것일까.

언젠가는 이런 날도 있었다. 가만히 있기만 해도 저절로 땀이 줄줄 흐르던 무더운 여름, 나는 전공의 2년 차를 보내고 있었다. 서울대학교병원에서는 전공의 2년 차 때 내과계 중환자실 주치의를 맡는데, 이는 병원의 모든 중환자를 책임지는 자리로 그야말로 고생계의 '끝판왕'이라 할 수 있다. 당직인 날도, 당직이 아닌 날도 제대로 쉴 수 없어 우리끼리는 '헬hell'턴이라고 부르곤 했다. 그리고 그날은 동기 세 명과 함께 그토록 고되기로 유명한 중환자실 근무를 한 달 만에 끝내는 기념비적인 날이었다.

오후 12시쯤, 드디어 다음 달 주치의와 교대해 일찌감치 자유의 몸이 될 수 있었다. 하지만 내가 떠나면 한 달 동안 정든 우리 환자들 누가 봐주나, 그런 마음에 인계를 핑계로 병동에서 자발적인 초과 근무를 했다. 나머지 세 명도 비슷한 연유로 느릿느릿 일하고 있었다. 네 시간쯤 지났을까, 도저히 배가 고파서 안 되겠으니 점심이나 먹자며 넷이 함께 나가서 고기를 실컷 구워 먹었다. 한 달간 고생했던 탓일까, 그날의 고기는 유독 더 맛있었다.

마지막으로 돼지껍데기만 먹고 가자고 하던 찰나에 교대했던 다음 달 주치의에게서 전화가 왔다. 그가 당황한 목소리로 다급히 외쳤다. 환자 한 명이 심정지라고. 그 순간 돼지껍데기를 사이에 두고 네 명의 눈이 마주쳤다. 그러고서는 불판 위에 돼지껍데기를 그대로 둔 채 미친 듯이 뛰쳐나갔다. 계산은 누가, 어떻게 했는지 기억도 나지 않는다. 그저 그 무더웠던 여름날에 대학로를 전력 질주했던 장면만 기억날 뿐이다. 누가 봤으면 백주 대낮에 웬 추격전인가 하며 혀를 찼을지도 모르겠다.

이미 교대한 지 네 시간이나 지나 우리 손을 떠난 지 오래였다. 더군다나 애초에 워낙 위독해서 모두 예후가 안 좋다고 예상하던 환자였다. 그가 잘못된다고 해서 우리에게 법적인 책임이나 과실이 생기는 것도 아니었다. 그런데 참 이상하지, 그 순간에는 아무 생각도 나지 않았다. 그냥 다 같이 뛰었다. 미친 놈들처럼.

그렇게 뛰어 들어가서 또 '이러쿵저러쿵, 우와아아아아앙, 쿵짝쿵짝'을 해서 간신히 환자를 살렸다. 상황이 다 정리되고 네 명의 눈이 다시 마주치자 그제야 긴장이 확 풀리면서 기운이 쭉 빠졌다. 그때 나는 동기가 '오드리 헵번' 같다고 할 정도로 풍성하고 우아한 풀 스커트를 입고 있었는데, 정신을 차려보니 난리 통에 스커트는 온통 피 칠갑이 되어 있었다(그 차림으로 친구 생일파티를 갔다가, 식당에 들어선 나를 보던 친구들의 눈빛을 잊을 수가 없다).

초짜 의사는 환자를 참 열심히 본다. 경륜이 넘치는 선배 의사들에 비하면 내세울 것이 체력과 열정밖에 없기 때문이다. 선배 의사들에 비해 모자라는 경험과 지식을 초짜 의사는 시간과 정성으로 메운다. 환자의 병력에 대해서 누구보다도 열심히 묻고, 신체 검진도 꼼꼼히 한다. 회진을 돌 때는 한마디라도 더 건네며 환자의 상태를 알기 위해 애쓰고 또 애쓴다. 그리고 그렇게 환자에게 쏟는 시간과 정성이 많아지면, 자연스럽게 환자에게 더 애착이 간다.

우리는 그 과정에서 환자를 대하는 법을 배우고 의사로서의 사명과 책임이 무엇인지를 깨닫는다. 내가 어떤 직업에 임하고 있는지를 느끼며, 새삼스럽지만 '사람을 살리는 일'이라는 직업의 무게를 몇 번이고 곱씹는다. 이런 사람, 저런 사람을 만나면서 환자 덕에 사람을, 세상을, 그리고 인생을 배운다. 때론 내 마음을 몰라주는 환자와 보호자를 만나 서운해하고, 또 때로는 간절하게 살리고 싶었던 환자를 허무하게 잃어버린다. 그러면 어린아이처럼 울기도 하고, 당직실에서 남몰래 소리 지를 정도로 분개하기도 한다. 그러나 결국 쳇바퀴를 돌듯 다시 일어나 환자의 곁으로 돌아간다. 일과 삶의 균형을 아슬아슬하게 유지하는 법을 배우고, 환자와 적당한 감정의 거리를 두는 연습을 한다.

누구에게나 직업적 사명을 깨닫는 순간이 있을 것이다. 돌이켜보면 저 두 순간이 내가 초짜 의사로서 환자에 대한 사명감을 처음 깨달았던 각성의 순간이었다. 좀 많이 '오글거리기'는 하지만 용기를 내서 고백해본다. 참, 그때 돼지껍데기를 두고 같이 뛰었던 동기 세 명 모두 전문의를 따고 지금은 임상 현장에서 열심히 일하고 있다. 그들에게도 그날의 돼지껍데기가 비슷한 의미였을까. 문득 궁금해진다.

아말피
에서

"너는 무슨 새벽 4시에 차를 몰겠다고 그러니."

주차장 직원이 가벼운 핀잔을 건넨다. 늘어지게 하품을 하며 연신 졸린다고 투덜거린다. 꼭두새벽부터 일을 시킨 것이 미안하긴 하지만, 좀 자도 될 텐데. 나 혼자 기다려도 괜찮으니 어서 잠깐 눈을 붙이라는 내 말에 그는 단호히 고개를 저으며 천장의 CCTV를 가리켰다. 다 보고 있어.

아직 날이 밝지도 않은 새벽, 애타게 차를 찾고 있는 그곳은 이탈리아의 남부 도시 아말피였다. 나는 전공의 1년 차 여름, 아말피로 휴가를 떠났다. 아말피는 '죽기 전에 꼭 가봐야 할 곳', '해안 도로를 달리고 싶은 유럽 도시 1위'라는 수식어가 붙어 있는, 해안

가 절벽에 자리 잡은 도시이다. 푸른 바다와 아찔한 절벽 위로 아기자기한 건물이 펼쳐져 있는 아름다운 곳이다.

새벽부터 주차장 직원을 일하게 만든 그날은 행복한 휴가를 마치고 한국으로 돌아와야 하는 날이었다. 새벽 4시, 여름 해도 뜨지 않은 이른 시간에 힘들게 몸을 일으켰다. 6시에 소렌토에서 로마로 직행하는 버스가 있다고 해서, 새벽부터 출발해 일출을 보며 해변을 달려 소렌토에 도착할 심산이었다. 그리고 나의 원대한 계획은 이틀간 40만 원이라는 거금을 주고 빌린 스포츠카의 배터리가 방전되면서 처참하게 깨졌다.

어쨌든 한국에 가야 했다. 울며불며 주차장 직원에게 부탁한 끝에 배터리를 점핑해줄 차를 찾았고, 주차장 직원의 친구가 그 차를 가지러 간 참이었다. 주차장 직원은 밤샘 근무를 하고 아침에 퇴근한다고 했다. 그는 "아, 졸려"를 연발하면서도 상부에서 다 보고 있으니 잠시도 눈을 붙일 수는 없다며 단호하게 말했다.

"좀 졸면 어때. 밤샘 근무라는 게 다 그런 거지."

"네가 주차장에 들어와서 직원을 찾았는데, 자고 있는 걸 보면 어떻게 생각하겠어? 그건 프로페셔널하지 못해."

그는 몇 번이고 프로 의식을 강조했다. 사실 나라면 밤에 졸고 있는 직원을 봐도, 인간이니 어쩔 수 없다고 생각할 것 같지만.

"집에 가서 자면 돼. 직장은 일하라고 있는 곳이야. 이건 내가 해야 할 일이고."

밤을 새면서도 잠깐이라도 몸을 뉘지 않고 일하는 것이 자신의 임무라고 힘주어 말하는 직원의 표정이 사뭇 진지해서 나도 모르게 새어 나오는 웃음을 겨우 참았다. 다행히 한 시간쯤 지났을 때 직원의 친구가 트럭을 몰고 와서 배터리를 점핑해줬다. 나는 가까스로 시동을 걸고서 아말피의 해안 도로를 달려 소렌토에 도착했다. 일출은커녕 해는 중천에 뜬 지 오래였고, 로마로 가는 버스는 당연히 놓쳤다. 아슬아슬하게 기차를 갈아타고서야 로마에 도착해 한국으로 돌아오는 비행기를 탈 수 있었다. 그래도 해도 뜨지 않은 그 시간에 주차장 직원과 그의 친구가 바삐 뛰어준 덕에 그나마 기차 시간이라도 맞출 수 있었다.

무사히 비행기에 오르며 "직장은 일하라고 있는 곳이야, 잠은 집에서 자면 돼"라고 강조하던 직원을 떠올렸다. 그는 아마 지금쯤 자고 있겠지. 힘든 밤샘을 마치면 곤히 잘 수 있으니 자꾸만 가라앉는 눈꺼풀도 견딜 수 있었을 것이다. 저절로 밤샘 당직 후에도 쉬지 못하고 정규 근무를 하는 내 모습이 떠올랐다. 나뿐만이 아니라 전공의를 비롯한 많은 보건의료인이 밤을 새우고 다음 날 또다시 눈을 비비며 일을 계속하는 일이 허다하다. 이런 상황에서 밤낮을 가리지 않고 똑같은 수준의 직업의식과 서비스 정신을 발휘하기는 매우 어렵다. 직업의식과 서비스 정신은 직원 복지에서 기인하는 것이나 다름없다. 밤샘 근무가 끝나면 실컷 잘 수 있으니 근무할 때는 직업의식을 발휘해 일해야 한다면, 반대로 밤샘 근무 후에도 수면을 보장받지 못하는 경우에는 직업의식을 기대해서는 안 되는 것이다.

그러면서도 한편으로는 이런 생각이 들었다. 내가 저 주차장 직원의 입장이었다면 나는 자지 않을까? 솔직히 말하면 나는 잘 것 같다. 새벽이면 주차장 방문객도 적을 것이고, 누군가가 오더라도 자다가 일어나서 친절하게 대하면 되니까. 직업의식과 서비스 정신에도 '개인차'란 명백히 존재한다.

그렇다면 어디까지가 직업의식이고 서비스 정신일까. 최근에는 우리나라에서도 감정노동자의 인권을 보호해야 한다는 목소리가 커졌고, '감정노동자 보호법'이 시행되었지만, 아직도 지나치게 고개를 숙이는 서비스 문화와 이에 대한 기대가 사회 전반에 만연하다. 인터넷에 떠도는, 유난스러울 만큼 과한 서비스를 요구하는 진상 고객에 대한 글을 보고 있자면 가끔은 발등에 입이라도 맞춰주기를 바라는 것인가 하는 의아함마저 든다. 어디까지가 '적당한 선'의 서비스인지 정할 수 있을까? 어차피 모두 다 같은 사람인데, 새벽 4시에 주차장 직원을 찾을 때와 오후 4시에 찾을 때의 서비스 질에 차이가 있다는 것을 그냥 받아들이면 안 되는 걸까.

그러나 애석하게도 나의 직업은, 제공하는 서비스의 질에서 절대로 차이가 존재해서는 안 되는 일이다. 시간대가 언제든, 얼마나 피곤하든 가타부타 설명할 필요도 없이 무조건 안 된다. 새벽 4시에 심정지 환자가 발생하든 오후 4시에 발생하든 환자에게 제공하는 의료 서비스의 질은 항상 우수하게 유지되어야 한다. 의사는 어쩔 수 없이 필연적으로 그래야만 하는 직업이니, 결국 의료진이 새벽 4시에도 오후 4시처럼 일할 수 있는 환경을 조성하는 수밖에 없다. 그런데 현실에서 그것이 가능할까?

그 정신없던 와중에도 아말피에서 직원과 나눴던 짧은 대화는 퍽 인상적이었나 보다. 생각이 꼬리에 꼬리를 물어, 돌아오는 비행기에서 나는 내내 쉬이 잠들지 못했다.

의료계에는 나같이 이상한 궁금증을 가진 의사가 많다. 누군가가 굳이 새벽 4시와 오후 4시에 발생한 심정지 환자의 생존율을 비교한 것이다. 2008년 미국의 연구 결과에 따르면 주간에 발생한 심정지 환자가 살아남을 확률이 야간의 환자보다 현저하게 높았다. 연구진은 한발 더 나아가 주중과 주말에 발생한 심정지 환자의 생존율도 비교했는데, 역시 주중에 발생한 심정지 환자의 생존율이 주말의 생존율보다 높았다.[63] 결과는 환자 질환의 중등도, 심정지 발생 당시의 상황, 병원 요소 등을 모두 고려해 보정한 후에도 변하지 않았다. 실제로 병원에서 주간보다 야간에, 주중보다 주말에 더 많은 사람이 죽는 것이다. 이는 시간에 따라 제공되는 의료 서비스의 질이 균등하지 않음을 간접적으로 드러낸다.

이러한 사태가 발생하는 원인은 다양하지만 주된 원인은 인력 부족과 배치에서 찾을 수 있다. 대부분의 병원이 인건비를 이유로 주중보다 야간에, 주중보다 주말에 더 적은 수의 의료인을 배치한다. 특히 야간이나 주말 근무는 낮은 연차, 즉 상대적으로 경력이 부족한 의료인에게 맡기는 경우가 많다. 가뜩이나 경험이 부족한데 근무하는 사람 수까지 적으니 제공하는 의료 서비스의 질에 차이가 날 수밖에.

이 연구 결과는 당시 고된 업무에 지쳐서 만사를 삐딱하게 보던 치기 어린 나에게 쓸데없는 분노와 용기를 주었다. 전공의 1년 차는 밤샘 근무를 밥 먹듯이 하고도 다음 날 정규 근무를 다 마쳐야만 겨우 퇴근할 수 있는 직업이다. 연구에 등장하는 밤에 일한 의사, 주말에 일한 의사와 내 모습이 겹쳐지며 괜스레 화가 치밀었다. 그래, 역시 내가 잘못 생각하고 있는 게 아니었어. 밤에는 병원에 오지 마세요. 죽을 수도 있어요. 그날부터 나는 새벽에 응급실에 오는 환자들에게 이렇게 외치고 싶었다.

다행히 나와 비슷한 문제의식을 가진 의료인들이 시간대나 인력에 따른 의료 서비스의 질적 하락에 대응하기 위해 머리를 맞댔다. 여기서 탄생한 것 중 하나가 바로 '신속대응시스템'이다. 병동의 입원 환자가 예상치 못하게 상태가 나빠지거나, 나빠질 것으로 예상될 때 출동하는 '드림팀'과 같은 존재로 병원마다 조금씩 다르지만 '래피드리스폰스 팀rapid response team' 혹은 '메디컬이머전시 팀medical emergency team'이라고 불린다. 전통적인 모형으로는 24시간 내내 가동되며, 주치의의 개념 없이 병원 안 모든 환자의 혈압 저하, 의식 소실 등 중대한 이상 소견에 대응한다. 1990년대부터 호주와 미국 등에서 시작되었고 캐나다, 영국, 덴마크, 네덜란드 등 의료 선진국에서 생존율 향상 등의 효과를 인정받으며 널리 자리 잡았다.[64] 우리나라에서도 지난 2008년 서울아산병원이 'MAT(Medical Alert Team)'라는 이름의 팀을 만들어 국내 최초로 신속대응시스템을 도입했다. 이후 삼성서울병원, 한양대학교병원, 서울성모병원, 충남대학교병원, 서울대학교병원 등 대형병원을 중심으로 확산되었다.

그러나 확산은 기대보다 더뎠다. 신속대응시스템은 숙련된 전문의, 간호사 등으로 구성되어야 하며, 24시간 내내 가동하기 위해서는 직종별로 최소 3명 이상이 필요하다. 인건비가 많이 들 수밖에 없는 조건이다. 2019년에야 시범 사업으로 지정되면서 신속대응팀에 대한 별도의 수가가 만들어졌다. 이는 곧 2019년 전까지는 환자를 위해서 이런 팀을 운영하더라도 병원은 땡전 한 푼도 받을 수 없었다는 뜻이다. 당연히 병원 수익에 직접적인 도움이 되지 않았고, 수익은커녕 오히려 막대한 적자를 안기는 사업이었다. 그러니 수도권의 대형병원이 아니고서야 대다수의 병원이 운영을 꺼리는 것이 당연했다. 다행히도 시범 사업이 시작되면서 전국 약 40여 곳의 병원에 비로소 신속대응시스템이 도입되었다. 환자의 안전을 생각하면 참으로 다행스러운 일이다.

방법은 다르지만 목적은 유사한 '입원전담전문의 제도'도 있다. 입원전담전문의는 입원환자의 초기 진찰부터 경과 관찰, 상담, 퇴원 계획 수립 등 입원부터 퇴원까지 진료를 책임지는 전문의를 말한다. 해외에서는 이미 보편화된 의료 인력 중 하나로, 미국의 입원전담전문의 제도가 병원 내 사망률, 합병증 발생, 재원 일수를 감소시키는 효과가 있다는 것은 이미 입증된 사실이다.[65]

대형병원의 입원 환자들에게서 고질적으로 듣는 불만 중 하나가 "입원해서 의사 코빼기도 볼 수 없다"라는 말이다. 입원전담전문의는 24시간 병동에 상주하는 나의 주치의이자 전문의로, 이런 불만을 사그라들게 만든다. 환자와 자주 만나 면담을 하고, 환자에게 예상치 못한 상황이 발생했을 때는 빠르게 의사결정을 해 상태가 악화되는 것을 막는다. 당연히 시간과 상관없이 의료 서비스가 균등하게 제공될 수 있도록 돕는 역할을 한다.

물론 입원전담전문의 제도나 신속대응시스템이 반드시 24시간 동일한 의료 서비스의 질을 담보한다고 섣불리 말할 수는 없다.

입원전담전문의 시범 사업은 2021년에 들어서야 비로소 본 사업으로 전환되었고, 신속대응시스템 시범 사업도 도입된 지 만 2년이 채 되지 않았다. 이제야 막 걸음마를 뗀 수준이다. 충분한 시간이 흐른 뒤에 누군가 이 두 제도를 도입함으로써 생존율이 실제로 향상되었는지, 그리고 주간/야간 혹은 주중/주말의 병원 내 생존율에 어떤 영향을 미쳤는지를 분석해줬으면 좋겠다. 나처럼 이상한 궁금증을 가진 사람이 또 나오지 않을까 기대해본다.

만약 이 두 제도로도 균등한 의료 서비스의 질이 담보되지 않는다는 결과가 나온다면, 당연히 또 다른 제도와 정책을 도입해서 보완해야 한다. 보건의료인은 새벽 4시에든, 오후 4시에든 똑같은 질의 의료 서비스를 제공해야 하니까. 그리고 환자는 언제 아프든 항상 정확하고 적절한 치료를 받아야 하니까. 24시간 내내 똑같은 질의 의료 서비스를 받을 수 있는 환경이 뒷받침될 때 비로소 우리는 안전할 수 있을 것이다.

정책에 대한 생각도, 의지도 아직 희미했던 풋내기 시절, 아말피에서 나눈 잠깐의 대화는 또렷한 문제의식을 불러일으켜 주었다. 그 주차장 직원은 자기 덕분에 내가 이런 길을 걷고, 지금 이런 글을 쓰고 있을지는 꿈에도 모를 것이다. 늦게나마 그에게 감사 인사를 보낸다. 오늘은 그도 밤샘 근무가 아니면 좋겠다.

바람이
불지 않는 곳

이른 아침부터 전화벨이 울렸다. 병동의 간호사였다. 절로 미간이 찌푸려졌다. 고된 근무 뒤의, 꿈같은 휴가 첫날이었다. 오늘은 실컷 밀린 잠이나 자야지, 했던 휴가 계획이 아침부터 어그러졌다.

그때 나는 인턴이었다. 그 시절은 인턴들이 1년 내내 휴가를 쓰지 못하거나, 겨우 휴가를 쓴다고 하더라도 1년에 불과 3~5일만 가능하던 때였다. 그나마도 휴가를 쓰기 위해서는 내가 없는 동안 나머지 동기들이 고생하지 않도록 휴가 전후에 '연당'을 서야 했다. 연당이란 24시간 당직을 연달아 서는 것으로, 제대로 머리 한 번 붙이지 못하고 72시간을 내리 일하기도 한다. 물론 휴가 전날 환자를 인계하고, 휴가 기간 동안의 처방을 미리 내놓느라 야근을 하는 것은 덤이다.

"선생님, 휴가 첫날인 거 아는데 죄송하지만…… 보호자가 선생님이랑 면담하길 원해서요……."

아직 뭐라고 하지도 않았는데 잔뜩 주눅 든 목소리가 수화기를 통해 흘러나왔다. 그럴 만한 사정이 있겠거니 하고 넘겨도 됐으련만 나는 굳이 욱했고, 그 심정을 기어이 고스란히 드러냈다. 오늘의 휴가를 위해서 지난주 내내 병원에서 연당을 서고 어제도 새벽 1시에 퇴근한 참이었다. 그런데 휴가 첫날부터 콜이라니? 나도 모르게 뾰족해진 말투로 간호사를 몰아붙였다.

"이런 식으로 전화하시면 안 되죠. 저 오늘부터 휴가인데, 앞으로 환자나 보호자가 저랑 면담하고 싶다고 할 때마다 전화하실 건가요?"

간호사는 적잖이 당황해 연거푸 죄송하다는 말만 거듭한 후 황급히 전화를 끊었다. 전화가 끊기자마자 후회가 몰려왔다. 아, 어차피 받은 전화인데 환자 상태라도 물어볼걸. 면담 그거 몇 분이나 걸린다고, 그냥 해줄걸. 너무 몰아붙이지 말걸. 나는 불편한 기분을 견디지 못하고 결국 당직을 서고 있는 동기에게 전화를 걸어 면담을 맡아달라고 부탁했다.

의사는 사생활과 일 사이의 선을 유지하기가 굉장히 어려운 직업이다. 내가 의사로 일하며 가장 스트레스를 받는 부분 중 하나이기도 하다. 감기나 폐렴 때문에 온 젊고 건강한 환자 정도야 잘 먹고 쉬기만 해도 금세 호전되니, 적당한 약을 처방해주는 것 외에는 내가 딱히 신경 쓸 것도 없다. 그러나 휴가 중인데도 전화가 올 만큼 상태가 좋지 않은 고령의 환자들을 보고 있자면 참 막막해진다.

그때 그 환자도 그랬다. 심부전, 폐기종, 전립선암을 동시에 앓고 있던 할아버지는 감기에 걸린 뒤 합병증으로 폐렴이 왔다. 먹는 약만 열 가지가 넘던 할아버지는 사실 내가 일하는 거의 모든 시간을 투자해도 해줄 것이 끝없이 생기는 환자였다. 문제는 당시 내 환자 30명 중 대부분이 그런 환자라는 점이었다(의사는 하루에 많은 환자를, 그것도 심하게 아픈 환자를 동시에 진료해야 하는 직업이다). 그럼 나는 이 환자에게 어디까지 해줘야 하는 걸까? 물론 정해진 업무 시간에야 얼마든지 최선을 다할 수 있다. 하지만 의사에게 '정해진 업무 시간'이란 참 모호하다. 애초에 이 직업에 그런 것이 존재하기나 할까?

입원한 환자의 상태가 좋지 않으면 대부분의 의사들은 자발적으로 일찍 출근하고 퇴근을 미룬다. 하루에 한 번 돌기로 되어 있는 회진을 두 번, 세 번씩 돈다. 무거운 발걸음으로 퇴근을 하고서도 환자 상태가 좋지 않으면 새벽 내내 콜을 받는 일도 부지기수이다. 주말에 일부러 시간을 내서 병원에 들르기도 한다. 야간이나 주말에 대신 당직을 서주는 의사가 있기는 하지만 병력이 복잡한 환자를 인계하기도 미안하고, 그 환자를 계속 봐온 주치의만큼 환자를 정성껏 돌봐주기는 어려울 것이라는 걱정이 앞서기 때문이다. 내가 유별나게 직업의식이 강하거나 희생정신이 뛰어나서가 아니라 의사라면 얼추 그렇다. 그리고 고된 전공의 시절을 지나 전문의가 된 이후에도 이 생활은 크게 변하지 않았다.

풋내기 의사였던 인턴 시절에는 일과 사생활 사이에 선을 긋는 일이 정말 어려웠다. 그중에서도 가장 견디기 힘들었던 건 죄책감과 자기혐오였다. 휴가인데 매번 이렇게 전화할 셈이냐고 간호사에게 화를 내고 나니 머릿속에서 누군가 내게 손가락질을 하는 것만 같았다.

환자가 아픈데 퇴근하고 싶어? 환자가 아픈데 쉬고 싶어? 환자가 아픈데 밥이 넘어가? 환자가 아픈데 잠이 와? 환자가 아픈데 친구를 만나고 싶어?

이 말들은 황금 같았던 닷새의 휴가 내내 나를 괴롭혔다. 오랜만에 푹 자고 일어난 후에도 몸은 상쾌할지언정 마음은 불편했고, 잠시 친구를 만나 웃고 떠들어도 혼자 남겨지면 곧바로 자기혐오가 밀려왔다. 쉬어도 쉬는 게 아니었다.

2017년을 휩쓸었던 유행어 중 '욜로YOLO'가 있다. You only live once, 어차피 한 번 사는 인생, 즐겁게 하고 싶은 것을 다 하며 살자는 의미였다. 욜로 열풍이 불며 너도나도 일과 삶의 균형, 워라밸Work and Life Balance을 강조했고, 워라밸은 직업과 근무지를 선택할 때 고려해야 할 중요한 기준 중 하나로 떠올랐다. 당시 전공의였던 나는 이 욜로와 워라밸의 바람이 완전히 비켜간 무풍지대에 있었고, 주 100시간이 넘도록 일하며 소외된 자의 마음으로 씁쓸하게 그 열풍을 바라보았다.

물론 옛날에 비하면 시대도, 병원도 많이 변했다. 지금은 아무리 바쁜 의사라도 밥은 먹고 잠은 잘 수 있다(다만 외과계도 그러한지에 대해서는 자신이 없다. 내가 이렇게 말하면 그들은 화를 낼지도 모른다). 그렇지만 의사에게도 가족이 있고 친구가 있다. 밥 먹고 자는 것처럼 당연한 일 외에도 가끔은 가족과 단란한 시간을 보내고 싶고, 늦은 여름밤에 친구를 만나서 술 한잔 걸치고도 싶다. 다른 직업은 당연하게 누릴 수 있는 권리가 의사에게는 종종 사치나 무책임, 심지어 도덕적 나태가 되기도 한다. 내 눈앞에 환자가 있으니까, 그 환자 건강을 책임지는 사람은 나니까.

병원에서도 그들 나름대로 의료인들의 근무 환경이나 복지에 관심을 갖고 열심히 오프*도 챙겨주고 당직비도 챙겨주지만, 결

---

* 당직이 아닌 날을 지칭하는 의료인들 사이의 속어로, 일반적으로 오전 7시부터 오후 6시까지 지속되는 병원의 정규 업무 시간에만 일을 하고 퇴근하는 날을 뜻한다.

국 그 외의 자유 시간에 '자발적으로' 일을 더 하는 것에 대해서는 객관적인 기준도 보상도 없다. 실제로 의료인들은 매우 오래 일한다. 2018년 대한의사협회의 설문조사에 따르면 대한민국 의사 10명 중 7명은 주당 평균 6일 이상을 근무하는 것으로 나타났다. 대부분이 주말을 오롯이 쉬지 못한다는 이야기이다. 하루 10시간 이상 근무하는 의사도 10명 중 6명이었는데, 하루 평균 10시간에 6일 근무를 한다면 주 60시간 이상 노동을 하는 셈이다.[66]

의사도 결국 평범한 사람인지라, 가끔은 '환자가 아프니까' 혹은 '환자가 죽을 수도 있으니까'라는 말만으로는 자신을 달래기가 힘들 때도 있다. 사명감에 기대보려고 해도 그것으로는 도저히 빼앗기는 사생활에 대한 보상이 되질 않는다. 그리고 거기에 걸려 있는 윤리적·도덕적 혹은 법적 무게와 현실에 질질 끌려다니다 보면 숨이 막힐 듯 갑갑하게 느껴지기도 한다. 실제로 내가 휴가를 간 사이 내 환자가 죽을 수도 있고, 그로 인해 보호자는 나를 향해 문제 제기를 할 수도 있다.

나를 조금 희생하는 걸로 아픈 사람을 살릴 수 있으니까, 덜 아프게 할 수 있으니까.

그럴싸한 자기 위안에 기대는 것도 한두 번이지, 가끔은 스스로에게 습관처럼 되뇌는 이 말이 위선처럼 느껴져 몸서리치기도 했다. 일에 내 삶을 얼마나 할애해야 하는 걸까? 환자에게는 어디까지 해줘야 하는 걸까? 주변 이야기를 들어보면 모든 의사가 이런 고민을 하며 성장해나가는 것 같은데, 도무지 명쾌한 답이 없다. 아직도 잘 모르겠다. 이 글을 쓰고 있는 지금도 환자를 보느라 퇴근 시간을 훌쩍 넘겼다.

내 주변의 동료들을 비롯해 상당수의 의사들이 오랜 근무와 업무 스트레스로 번아웃증후군을 호소한다. 번아웃증후군은 의욕적으로 일에 몰두하던 사람이 극도의 신체적·정신적 피로감을 호소하면서 무기력해지는 현상이다. 의사들이 이용하는 한 커뮤니티에서 설문조사한 결과에 따르면, 응답자 10명 중 8명이 '번아웃증후군 경험이 있다'라고 답했다고 한다.[67] 번아웃증후군을 겪은 적이 있다고 답한 이들은 그 원인으로 '야간 및 공휴일 근무', '긴 근무시간과 부족한 수면시간', '퇴근 후 계속되는 업무'를 꼽았다.

분명 과거에 비하면 개선되기는 했지만 의사의 근로시간은 여전히 근로기준법의 보호를 받지 못한다. 정부는 근로기준법을 개정하면서 2018년 7월부터 근로시간을 주 52시간으로 축소하고 특례업종도 26개 업종에서 5개로 대폭 줄였다. 그러나 보건업은 육상운송업, 수상운송업, 항공운송업, 기타운송서비스업 등과 함께 여전히 '특례업종'으로 남아 있다. 이에 따라 보건의료직종은 노사 간 합의가 있다면 주 52시간 이상 연장 근무가 가능하다. 보건업이 특례업종에 포함된 이유는 공중의 편의 및 안전도모와 직접적으로 관련되어 있는 업종이고, 연장 근로 한도 내에서 대처가 곤란한 가능성, 이를테면 응급환자나 응급수술이 발생할 경우가 상존한다는 이유였다. 업무 특성상 규칙적인 휴게 시간을 부여하기 어렵다는 사유와 여러 해외 사례도 근거로 따라붙었다. 이 같은 결정은 당연히 보건의료계 종사자들의 강한 반발을 불렀다. 머리로는 이해할 수 있었지만, 보건의료인의 한 사람으로서는 서러운 마음이 들었다. 특히 공중의 편의 및 안전도모와 직접적으로 관련되어 있기 때문이라는 말에는 오래도록 서운함이 가시지 않았다.

나는 씁쓸한 마음으로 이 논란을 바라보면서 어슐러 르 귄의 단편 소설 「오멜라스를 떠나는 사람들The Ones Who Walked Away from Omelas」을 떠올렸다.

이 소설에 등장하는 '오멜라스'는 가상의 유토피아로, 시민 대부분이 행복하게 살아가는 축복받은 도시이다. 모두가 화기애애하고 평화롭다. 식사 시간이 되면 온 마을에 맛있는 냄새가 퍼지고, 길거리에는 어린아이들이 활기차게 뛰어논다. 그러나 이 완벽해 보이는 오멜라스에는 숨겨진 비밀이 있다. 오멜라스의 아름다운 건물 중 한 곳에 어둡고 지저분한 지하실이 있으며, 그곳에 한 아이가 방치되어 있다. 아이는 정신박약에, 영양 상태도 좋지 않으며 비참하게 하루하루 목숨을 이어 간다. 오멜라스 사람들은 모두 아이가 갇혀 있다는 것을 알고 있지만 어느 누구도 그 아이를 도우려 하지 않는다. 누구라도 아이를 도울 경우, 오멜라스가 누리는 행복과 번영은 자취를 감추게 되기 때문이다. 아이가 그곳에 있기에 자신들이 누리는 행복이 보장되며, 이것이 오멜라스를 유지하는 사회적 계약이다. 그리고 오멜라스 사람들은 자신들이 누리는 행복을 보장받기 위해 그 '계약'을 받아들인 채 살아간다.

어쩌면 우리나라도 보건의료인을 지하실에 가두고 있는 건 아닐까. 더 많은 사회 구성원의 건강을 위해 보건의료인들의 근로시간은 준수되지 않아도 괜찮은가? '공중의 편의와 안전도모'를 위해 보건의료인의 장시간 노동을 법적으로 허가한다는 것은, 달리 말하면 그 '공중'에서 보건의료인을 제외시키는 것이나 다름없다. 보건의료인은 외계인이 아니다. 평범한 인간이고, 보건의료업을 직업으로 삼았을 뿐이다. 보건의료업을 선택했다는 이유로 정부에서 말하는 '공중'에서 아예 소외되는 건 생각보다 충격이 컸다.

그리고 나는 '공중의 편의 및 안전도모'를 위해서라면 보건의료인들의 장시간 노동을 오히려 금지해야 한다고 말하고 싶다. 장시간 노동은 집중력을 흐트러뜨리고, 의료사고가 발생할 위험을 높인다. 아무리 쉽고, 익숙하게 해온 업무라도 실수를 저지를 수 있다. 그 의사 혹은 간호사가 특별히 부주의하거나 게을러서, 혹은 사명감이 부족해서가 아니다. 인간이기 때문에. 10시간, 12시간을 쉬지 않고 내리 일하면 정신이 멍해지고, 주의력이 떨어지는 '인간'이기 때문이다.

"생리대 하나 갈 시간이 없어서 결국 바지를 버렸어요."

얼마 전 신종 코로나바이러스 감염증 진단 검사에 차출된 간호사가 이렇게 호소하며 고군분투 중인 상황을 전했다. 이 이야기는 삽시간에 인터넷의 각종 커뮤니티에 퍼지며 안타까움을 자아냈다. "의료진의 노고와 헌신에 감사드린다"라는 댓글들도 의료진에게는 큰 위로가 되었다. 하지만 그간 의사로 살아온 시간을 떠올려보면, 감사와 위로로 스스로를 마취하는 데는 분명 한계가 있다.

오멜라스 사람들 대부분은 소년의 희생을 알면서도 자신들의 행복을 영위하기 위해 그 존재를 모른 척하며 살아간다. 하지만 몇몇은 소년의 존재를 알고 난 후 그 부조리에 분노하고 죄책감을 이기지 못해 결국 오멜라스를 떠난다.

누군가 나에게 너는 오멜라스에 사는 사람이냐, 떠나는 사람이냐를 묻는다면 나는 '포기하지 못하는 사람'이라고 답하겠다. 근로기준법은 언젠가 바뀔 것이다. 언젠가 보건의료직도 주 52시간 이상 근무할 수 없는, '평범한' 직업이 될 것이다. 그때쯤이면 아무도 지하실에 갇혀 있지 않은, 그야말로 '공중'이 행복한 세상이라고 말할 수 있지 않을까.

주 80시간만
일하기 위한 투쟁

2015년 12월 3일은 지금도 기억 속에 선명하게 남아 있는 날짜다. 전공의 2년 차를 보내고 있던 아주 평범한 당직 날이었다. 하나 평범하지 않은 점이라면 그때 내 주 평균 근로시간이 110시간 이상이었다는 것 정도일까. 어떻게 인간이 110시간을 일할 수 있을까? 놀랍지만 가능하다. 물론 다시 그때처럼 일하라고 하면 도저히 할 자신은 없지만. 나는 월요일부터 금요일까지 매일 아침 7시 반부터 저녁 6시까지 꼬박 12시간 가까이 일했다. 물론 저건 '정해진' 근무 시간이고, 매일같이 그 시간을 넘어서까지 바빴으니 하루에 15시간 이상은 일했던 것 같다.

그리고 평균 주 3회 당직을 섰다. 평일 당직은 13시간, 주말 당직은 토요일 오후 12시부터 일요일 오전 12시까지 총 24시간이었다. 인력이 부족한 연말이라서 당직을 이틀 연속 몰아 서기도 했다. 당연히 맘 편히 밥을 먹거나 잠을 잘 시간도 없었다. 아침은 걸렀고, 나머지 식사 시간도 채 30분이 안 되었다. 그나마 겨우 밥을 먹는 동안에도 언제 콜이 올지 몰라서 늘 휴대폰을 손에 쥐고 있었다. 밥이 코로 들어가는지, 입으로 들어가는지 모른다는 말은 바로 그럴 때 쓰라고 만든 말 같았다. 그때 나는 심각한 우울감과 불면증에 시달렸다(누구나 2년 가까이 매주 110시간을 일하면 우울감과 불면증을 얻을 수 있다). 출근길에 차를 몰다가 '저 전봇대를 들이받아서 죽지 않을 만큼만 다치면 적어도 2주는 쉴 수 있지 않을까?'라고 되뇌는 것이 일상일 지경이었으니까.

그날, 12월 3일에도 여느 때와 다름없이 병동에서 당직 중이었다. 정신없이 환자를 보는 와중에도 수시로 휴대폰을 보며 어떤 소식을 애타게 기다리고 있었다. 그리고 바로 그날 새벽, '전공의법'이 국회 본회의를 통과했다.

아마 이 책에서 가장 많이 언급되는 법률이 '전공의법'일 것이다. '전공의법'은 2016년 제정된 '전공의의 수련환경 개선 및 지위 향상을 위한 법률'의 줄임말로, 전공의의 권리를 보호하고 환자 안전과 우수한 의료 인력의 양성에 이바지하기 위해 탄생한 법이다. 그리고 내게는 유독 특별한 법이기도 하다. 내가 여느 의사들처럼 환자를 보는 임상의의 길이 아닌, '정책하는 의사'의 길을 걷겠다고 결심하게 된 계기가 바로 전공의법이기 때문이다.

'전공의'란 수련병원이나 기관에서 전문의의 자격을 취득하기 위하여 수련을 받는 인턴과 레지던트를 일컫는다. 요즘은 의학드라마 덕분에 의료계에서 일하지 않아도 비교적 친숙한, 드라마 속의 '찌들 대로 찌든' 앳된 의사가 바로 전공의이다. 의대를 마치고 갓 의사 면허를 취득한 일반 의사들은 대부분 1년 기간의 인턴 과정을 거쳐 레지던트로 남는다. 진료 과별로 3~4년 정도의 수련을 받으며, 과마다 조금씩은 다르지만 긴 근로시간과 강도 높은 업무 때문에 만성 피로에 시달린다.

어찌 보면 박사 학위를 취득하려는 대학원생과 비슷하다. 대학원생이 박사 학위를 따기 위해 수년간 낮은 소득을 견디며 학업에 몰두하듯이, 전공의도 전문의 취득이라는 목표만을 바라보며 최저임금도 되지 않는 월급을 받고 오랜 시간 일한다. 대학원생들이 폭언, 폭행, 잡무 같이 부당한 처우를 겪어도 폐쇄적인 학계의 풍토나 엄격한 상하관계 때문에 문제 제기를 꺼리듯, 전공의들도 그저 묵묵히 감내하는 경우가 많다. 나 역시 주 110시간을 일하면서도 전공의니까, 수련하는 과정이니까, 그런 이유로 스스로를 설득하며 꾸역꾸역 버텼다.

하지만 2015년 12월 3일, 전공의법이 통과되며 전공의 수련 시간을 주 평균 80시간, 연속 근무는 36시간까지로 제한하는 규정이 생겼다. 그리고 근무를 마친 후 다음 근무를 시작하기 전까지는 최소 10시간의 휴식 시간을 보장하도록 의무화했다. 병원과 진료 과목에 따라 천차만별이었던 전공의 근무시간에 대한 명확한 규정이 생긴 것이다.

전공의법은 업무 강도가 센 보건의료계에서도 특히나 더 착취당하는 노동자인 '전공의'의 근무 조건을 제정 법률 최초로 법에 규정했다는 점에서 매우 의미가 크다. 당시 근로기준법에서 주 최대 근로시간을 68시간으로 규정하고 있긴 했으나 보건의료직종은 '특례직종'으로 분류돼 보호받지 못했다(아직도 보건의료직종은 특례직종이다). 보건의료직종 전체가 그랬으니, 먹이사슬의 가장 '아래 계급'이나 마찬가지인 전공의는 오죽했을까.

누군가는 의아해할지도 모르겠다. 주 80시간의 노동에 기뻐하다니. 연속 근무 제한이 36시간이라니. 그것이 '인권을 보호하는' 법이라는 사실에 의아해하고, 경악할지도 모른다. 3~4년 만에 많은 지식을 배우고 경험을 쌓아야 한다는 전공의의 특수성을 고려하더라도 주 최대 80시간 근무, 36시간 연속 근무는 분명 가혹하다. 그러나 그런 최소한의 안전장치조차 없어서 일주일에 110시간이 넘도록 일하던 전국의 김현지에게, 주 80시간이란 감지덕지한 일이 아닐 수 없었다.

나는 이 법이 통과될 때 붙은 사유였던 '환자의 안전을 위해'라는 말을 보며 몇 번이고 고개를 주억거렸다. 과도한 근무는 전공의의 건강에 악영향을 미치고, 그건 결국 환자의 안전을 위협한다. 이 사실을 정부가 인정하고, 제도를 통해 예방하려 한다는 사실이 마음을 울렸다. 희망이 보였다.

2014년 한 연구에 따르면, 일반 근로자 집단과 비교했을 때 전공의들은 높은 수준의 근골격계 통증과 우울 증상, 자살 생각을 보이는 것으로 나타났다.[68] 허리 통증으로 고생하는 경우는 9배 많았고, 불면증이나 수면장애로 시달린 빈도도 22배 높았다. 여성 레지던트 중 12.6%가, 남성 레지던트 중 9.3%가 지난 1년간 자살에 대해 심각하게 생각해본 적이 있다고 답했고, 우울 증상의 유병률도 최소 4배 이상 높았다. 딱 내 이야기였다. 허리 통증과 불면증, 우울감, 그리고 자살 사고.

어떤 사람들은 '배부른 소리'라며 비난할지도 모르겠다. 사람의 생명을 다루는 직업이니까 마땅히 그래야 하는 것 아니냐고, 그리고 그렇게 3~4년만 고생하고 나면 상대적으로 높은 소득이 보장되는데 당연히 견뎌야 하는 것 아니냐고, 다 알고도 스스로 선택한 길 아니냐고. 그러면 나는 나를 위해서가 아니라, 환자들을 위해서 의료진의 과로를 법적으로 방지해야 한다고 항변하겠다.

산속의 절벽 길을 달리는 버스 기사가 있다고 치자. 구불구불한 길이 계속 이어지고 자칫 잘못하면 아득한 절벽 밑으로 떨어질지 모르는 아찔한 길이다. 그런데 버스 기사가 그저께도, 어제도 한숨도 자지 못한 채 운전을 하고 있다면? 그 버스에 기꺼이 타려는 사람이 있을까? 그 사실을 알고도 편안히 몸을 맡길 수 있을까? 대학병원에 처음 가게 되면 누구나 가장 먼저 만나는 의사는 보통 전공의이다. 나를 처음으로 진료하는 의사가 사흘 내내 잠을 자지 못한 사람이라면? 판단력이 흐려지고, 간단한 처치에서도 자칫 사고를 일으킬 수 있지 않을까? 잠깐의 졸음운전만으로도 버스는 순식간에 절벽 밑으로 굴러 떨어질 수 있다. 그리고 나도 그렇게 버스를 절벽 밑으로 추락시켰던 적이 있다.

인턴 수련이 끝나갈 무렵이었다. 그때도 나는 주 100시간이 넘게 일하고 있었고, 누적된 피로 탓에 늘 눈 뜬 좀비 같은 상태였다. 멍한 정신으로 일하고 있는데, 며칠 전까지 근무했던 병동의 레지던트에게서 전화 한 통을 받았다. 나보다 1년 위의 선배였다. 그는 덤덤한 목소리로, 내가 아무런 이유 없이 환자의 '펌 카테터'를 뽑아버렸다고 말했다. 순간 정신이 아득해졌다.

콩팥 기능이 나빠진 환자의 경우, 투석을 하기 위해서 목 혈관에 굵은 관을 삽입한다. 이 관이 펌 카테터이고, 처음 삽입했을 때는 환자가 몸을 움직이면서 관이 빠지지 않도록 며칠간 실로 고정해두었다가 나중에 제거한다. 그가 말하길, 간호사가 내게 펌 카테터를 고정해둔 그 실을 제거해달라고 말했는데 내가 실이 아니라 펌 카테터를 아예 환자의 몸에서 뽑아버렸다는 것이다. 어안이 벙벙했다. 몇 초 동안 정적이 흘렀다. 내가 그런 짓을 저질렀다고?

아무리 기억을 되새겨봐도 전혀 기억이 나질 않았다. 그러나 그 병동에는 인턴이 나밖에 없었고, 환자나 보호자가 일부러 펌 카테터를 뽑지는 않았을 테니 아무리 생각해도 범인은 나였다. 선배는 침착한 목소리로 누구나 저지를 수 있는 실수이니 다음부터는 꼭 조심하라고 타일렀다. 쥐구멍에라도 숨고 싶었다. 그 사건 때문에 환자는 투석이 미뤄졌을 뿐만 아니라 힘들게 넣은 펌 카테터를 다시 삽입해야 했다.

그 실수 자체보다도 더 섬뜩한 것은, 사건이 전혀 기억나지 않는다는 점이었다. 마치 단기 기억상실증에라도 걸린 것처럼 나는 펌 카테터를 뽑은 것도, 그 환자도 전혀 기억하지 못했다. 선배가 환자의 인상착의를 조곤조곤 설명해줬지만 하나도 떠오르지 않았다. 꼭 '필름이 끊긴' 상태 같았다. 그러지 않고서야 그런 끔찍한 실수를 저지르고도 어떻게 기억을 못 할 수가 있을까.

선배가 일러준 날짜는 어김없이 밤샘 당직을 선 다음 날이었다. 아마 그날도 연속으로 30시간 정도 깨어 있었던 것 같다. 당연히 잠을 못 잤다는 사실이 환자에게 저지른 내 실수에 대한 변명이 될 수는 없다. 의사로서 해서는 안 될 말이다. 하지만 만약 잠을 충분히 잤고, 극심한 과로에 시달리지 않았더라면 적어도 그런 실수를 저지른 뒤에 기억조차 못 하는 일은 없었을 것이다.

앞에서 말한 연구에서는 "지난 3개월간 귀하는 의료과실을 실제로 저지르지는 않았지만 '저지를 뻔'한 적이 있습니까?"라는 질문으로 자칫 의료사고가 발생할 뻔한 상황인 '아차사고'를 조사했다. 그 결과 하루 평균 5시간 미만으로 잠을 자는 전공의는 7시간 이상 충분한 수면을 취한 전공의에 비해 아차사고를 일으킬 위험이 2배 이상 높았다. 아차사고는 언제든지 의료사고로 이어질 수 있으며, 그런 맥락에서 전공의는 며칠 밤을 새운 채 절벽 길을 달리는 버스기사나 다름이 없는 것이다. 내가 그랬던 것처럼.

한참 뒤에야 용기를 내어 환자를 찾아가 진심으로 사과했다. 다행히 그는 나를 너그러이 용서해주었지만, 그리고 천만다행으로 그 의료사고가 환자의 건강에 위해를 끼치지는 않았지만 나는 몇 년이 지난 후에도 그 일을 잊은 적이 없다. 내과 레지던트가 되고 나서도 과로와 격무에 시달릴 때면 또 그런 어처구니없는, 아니, 더 심각한 실수를 저지를지 모른다는 걱정이 나를 짓눌렀다. 누군가를 살리기는커녕 오히려 해를 끼칠 수도 있다. 또다시 그런 일이 없으리란 보장이 없다. 유난히 지친 날이면 꼭 그때의 내가 떠올라 나 자신의 판단을 백 퍼센트 신뢰할 수 없었고, 평소에는 눈 감고도 할 수 있는 일에서조차 나에 대한 의심이 불쑥 고개를 들었다. 그렇게 이미 지칠 대로 지친 나를 몇 번이고 검열하고 몰아붙였다.

실제로 '전공의법'의 모태가 된 미국의 '리비 시온Libby Zion 법'이 탄생하게 된 계기도 의료사고 때문이다. 이 경우는 좀 더 끔찍했다. 1984년, 당시 열여덟 살이었던 리비 시온이라는 여학생이 고열로 응급실로 내원한다. 그녀는 응급실에서 전공의에게 진료를 받았지만 약물 처방 오류로 사망했다. 36시간 이상 연속 근무 중이던 전공의가 실수로 병용 처방 금기 약물을 처방한 것이 원인이었다. 변호사였던 그녀의 아버지는 소송을 제기했으며, 소송 과정에서 전공의가 과로로 인해 정확한 판단을 내리기 어려웠다는 사실이 밝혀졌다. 이 사건을 계기로 전공의들의 살인적인 근무 환경에 문제가 있다는 것이 공론화되었고, 이후 전공의들이 주당 80시간 이하로만 근무하도록 근로시간을 제한하는 법령이 제정되었다. 그리고 그로부터 12년 뒤 한국에서도 유사한 법인 전공의법이 통과된 것이다.

전공의법이 통과되었을 때 나는 남몰래 뜨거운 눈물을 흘렸다. 힘겹게 하루하루를 버티고 있던 내게 누군가 도움의 손길을, 위로를 건넨 것 같은 느낌이었다. 아마 눈물을 흘린 전공의가 나 하나만은 아니었으리라. 내게 전공의법이 그토록 특별한 이유는, '바꿀 수 있다'는 깨달음을 주었기 때문이다. 주 100시간 넘게 일하던 시절, 나는 늘 생각했다. 왜 이렇게까지 일해야 할까. 선배들의 말처럼 정말 어쩔 수 없는 걸까? 과연 내게 진료받는 환자는 안전할까? 전공의법은 무수히 쏟아지던 그 질문들에 답을 주었다. 누구도 그렇게까지 일할 필요가 없으며, 그건 환자의 안전에 오히려 해악을 미치는 일이다. 어쩔 수 없는 것이 아니라, 법과 제도를 통해 충분히 바꿀 수 있다.

나는 전공의법을 통해서 올바른 법과 제도가 사람을 더 건강하게 만들 수 있고, 더 많은 생명을 살릴 수 있다는 사실을 깨달았다. 그리고 6개월 뒤 대한전공의협의회에 합류하면서 전공의법의 하위 시행령, 시행규칙을 만드는 과정에 적극적으로 참여할 기회를 얻었다. 내 아이디어와 목소리가 제도화되고, 내가 품었던 이상이 현실로 다가와 세상을 바꾸는 경험이었다. 그렇게 나는 아주 자그마하지만 강한 희망을 품었다. 법과 제도를 통해 더 건강한 사회를 구축하고 싶다. 가능할 것이다. 그렇게 전문의를 취득한 뒤 임상을 접고 정책의 길로 뛰어들었다.

안타깝지만 아직도 전공의 모두가 인간다운 삶을 살고 있는 것은 아니다. 그 사실을 증명이라도 하듯 2019년 2월에 한 대학병원의 전공의가 당직 근무 중에 사망한 채 발견됐다. 그 전공의는 사망 당시 일주일에 110시간을 근무했던 것으로 밝혀져 많은 사람을 허망하게 만들었다. 명백한 전공의법 위반이었다. 그가 세상을 떠나기 6개월 전, 보건복지부가 수련환경평가를 통해 각 수련 병원의 전공의법 위반 여부를 조사했지만 해당 병원은 적발되지 않았다.* 병원의 근무표에 기록된 전공의의 근무시간은 법정 최대 근무 한도인 80시간을 넘지 않았던 것이다. 당직표는 충분히 조작할 수 있었다. 실제로 많은 병원에서 '전공의법에 따른 주 최대 80시간 근무'는 당직표라는 문서 안에만 존재하는 '유니콘'이다. 언제쯤이면 정말 모든 전공의가 주 80시간'만' 일하는 날이 올까.

　2019년 국정감사 때, 비서관으로서 이 사건에 대한 질의를 직접 작성하면서 많이 울었다. 해당 병원이 당직표가 허위로 작성되었다는 사실을 인정한다고 한들, 보건복지부 장관이 사과를 한들 죽은 사람이 살아 돌아오진 않는다. 이 질의가 어떻게 되든 이미 꺼진 생명을 다시 살릴 수는 없다. 사실 그 질의를 준비한 것은 선배 의사로서 스스로 마음의 짐을 덜고자 하는 마음 때문이기도 했다. 나는 마음의 빛이 있었다. 잠자듯 떠난 그 후배님에게. 대한전공의협의회에서 부회장직을 맡아 일하고, 전공의법 시행규칙과 계약서를 만들며 그 결과물이 퍽 나쁘지 않다고 자부했었다. 그럼에도 후배 의사 한 명을 살리기에는 한참 부족했다는 것이, 내내 마

---

*　2019년 국정감사에서 보건복지부 장관은 부실한 수련환경평가에 대해서 인정하고 유가족에게 유감의 뜻을 밝혔다.

음에 걸렸다.

전문의가 된 지금도 나는 여전히 전공의 복지에 관심이 많다. 전공의 복지가 나아진다고 사실 나에게 돌아오는 혜택은 없지만 선배들이 그 시절 나를 위해 싸워줬듯이, 나도 후배들에게 조금이라도 도움이 되면 좋겠다. 인턴이 월급 한 푼 받지 못하고 1년 내내 무급으로 일했던 시절이 있었고, 만삭의 전공의가 밤을 지새우며 당직을 섰던 시절이 있었다. 열악했지만 그래도 전공의 시절 내가 누렸던 근무 환경은 이름도 모를 선배들이 싸워준 결과물이었다. 그것이 진정한 의미의 내리사랑 아닌가. 그래서 여전히 나는 목소리를 낸다. 적어도 또 다른 전공의가 과로로 사망하는 일은 없어야 한다. 모든 전공의들과 그들에게 진료받는 환자들을 위해서.

두꺼운 방호복 너머로 눈이 마주치고,
매일 두세 번씩 모여 환자에 대해 상의할 때면 마음이 놓였다.
동료들을 보고 있으면 신종 코로나 바이러스는 더 이상 두렵지 않았다.

그 너머

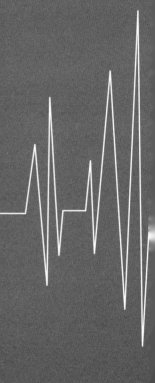

나의
신병神病

　　"엄마가 빗길에 미끄러졌어. 손목이 부러진 것 같다."

　장마에 접어든 지 얼마 되지 않아 거리가 온통 촉촉하게 젖은
날이었다. 부모님은 언제나처럼 식사를 마치고 오붓이 저녁 산책
을 나가시고, 나는 집에서 오랜만에 여유를 만끽하고 있던 참이었
다. 그런데 얼마 되지 않아 전화가 걸려왔다. 아버지였다.

　다급한 목소리에 순간 심장이 철렁했다. 의사도 가족이 다치
면 한없이 작아지는, 별 수 없는 인간이다. 떨리는 마음을 부여잡
고 전화로 어머니의 상태를 확인했다. 다행히 머리를 부딪히진 않
았고, 빗길에 미끄러지면서 왼손으로 바닥을 짚은 뒤 손목에 심한
통증과 부종이 발생한 상태라고 했다.

곧장 어머니를 모시고 당시 내가 파견 중이던 보라매병원 응급실로 향했다. 아버지는 집에서 가까운 강남세브란스병원으로 가고 싶어 하셨지만 내가 고집을 부렸다. 단순히 내가 일하는 병원이라서만은 아니었다. 짧은 통화로 나는 어머니의 상태를 빠르게 진단했고, 내 진단이 맞다면 보라매병원으로 가는 것이 나았다.

병력만 들어봐도 콜레 골절Colles' fracture*로 추측된다. 모든 콜레 골절에 수술이 필요한 것은 아니지만 관절이 포함된 골절이나 불안정 골절인 경우 수술해야 한다. 그러니 수술 가능성을 염두에 두어야 한다. 골절상은 수술 일정을 되도록 빨리 잡을 테니까 기왕이면 내가 파견 중일 때 수술하는 편이 낫다. 그리고 보라매병원 응급실은 내 얼굴을 팔면 조금이라도 진료를 빨리 볼 수 있다.

아버지의 차를 타고 병원으로 가면서 불안해하는 어머니 옆에 앉아 차근차근 설명했다.

"응급실에 가면 아마 인턴이나 응급의학과 전공의가 진료를 볼 거예요. 사람이 많으면 좀 기다려야 해요. 어쩔 수 없어요. 손목 엑스레이를 찍고, 골절이 확인되면 정형외과로 연락이 갈 거고요. 워낙 수술이 많아서 바쁜 과기도 하고, 밤엔 의료진이 적어 당직 의사가 응급실로 올 때까지 시간이 좀 걸릴 수도 있어요. 골절이

---

* 미끄러지거나 넘어지면서 손을 짚게 될 때 손목 부위에 가장 흔하게 발생되는 골절.

확인되기 전까지 웬만하면 진통제는 주지 않으려고 할 거예요."

아파도 한동안은 참아야 한다는 말에 어머니는 겁에 질린 것 같았다. 그 이유도 설명했다. 대부분의 의사는 정확한 진단을 내리기 전에 환자의 증상을 조절하는 것을 꺼리는데, 이는 오진을 막기 위함이라고. 증상 역시 진단을 내리는 중요한 단서이기에 무증상에 가려 오진을 내릴까 봐 그런 것이니 진단 전까지는 기다려야 한다고 말씀드리자 어머니는 금세 수긍하며 고개를 끄덕였다.

"수술을 하든 안 하든 골절 부위에는 석고 붕대를 감아서 고정해놓아야 하고, 수술해야 한다고 해도 당장 입원하는 게 아니라 퇴원했다가 외래로 가서 입원 날짜를 받을 거예요. 지금 응급실에 가는 건, 석고 붕대를 감고 진통제 주사를 맞는 응급 처치를 하기 위한 거예요."

자세한 나의 설명에 어머니는 한결 안도하신 듯했다. 통증에 일그러져 있던 얼굴이 일순간 편안해졌다. 정형외과를 전공한 친구에게 전화를 걸어 보라매병원에서 손목 골절을 잘 본다는 교수님도 추천받았다.

응급실에 도착한 이후부터는 나의 예상대로 진행되었다. 검사 결과 콜레 골절이 맞았고, 수술을 권유받았다. 석고 붕대를 감고 진통제 주사를 맞았다. 다음 날 외래 진료를 보고, 빠르면 외래 이틀 뒤 수술을 받기로 하고 단 두 시간 만에 응급실에서 '탈출'했다. 집으로 돌아가는 길에 어머니에게 어떤 수술을 해야 하는지, 대략 며칠 정도 입원해야 하고 어떤 합병증을 조심해야 하는지까지 설명해드렸다. 강한 진통제 주사를 맞은 덕에 어머니는 집으로 돌아오자마자 잠이 드셨다. 다행히 편안한 얼굴이었다.

밤에 대형병원 응급실에 가본 사람이라면 누구나 알 것이다. 야간에 응급실을 가는 것이 얼마나 고되고 지난한 기다림의 연속인지. 더군다나 그 바쁜 야간의 응급실에서는 친절한 안내도, 가타부타 설명도 듣기 어렵다. 만약 딸이 의사가 아니었다면, 내가 없었다면 어머니는 어땠을까.

내 어머니가 아니라, 의사 딸을 두지 않은 평범한 예순 살의 여성에게 같은 일이 벌어졌다고 상상해보자. 그녀는 넘어질 때 왼손으로 바닥을 짚은 뒤부터 손목이 붓고 심하게 아팠다. 같이 산책을 나온 남편은 본인보다 더 놀라 우왕좌왕하는 탓에 도움이 되지 않았다. 다행히 구급차를 부를 만큼 다치지는 않아 택시를 타고 가장 가까운 정형외과 전문병원 응급실로 향했다. 정형외과 전문병원이니까 골절도 진료하리라 생각했다. 그러나 막상 도착하니, 이 병원은 척추 전문 병원이라 외상으로 인한 골절은 진료할 수 없다며 아예 접수를 받아주지 않았다. 어느 병원으로 가야 하느냐고 물었지만 원무과 직원은 그저 큰 병원으로 가야 한다고 말할 뿐 구체적인 정보를 주지 않았다. 어쩔 수 없이 남편이 스마트

폰으로 검색을 해서 가장 가까운 대학병원을 찾았다. 빗길에 택시를 어렵게 다시 잡아 병원으로 향했다.

도착한 응급실은 북새통이었다. 의식을 잃고 쓰러진 환자, 다리에서 피를 흘리는 환자, 식은땀을 뻘뻘 흘리며 늘어져 있는 환자……. 누가 봐도 그녀보다 상황이 급해 보였다. 남편이 접수를 했고, 부부는 언제쯤 진료를 보는지도 알지 못한 채 다친 팔을 부여잡고 하염없이 기다렸다.

한참을 기다려 만난 의사는 손목을 이리저리 만지더니 부러진 것 같다며 엑스레이를 촬영해야 한다고 했다. 시키는 대로 엑스레이를 촬영했지만 결과에 대해서 설명을 들을 때까지 또 한동안 기다려야 했다. 그녀는 진통제 하나 맞지 못한 채 끔찍한 고통 속에서 또다시 처치를 기다렸다. 간호사를 붙잡고 진통제를 놔주면 안 되느냐고 물었지만, 간호사는 안 된다고만 말하고 바삐 자신의 업무로 돌아갔다. 진통제 그깟 것, 한번 놔주면 안 되는 것인지. 복장이 터질 것 같지만 기다림 외에 이 부부가 할 수 있는 일은 없다.

얼마 후 다시 만난 의사는 엑스레이 결과를 보니 수술 가능성이 있다며 정형외과 의사의 진료가 필요하다고 했다. 그럼 당신은 정형외과 의사가 아닌가? 갑자기 눈앞의 의사가 미덥지 않았다. 게다가 수술이라니, 겁이 나서 수술을 꼭 해야 하느냐고 물었지만 자세한 얘기는 정형외과 의사의 의견을 들어봐야 한다고 했다. 겨우 만난 정형외과 의사는 당장 수술할 만큼 응급하진 않다며, 제일 빠른 외래를 잡아줄 테니 오늘은 이만 집으로 가라고 했다.

환자에게는 이해하지 못할 일뿐이다. 그녀는 수술을 해야 하는데 왜 바로 입원을 하지 않는지, 도대체 어떤 수술이 필요한지, 수술 뒤에 후유증이 남진 않는지, 얼마나 심각한 수술인지 아무것도 제대로 이해하지 못했지만 진통제를 받아든 채 집으로 향했다. 응급실에 도착한 지 무려 여섯 시간 만이었다.

이런 일은 부지기수이다. 당장 죽음의 문턱에 놓여 있는 환자가 넘쳐나는 응급실에서 상대적으로 가벼운 질환의 환자에게 모든 의문을 하나하나 해소시켜주는 의사를 찾기는 매우 어렵다. 그것은 그 의사가 유달리 쌀쌀맞거나 태만해서가 아니다. 모든 환자를 붙잡고 상세히 설명하는 데 시간을 쓰다가는 오히려 응급 처치가 필요한 다른 환자를 잃을 수도 있기 때문이다. 응급실은 그야말로 촌각을 다투는 곳이다. 의사도 간호사도 매 분, 매 초 죽음에 쫓긴다. 밤마다 미어터지는 대형병원 응급실 사정을 뻔히 알면서 동료 의사들에게 그런 '미덕'을 강요하기도 어렵다.

"역시 가족 중에 의사가 한 명은 있어야 해."

누군가는 이 이야기를 들으면 이렇게 말할지도 모른다. 그리고 실제로 가족이 아플 때면, 나 역시 의사를 하길 참 잘했다고 생각한다. 내가 의사가 아니었다면 어머니도 응급실을 방문했던 일련의 과정이 그렇게 매끄럽고 효율적이긴 어려웠을 테니까. 이는 내가 내 가족의 '주치의'인 덕분이었다. 가족 중에 의사가 한 명쯤 있다면 가장 좋겠지만, 현실적으로 모두가 그러기는 불가능하다. 그러나 '주치의'가 생기면 내가 어머니에게 해주었듯이 살뜰한 도움을 받을 수 있다.

사실 우리나라 사람들에게 주치의란 낯선 개념이다. 주치의의 개념을 정확히 알기 위해서는 먼저 주치의 제도가 무엇인지부터 이해해야 한다. 주치의 제도는 국가가 지역사회에서 개인 혹은 가족 전체가 1차 의료 의사, 즉 주치의와 지속적인 관계를 유지할 수 있도록 지원하는 것으로, 우리나라에는 아직 도입되지 않았다.

물론 우리나라에도 '단골 의사'라는 개념이 있긴 하다. 감기 같은 잔병치레가 잦은 사람이라면 누구나 자주 들르는 의원이 있을 것이다. 거기서 만나는 의사가 바로 단골 의사이다. 주치의가 단골 의사와 다른 점은, 환자가 원하는 의사 한 명을 지정해 등록해야 한다는 점이다. 이 제도에서는 환자에게 건강 문제가 생기면 아무 의사나 찾아가는 것이 아니라, 본인이 등록한 주치의를 방문해 진료를 받아야 한다. 그러면 주치의는 증상을 듣고 가장 가능성 있는 질병, 대부분은 가장 흔하게 발생하는 질병을 추려 어떤 검사와 치료가 필요한지 판단을 내린다. 미끄러져 넘어진 뒤 손목이 부은 어머니를 보고 내가 콜레 골절을 제일 먼저 의심했던 것처럼. 그리고 그 판단에 따라 1차부터 3차 중 어느 정도 수준의 병원으로 가서, 어떤 과목의 진료를 보면 되는지 자세하게 알려준다. 이 과정이 바로 내가 어머니를 모시고 3차 병원 응급실로 가서 응급 처치를 받은 과정과 유사한 지점이다.

주치의는 그 과정에서 시간과 돈, 에너지를 아껴줄 뿐만 아니라 불필요한 검사나 치료의 부작용으로부터 환자를 보호한다. 또한 환자가 3차 병원에서 진료를 보고 돌아오면 그 후속 조치까지도 담당해, 급성기 질환에서 발생할 수 있는 후유증을 최소화하는 데 주력한다. 내가 어머니를 계속 지켜보며 챙겼듯이.

어머니는 콜레 골절 수술을 받은 뒤 걷기 운동을 열심히 하지 않으면 폐가 일시적으로 쪼그라들어서(무기폐) 열이 날 수도 있다는 내 설명을 흘려들었다가 퇴원이 하루 늦어질 뻔했다. 퇴원 후에도 나는 주치의를 자처하며 어머니에게 잔소리를 늘어놓았다. 어머니는 내 잔소리대로 손목이 굳지 않도록 꾸준히 재활 운동을 했고, 나는 하루 한 번씩 상태를 살폈다. 주치의는 이렇듯 입원 전부터 퇴원 후까지 살뜰하게 챙기는 '동반자' 같은 의사이다.

의료체계는 크게 병원 전 단계와 병원 단계로 나뉜다.[69] 병원 단계는 우리가 쉽게 알 수 있는 의료 이용으로, 진단을 위한 적절한 검사와 입원 치료, 혹은 수술 여부 등이 이 단계에서 이뤄진다. 즉, 병원에 도착한 뒤 병원 안에서 이뤄지는 모든 과정을 말한다.

그에 반해 병원 전 단계는 환자가 의료를 원할 만한 일이 생겼을 때 의료 이용 여부를 결정하고, 가능한 응급 처치를 빠르게 시행하면서 어느 병원에 방문할지 결정하고 그곳으로 가는 과정이다. 주치의의 역할은 이 단계에서 가장 빛을 발한다.

모든 진료 과목 의사가 주치의를 하는 것은 아니다. 특정 진료 과목을 전공하지 않은 일반의나 가정의학과, 내과 의사가 주로 주치의를 맡는다. 내과 의사를 예로 들면, 전공의를 마친 뒤 전문의 자격을 획득했으나 호흡기 내과, 순환기 내과 같은 추가적인 세부 전공을 하지 않은 의사들이 지역사회에 개원을 하거나 봉직의로 일하면서 주치의 역할을 한다. 나도 이런 경우에 해당된다.

사실 의대생 때는 내과가 아니라 정형외과를 전공하고 싶었다. 나는 인턴 때 '소아마취 턴'을 팔아가며 정형외과 인턴만 석 달이나 할 정도로 정형외과에 열성적이었다. 주변 친구들은 모두 신기하다는 시선을 보냈다. 당시 서울대병원의 소아마취 턴은 우리에게 '3대가 덕을 쌓아야만 할 수 있다고' 불릴 정도로 귀하게 여겨지던 턴이었다. 그 귀한 기회를 넘기고서 고되기로 유명한 정형외과를 고집했으니, 신기했을 만도 하다. 지금 생각해보면 나도 그때의 내가 신기하니까.

그런데 정작 인턴을 해보니 정형외과가, 아니 '수술과'가 내 적성에 맞지 않았다. 체력이 약했고, 수술장에서 보내는 하루가 고달팠다. 그때부터 나는 갈피를 잡지 못했다. 몇 년간 오로지 좋은 정형외과 의사가 되는 것을 목표로 삼고 공부해왔는데……. 갑자기 미로 속에 던져진 기분이었다. 덕분에 동기들은 다들 인턴을 마치고 레지던트를 지원하는데, 나는 1년을 쉬면서 방황했다.

이제 대체 뭘 하지. 레지던트 지원일은 다가오고 고민만 깊어져가던 중, 우연히 서울 외곽에 있는 한 1차 의원에서 아르바이트를 하게 되었다. 내과 전문의와 외과 전문의 두 명이 24시간, 매일 진료하는 의원이었다. 내과계 질환은 내과 원장님이, 외과계 질환은 외과 원장님이 맡아 보는 구조였다.

그저 단기 아르바이트를 위해 잠시 다니게 된 병원이었지만, 그곳은 내게 강한 인상을 남겼다. 나는 그 병원이 퍽 마음에 들었다. 무엇보다도 지역 주민들과 두 분이 쌓은 라뽀가 부러웠다. 24시간, 매일 문이 열려 있으니 주민들은 웬만해서는 그 의원에 들렀다. 바로 앞에 대형병원이 있었음에도. 내과 원장님이 내시경시술을 하셨기에 많은 주민이 건강검진이 필요할 때도 이곳을 찾았고, 어디가 아프든 이 병원부터 와서 고민을 털어놓았다. 어떤 환자는 아기 때부터의 기록이 켜켜이 쌓여 있기도 했다. 아기부터 할머니까지, 그야말로 3대가 진료를 받으러 오는 병원이었다.

"어머니, 오늘은 또 왜 오셨어?"

"원장님 보고파서 왔지."

동네 사랑방 같은 그 분위기가 그저 좋았다. 병원에는 언제나 따스한 기운이 감돌았다. 어떤 환자가 오든 원장님들은 병력을 줄줄 꿰고 있었고 환자들은 그런 원장님을 전적으로 신뢰했다. 처음으로 지역사회 주치의가 되고 싶다고 생각했다. 길을 잃은 내게, 그 의원은 생각지도 않았던 새로운 길을 열어주었다. 나는 그 꿈을 안고 가정의학과 레지던트로 지원했다. 물론 사람 일이란 어찌 될지 모르는 것이라, 1년 뒤에는 다시 전공을 바꿔 내과에 갔고 정신을 차려보니 그때 생각했던 길과 조금 다른 길을 걷고 있지만.

그 시절 누군가가 내게 어떤 의사가 되고 싶으냐고 물으면 나는 자신 있게 대답했다. 환자 가까이에서 자질구레한 질환을 자주 돌봐주는 동네 의사. 환자에 대해서 제일 잘 아는 주치의. 언제 큰 병원으로 가야 하는지 친절하게 알려주고, 큰 병원에서 급한 불을 끄고 오면 뒤처리를 같이 해주는 '내 의사'. 지금은 내가 직접 주치의를 하기보다는 더 많은 사람이 주치의를 접하고 더 건강하게 살 수 있도록 '주치의 제도'가 자리 잡게 하는 데 내가 가진 달란트를 쓰고 싶지만, 그땐 그랬다. 꽤 멋진 꿈이었다고 자부한다.

누군가는 반대하기도 하지만 주치의 제도는 반드시 필요하다. 보건의료정책 전문가로서의 꿈을 단 하나만 꼽으라 한다면, 단연

코 나는 '주치의 제도의 확립'을 이야기하고 싶다. 아직 '주치의'라는 용어를 사용하기에 사회적 합의에 이르지 못했다며 쓴소리를 하는 이들도 있고 반대하는 이들 중에는 의사도, 환자도 있다. 주치의 제도는 필연적으로 소비자의 선택을 제한하기 때문이다. 현재는 환자가 가고 싶은 대로 마음껏 의사를 찾아갈 수 있지만, 주치의를 등록하면 아무리 아파도 꼭 주치의를 거쳐야만 다른 의사를 만날 수 있다. 물론 처음에는 의사도, 환자도 어쩔 수 없이 모두 불편한 상황이 발생할 것이다.

하지만 주치의 제도가 생긴다는 것은 곧 나를 가장 잘 아는 의사가 생긴다는 뜻이다. 과거부터 지금까지 나의, 내 가족의 병력을 잘 이해하고 항상 곁에서 꾸준히 관리해줄 의사. 특정 희귀 질환이나 난치병에 대한 명의가 아니라, '나'에 대한 명의. 이유 모를 통증이 생겨도 어느 과에 가야 하나 고민할 필요 없고, 갑작스레 다쳐도 응급실에 가서 겁먹은 채 하염없이 기다릴 필요도 없다. 아직 주치의 제도가 현실과 괴리가 있는 것은 사실이지만, 문제점이 두려워 언제까지고 망설이는 것은 세상에 도움이 되지 못한다. 좋은 제도는 상황에 맞게 도입해야 한다. 사회적 합의와 그에 적절한 진료비 지불제도만 받쳐준다면, 주치의 제도는 성공할 것이라고 나는 확신한다. 아니, 성공해야만 한다.

의사가 되고 처음 몇 년간 전공의 수련을 받으며 너무 힘들어서 모든 걸 다 때려치우고 싶을 때마다 신문에서 읽었던 한 무당의 이야기를 떠올리곤 했다. 그는 몇 날 며칠간 신병神病을 앓으면서도 무당이라는 자신의 운명을 도저히 받아들일 수 없었다. 끔찍한 고통을 견디다 못해 어쩔 수 없이 신내림을 받은 뒤에도 무당이란 직업은 수치스럽기만 했다. 그러나 어느 날, 예지몽을 통해 어머니의 사고를 미리 예견하고 막을 수 있었고 그는 그 일을 계기로 비로소 무당이라는 직업을 받아들였다고 했다. 나 또한 의사라는 직업을 신내림처럼 받아들였다. 아무리 싫어도 피할 수 없다고, 마치 운명처럼. 그리고 그 덕분에 내 가족과 친구들에게는 나라는 주치의가 생겼다.

　밥도 못 먹고 잠도 못 잘 만큼 바쁘고 배우면 배울수록 더 무수한 고민을 안겨준, 지난했던 전공의 수련 과정은 마치 신병처럼 고통스러웠다. 그러나 그 덕분에 지금의 나, 가족과 친구들은 좀 더 건강하다. 아끼는 이들에게 나는 언제나 건강에 대해서 상의할 수 있는 동반자이다. 아직도 일주일에 몇 번씩 건강 상태나 병원 선택에 대한 질문을 받고, 나는 즐겁게 그들의 질문에 답한다. 내가 가진 지식으로 남들에게 도움이 될 수 있다는 것이 퍽 기쁘다. 이제 와선 앓길 잘했다고 여겨지는, 꽤나 그럴싸한 신병이었다.

이게 다
농협 때문이다

"선생님, 간 떴어요!"

"됐어!"

구미호도 아니고, '간'에 이렇게 기뻐하다니 이 무슨 섬뜩한 대화인가 싶다. 하지만 초조하게 간이 '뜨기'를 기다리고 있던 나는 간호사의 말에 벌떡 일어나 쾌재를 불렀다. 간이다, 드디어 간이 나타났다!

그 무렵 나는 간 병동에 있었다. 간염이나 간경화처럼 간 질환을 앓는 환자들이 주로 입원하는 병동으로, 그중에는 벌써 수개월째 간 이식을 기다리고 있는 환자들도 있었다. 대부분이 간경화 말기여서 이식을 받지 않으면 사망할 가능성이 높은, 위독한 환자들이었다. 그날의 대기자는 30대 여자 환자로, 어머니로부터 수직 감염*되어 B형 간염과 간경화를 앓게 된 경우였다. 황달 때문에 온몸이 황록색으로 변했고, 간에서 독성 물질이 해독되지 않아 혼수상태에 빠졌다. 설상가상으로 얼마 전 콩팥 기능까지 급격히 악화된 상태였다. 그야말로 일촉즉발, 환자를 살리기 위해서는 간 이식이 시급했다.

간호사가 외친 '간이 떴다'는 말은 장기 기증을 희망한 뇌사자가 발생했으며, 그중에서도 간을 이식하기에 적합한 조건이고, 기증을 기다리고 있는 환자 중 내 환자의 우선순위가 가장 높다는 것을 의미한다. 즉, 내 환자는 1순위로 뇌사자의 간을 기증받게 되었다. 장기이식 환자를 주로 보는 내과, 외과 의사라면 누구나 한 번쯤 간이나 콩팥이 뜨기를 애타게 기다려본 경험이 있을 것이다. 그렇게 목이 빠져라 기다리다가 때로는 안타깝게 환자를 잃기도 한다.

장기이식은 장기의 기능이 떨어져 기존의 치료법으로는 생명을 유지하기 어려운 상황에서 환자를 살릴 수 있는 유일한 치료법이다. 고령화가 빠르게 진행되며 당뇨병, 고혈압과 같은 만성질환도

---

* B형 간염 보균자인 산모를 통해 태아 혹은 신생아에게 B형 간염 바이러스가 전염되는 경우.

함께 증가했고, 이로 인한 합병증 때문에 장기이식을 받아야 하는 환자들은 꾸준히 늘고 있지만 기증자 수는 턱없이 모자라다. 장기이식만 받으면 살릴 수 있는데. 간 하나만 있으면, 콩팥 하나만 있으면 되는데. 살릴 수 있는 환자를 놓칠 때마다 그 마음은 날로 절실해진다.

2018년 국정감사 때 보건복지부로부터 받은 '최근 10년간 한국의 장기이식 현황' 자료에 따르면, 2017년 장기이식을 기다리다 사망한 대기자는 1000명을 훌쩍 넘어 사상 최고치를 갱신했다. 10년 전인 2009년에 비해 2배가량 증가한 수치였다. 이식 평균 대기일수도 무려 3년 3개월이었다. 지금 당장 콩팥 이식이 필요해도 3년 3개월이 지나야 이식을 받을 수 있다는 뜻이다.[70]

장기 기증이 부족한 이유는 장기 기증에 대한 부정적인 인식과 홍보 부족 그리고 장기 기증 의사를 밝힐 기회 부족 등에서 찾을 수 있다. 질병관리청이 2018년 조사한 '장기·조직기증 인식조사'에 따르면 응답자 중 30%가 '기증할 의향이 없다'라고 응답했다. 그 사유로는 '인체훼손에 대한 거부감 때문에'가 가장 많았으며(33.0%), '막연히 두려워서(30.4%)', '절차 이외의 정보(사후처리, 예우 등)가 부족해서(16.5%)' 같은 이유들이 뒤를 이었다.[71]

우리 사회 저변에 깔린 유교적 가치관도 장기이식을 가로막는 요소 중 하나일 듯하다. 우리는 '신체발부수지부모'라 해서 개인의 신체를 가족과 연결된 것으로 생각하는 경향이 있다. 그래서 가족이 죽었을 때, 설령 그가 생전에 장기 기증 의사를 밝혔다고 해도 "시신을 훼손하는 것은 예에 어긋난다"라며 유족들이 장기 기증을 철회하기도 한다. 사실 내 가족부터가 그렇기에, 아예 이해가 가지 않는 것은 아니다. 나도 오래전부터 장기 기증을 할 생각이 있었다. 원래는 대학생 때 하려고 했지만 부모님께서 거세게 반대하셔서 한 번 좌절했고, 이후로는 '장기 기증'이란 것을 까마득하게 잊어버린 채 살았다. 늦게나마 장기 기증 서약을 한 것은 부끄럽게도 농협 때문, 아니, 까맣게 잊고 있던 의지를 떠올리게 해줬으니 '덕분'이라고 하는 편이 더 적절하겠다.

"생명을 살리는 사람으로서 장기 기증이야말로 가장 숭고한 기부이며, 제가 누린 사회적 혜택을 조금이나마 돌려드리는 길이라고 생각합니다."

이렇게 입에 침이라도 바르고 거짓말을 하고 싶지만, 애석하게도 아니다. 은행을 들렀던 길에 직원이 장기 기증 서약을 하면 적금에 0.5%의 우대 이율을 적용해준다기에 그간 잊고 살았던 장기 기증 의지가 퍼뜩 떠올랐고, 생각난 김에 그 자리에서 바로 해버렸다(직접 적고 보니 훨씬 더 부끄럽다).

하지만 한편으로는 내 사례가 아니더라도, 장기 기증 의사를 밝히는 것이나 그 계기까지 그렇게 엄숙할 필요가 있을까 하는 생각도 든다. 장기 기증이 숭고한 기부인 것은 맞지만 그 의사를 밝히는 건 조금은 장난스럽게, 조금은 축제처럼 하는 분위기가 만들어져도 괜찮을 것 같다. 나처럼 적금 이율 때문이든 정말 대단한 의지가 있어서이든, 그 행위 자체의 숭고함은 변하지 않으니까.

유명인들이 장기 기증 서약에 적극 참여해 사람들의 인식 변화를 주도하거나, 요즘 유행하는 '~챌린지'처럼 SNS에 장기 기증 서약을 인증할 경우 혜택을 주는 행사를 하는 것도 좋겠다. 그러면 홍보 효과는 높아질 것이고, 비록 현실적인 이유에 막혀 기증까지 이어지진 않더라도 장기 기증이 아주 무겁고 논의하기 꺼릴 만한 사안은 아니라는 분위기도 조성할 수 있을 것이다. 왼손이 한 장기 기증 서약을 오른손이 알게 한다고 해서 뭐가 그렇게 큰일이 나겠는가. 어쨌거나 더 많은 사람을 살리는, 더없이 값진 일인데.

나는 사후 각막과 장기 기증 서약을 했다. 망설였지만 차마 생전의 콩팥 기증에는 서약할 수 없었다. 우리 식구는 나까지 다섯 명이다. 콩팥은 사람마다 두 개라 사실 하나를 기증해도 큰 문제가 없지만 언젠가 우리 식구 중에 누군가 콩팥이 안 좋아질지도 모르니 일단 갖고 있어야겠다는 생각이 들었다. 이렇듯 서약을 할 때 하고 싶은 장기만 골라 기증할 수도 있다. '풀 full 구성'이 가장 많은 생명을 살리기는 하지만, 어느 것 하나만 기증해도 역시 값진 일이다. 기증이 꼭 간이나 콩팥 같은 장기에만 국한되어 있는 것도 아니다. 피부나 근육도 재건 수술 등에 매우 유용하게 쓰이는 조직이며, 역시 사후 기증이 가능하다. 개인적으로 유난히 애착이 가는 장기나 조직을 골라보는 건 어떨까?

물론 장기 기증 서약을 했다고 말씀드리자 부모님께서는 예상대로 매우 싫어하셨다. 특히 어머니는 그 이후로 일주일이 넘게 내게 말도 걸지 않으실 정도였다. 언니의 변에 따르면 내 자식의 몸이 훼손되는 것 같아서, 혹은 당신들보다 먼저 간다는 뉘앙스가 느껴져서 저리 싫어하시는 것 같다고 했다. 이해했다. 그래도 스무 살 때처럼 격렬하게 반대하지는 않으셨고, 탐탁지 않아 하셨으나 결국 내 선택을 받아들여주셨다.

장기 기증 서약을 한 이유는 사실 별것 없다. 죽으면 어차피 한 줌 재로 사라지는 것이 인간의 몸뚱이이다. 죽고 나면 건강한 간이니, 콩팥이니 무슨 소용이 있겠나. 어차피 자연으로 돌아갈 것, 그렇게 재가 되어 사라지느니 누구라도 내 덕에 살 수 있으면 좋은 일이다. 의사라는 직업을 택한 이상 좋으나 싫으나 평생 사람을 살리며 살 텐데, 죽어서까지 사람을 살릴 수 있다면 남은 미련 한 톨 없이 의사 면허를 털어버릴 수 있지 않을까.

막상 장기 기증 서약을 하고 나니, 개인의 의사를 확인할 기회가 좀 더 많아지면 좋겠다는 생각이 들었다. 아침에 일어나 양치를 하면서 '오늘 날씨도 좋은데 장기 기증 서약이나 할까?' 하는 사람은 없다. 누구나 먹고살기 바빠 장기 기증 같은 문제는 미처 생각할 겨를도, 그럴 만한 계기도 없었을 것이다. 나 역시 그랬다. 하고자 하는 의지는 있는데, 장기 기증에 대해 생각할 기회가 없으니 까맣게 잊어버렸다. 그러니 가끔은 장기 기증 의사를 확인해 줄 필요가 있지 않을까. 기회가 없어서 떠올리지 못할 뿐이지, 장기 기증을 하고 싶어 하는 사람은 예상외로 많을 것이다.

비서관 시절 주민등록증을 발급하거나 갱신할 때 장기 기증 희망 여부를 확인하는 '장기 등 이식에 관한 법률' 개정안을 준비했던 적이 있다. 더불어민주당 박주민 의원이 운전면허를 취득할 때 장기 기증 희망 의사를 물어 등록률을 높일 수 있도록 한 개정안과 유사한 내용으로, 보다 적극적으로, 자주 장기이식 희망 의사를 확인하는 이른바 '옵트인opt-in 제도'를 도입하는 법률이다.

개인적으로 '옵트인'보다는 '옵트아웃opt-out' 제도의 도입이 필요하다고 생각해 그러한 내용을 담은 법안을 발의하려 준비한 적도 있다. 장기 기증을 거부하겠다는 의사를 밝힌 것이 아니라면, 기증 여부를 밝히지 않은 사람까지도 잠재적 기증자로 추정해 죽은 후 장기 기증을 가능케 하자는 내용이었다. 여전히 '신체발부 수지부모' 인식이 강한 우리나라에서는 자칫 뜨악할 수도 있는 말이지만, 스페인 등의 나라에서는 이미 시행 중인 제도이다. 그러나 전 국민을 대상으로 장기 기증 거부 의사를 확인하는 것은 현실적으로 몹시 어렵고, 아직 사회적 합의가 이뤄지지 않았다는 판단하에 주민등록증 발급 때 기증 의사를 확인하는 옵트인 제도로 방향을 틀었다. 아쉽게도 위의 두 법안은 임기만료로 폐기되었지만, 만약에 옵트인 제도가 시행된다면 언젠가는 옵트아웃 제도도 가능하지 않을까 기대해본다.

아직 장기 기증 서약을 하지 않은 사람이 있다면, 이 글을 기회로 장기 기증에 대한 자신의 관점은 어떤지 곰곰이 생각해보면 좋겠다. 꼭 장기 기증을 하지 않더라도 그것에 대해 한번 숙고해보는 것과 아예 생각도 하지 않는 것은 다르니까. 가족이나 친구와 대화해보는 것도 괜찮다. 그렇게 '장기 기증'에 대해 한 번이라도 생각해보는 사람이 2명, 3명, 10명으로 늘어나 더 많은 사람이 장기 기증에 관심을 갖게 된다면 그것만큼 좋은 결과는 또 없을 것이다. 그러다가 어느 날 문득 장기 기증 서약이 하고 싶어질지도 모르니까. 돌이켜보면 나도 고작 금리 0.5%에 넘어가 장기 기증 서약을 하지 않았나. 삶은 때때로 그렇게 우연한 기회에 바뀌기도 한다.*

---

* 장기 기증 서약은 질병관리청 장기이식관리센터KONOS 또는 장기이식등록기관을 통해 가능하다.[72]

중환자실의
캘빈

　　"선생님, 김순자 환자 가래 배양 검사에서 MRAB 나
왔습니다."

　아, 또 시작이구나. 간호사의 말에 고개를 푹 숙인다. 이제 새삼
스러울 것도 없다.

　당시 나는 내과계 중환자실에서 일하고 있었다. 내가 담당하던
병상은 총 열두 개였고, 그달에만 다섯 명의 환자에게서 MRAB가
검출되었다. 이쯤 되면 역병이 창궐한 수준이다.

　MRAB는 'Multidrug-Resistant Acinetobacter Baumannii'의 줄
임말로, 한글로는 '다제내성아시네토박터바우마니균'이라고 한다.
이름도 어려운 이 세균은 기존의 광범위 항생제도 듣지 않는 '슈

퍼박테리아'의 일종으로 폐렴이나 혈액, 피부 상처의 감염을 일으킨다. 사람 간 접촉, 오염된 표면 또는 환경 노출 등으로 전파된다. 건강한 사람이야 노출되어도 감염될 위험이 매우 적지만 면역 저하자, 이를테면 항암치료를 받는 암 환자 같은 이들은 이 슈퍼박테리아에 감염될 가능성이 무척 높다. 기계호흡기를 달고 있거나 오랜 기간 입원해 있는 환자는 특히 더 위험하다.

그래서 중환자실에 있는 환자가 갑자기 열이 나면 내과 의사는 한껏 긴장한다. 중환자실에 있는 환자 대부분이 면역력이 떨어져 있거나, 기계호흡기를 달고 있거나, 오랜 기간 병상 생활을 했기 때문이다. 전 세계적으로 MRAB 감염률이 점차 증가하고 있다는 사실도 의사가 긴장의 끈을 놓을 수 없도록 만든다.

질병관리청에 따르면 지난 몇 년간 중환자가 많은 종합병원과 요양병원에서 아시네토박터균의 카바페넴carbapenem 내성률은 급격한 증가세를 보였다.[73] 카바페넴이란 소위 '항생제의 끝판왕'이라고 불리는, 가장 치료 범위가 넓은 항생제의 일종이다. 간단히 말하자면 이 슈퍼박테리아는 현존하는 최고의 항생제를 써도 없애기 힘들다는 뜻이다. 종합병원급에서는 내성률이 2007년 27%에서 2015년 83.4%로 증가했고, 의원급은 7.9%에서 56.4%, 요양병원은 25%에서 무려 82.4%까지 증가했다.

해마다 여름이면 정체불명의 바이러스로 인해 사람들이 죽어가는 공포영화가 꼭 한 편씩 등장한다. MRAB는 그런 공포영화 속 바이러스의 '실사판'이다. 이런 MRAB의 감염률이 높아지고 있다는 현실은 공포영화가 보여주는 것 이상으로 오싹하다. 의료 현장에서 분투하는 의료진은 그런 재난, 혹은 공포영화를 매일같이 현실에서 맞닥뜨리는 셈이다. MRAB처럼 슈퍼박테리아에 감염된 환자들을 주로 진료하는 내과 의사는 특히 그렇다.

MRAB의 치료법이 아예 없는 것은 아니다. 다행히 '콜리스틴'이라는 항생제를 쓰면 MRAB를 치료할 수 있다. 콜리스틴은 우리에게 '최후의 수단'처럼 여겨지는 항생제이다. 누군가는 치료약이 있는데 무슨 걱정을 하느냐고 묻겠지만, 상황은 사실 그렇게 단순하지 않다.

나는 병실에서 MRAB를 맞닥뜨릴 때마다 2017년 개봉한 영화 「라이프」를 떠올린다. 「라이프」는 인류 역사상 최초로 화성에서 생명체를 발견한 우주인의 이야기를 다루고 있다. 등장인물들은 이 생명체에게 '캘빈'이라는 이름까지 지어주며 애정을 보이지만, 시간이 갈수록 캘빈은 인류를 위협하는 지능과 능력을 지닌 존재로 진화해 인간을 파국으로 몰아넣는다. 그리고 세균이 항생제에 내성을 습득하는 과정은 캘빈의 진화와 놀랍도록 닮아 있다.

처음에는 많은 세균 중 일부만이 항생제에 내성을 보이지만, 항생제 사용이 증가할수록 항생제에 감수성을 보이는 세균은 죽고 내성이 있는 세균만 살아남아 번식한다. 바로 다윈의 위대한 이론, '자연선택'이 작용하는 것이다. 그리고 이렇게 번식한 세균은 내성을 가진 유전자를 분리해 다른 균에 전달하는 내성 전달 능력까지 가지고 있다. 결국 항생제 내성을 지닌 세균은 점차 증가하고, 그렇게 강해진 세균에 의한 감염 또한 증가한다. 게다가 세균이 항생제에 내성을 획득하는 과정은 전국, 아니 전 세계에서 동시다발적으로 일어난다. 전 세계의 중환자실에서 캘빈 같은 괴생명체가 실시간으로 증식하고 있다고 상상하면 등골이 오싹해지지 않는가.

그래서 내과 의사들은 콜리스틴이라는 강력한 항생제를 두고도 섣불리 사용하기를 꺼린다(물론 급성 신손상 같은 콜리스틴의 부작용도 간과할 수 없다). 콜리스틴의 사용이 증가하면 증가할수록 언젠가는 콜리스틴에 내성을 보이는 세균도 필연적으로 등장할 것이다. 그때는 정말 사용할 무기가 없어진다. 그렇게 되면 괴로워하는 환자를 두고도 손을 놓을 수밖에 없을 것이다. 눈앞에 죽어가는 환자가 있는데 아무것도 해줄 수 없는 의사의 괴로움은 차마 말로 설명이 불가능하다. 다들 그런 날을 맞이하고 싶지 않기에 콜리스틴 사용만큼은 최소한으로 아끼려 한다. 게다가 안타깝게도 우리의 캘빈은 이미 진화했다. 2015년에 콜리스틴에 내성을 보이는 세균이 등장한 것이다.[74] 이 소식에 내과 의사들은 일제히 깊은 한숨을 내쉬었다.

여기서 또 의문을 갖는 사람들이 있을 것이다. 콜리스틴보다 강한 항생제를 개발하면 되는 것 아니냐고. 물론 이론적으로는 맞는 말이다. 그러나 이론이 항상 현실에서도 적용되는 것은 아니듯, 이 역시 그렇게 녹록지 않다. 지금은 전 세계적인 '항생제 공백기'이다. 콜리스틴은 1947년 개발되어 1970년부터 일찍이 사용되어 온 항생제이다.[75] 1970년 이후 콜리스틴에 내성을 보이는 세균에 투약할 수 있는 광범위 항생제의 개발은 영 더디다. 왜 그럴까? 제약회사 입장에서 항생제는 그다지 매력적인 상품이 아니기 때문이다. 새로운 항생제가 개발되어 시판되면, 처음에는 각광받지만 얼마 지나지 않아 내성을 지닌 세균이 등장하면서 무용지물이 된다. 혹은 항생제의 무분별한 사용에 대해 대대적인 경각심이 생겨나면서 사용이 줄어들어 이익이 감소한다. 그래서 제약회사는 당뇨병이나 고혈압 치료제 등에 비해 항생제 개발에는 큰 관심이 없다. 설령 본격적으로 항생제 개발에 뛰어든다고 해도 신약 하나를 개발하기 위해서는 천문학적인 비용과 에너지가 필요하다. 신약은, 특히 항생제는 그렇게 뚝딱 만들어지지 않는다.

맞서 싸울 무기가 마땅치 않다면 최선의 공격은 바로 예방이다. 항생제 내성균의 새로운 탄생 자체를 감소시키는 것이다. 캘빈이 영원히 사는 불사조가 아니듯, 항생제 내성균도 마찬가지이다. 항생제 내성률은 얼마든지 감소할 수 있다. 그리고 이때 가장 중요한 것은 항생제 내성에 대한 사회 전반의 인식을 높이는 것이다.

얼핏 뜬구름 잡는 소리처럼 들릴 수도 있다. 그러나 항생제 내성은 결국 '항생제 노출 빈도'에 비례해 증가한다. 광범위 항생제를 적게 쓸수록 항생제 내성균의 출현은 늦어진다. 즉, 개인이 일생을 살아가면서 투약하는 항생제의 종류와 횟수를 줄여야만 항생제 내성균의 등장을 막을 수 있다는 뜻이다. 물론 오해는 없기를 바란다. 나는 항생제를 쓰지 말자고 말하는 것이 절대 아니다. 세균 감염이 의심될 때는 반드시 적절한 항생제를 써야 하며 항생제가 담배처럼 백해무익한 존재인 것은 절대 아니다. 단, 양날의 검일 뿐. 그러니 단지 꼭 필요한 경우를 제외하고는 항생제 투약을 최소화해야 한다는 뜻이다.

그러나 안타깝게도 우리나라의 항생제 사용량은 OECD 회원국 가운데 1위로, '항생제 과다 사용국'이라는 오명에서 자유롭지 못하다.[76] 2019년 기준 우리 국민의 항생제 사용량은 1000명당 26.5DDD(Defined Daily Dose, 의약품 규정 1일 사용량*)로 집계되었으며 이는 OECD 31개국의 평균인 18.3DDD보다 훨씬 높다.[77]

그렇다면 우리나라의 항생제 사용량은 왜 이렇게 많은 걸까? 원인은 정부와 환자, 의사 모두에게 있다. 정부도 마냥 손 놓고만

---

* 의약품의 주된 성분이 효력을 발휘하기 위해 하루에 복용해야 하는 평균 용량.

있지는 않았다. 국가적 차원에서 항생제 내성률 증가에 경각심을 가지고 2016년 '국가 항생제 내성 관리대책 협의회'를 출범시켰으며, 항생제 남용에 따른 슈퍼박테리아 출현과 확산을 방지하기 위한 종합대책을 마련하기로 했다. 그러나 이후 이렇다 할 성과는 없었다. 그리고 그사이 MRAB 같은 슈퍼박테리아의 감염률은 오히려 더 증가하고 있다. 보건의료정책은 과정이야 어찌 되었든, 어쩔 수 없이 성과로 평가된다. 아무리 노력했어도 그 노력에 따른 성과가 없다면 실패했다고밖에 말할 수 없다.

항생제를 먹으면 빨리 낫는다는 잘못된 인식 탓에 환자들도 자꾸만 불필요한 상황에 항생제를 요구한다. 2017년 전국의 성인 1000명을 대상으로 시행한 항생제 내성 인식도 조사에 따르면, 응답자 중 절반이 '항생제 복용이 감기 치료에 도움이 된다'라고 답했다. 항생제를 일종의 '만병통치약'으로 여기는 경향은 이미 팽배해 있다. 이런 인식은 심지어 2010년에 비해 더욱 증가했다. 정부의 홍보는 역시 큰 효과가 없었던 것 같다.

감기는 항생제를 반드시 먹어야 하는 질환일까? 정답은 '아니요'이다. 감기는 기침이나 가래 등 비교적 가벼운 증상을 보이는 '바이러스성' 질환으로 항생제를 먹어도 전혀 효과가 없다. 항생제는 바이러스가 아닌 세균을 죽이는 약이므로. 소아나 노인, 호흡기 질환자, 면역저하자의 경우 간혹 감기 합병증으로 세균성 폐렴 등이 발생하곤 하는데 이때는 항생제를 써야 한다. 그러나 이를 제외하곤 건강한 성인이 감기 때문에 항생제를 복용할 필요는 전혀 없다.

마지막으로 의사들의 무분별한 처방도 간과할 수 없다. 2017년 대한의사협회는 회원 800여 명을 대상으로 항생제에 대한 인식도를 조사했다. 10점에 가까울수록 불필요하게 항생제를 처방했다는 뜻인데, 의사들은 4.36점을 줬다. 이는 불필요한 처방이 상당히 많았다는 사실을 의미한다. 의료인들부터 인식을 바꾸고, 경각심을 가져야 불필요한 항생제 사용도 줄어들 수 있다.

항생제 내성균이 점점 늘고 있다는 것은, 여름에 유행처럼 등장하는 공포영화가 곧 우리의 현실이 될 수도 있다는 뜻이다. 현실은 영화 속 이야기에 점점 가까워지고 있다.

영국 정부는 2016년에 이미 "항생제 내성에 적절히 대응하지 못한다면 2050년에는 1000만 명이 항생제 내성균으로 사망할 것이다"라고 예언했다.[78] 1000만 명은 우리나라 인구의 5분의 1에 해당하는 수치이다. 어마어마하지 않은가? 언젠가 우리 정부가 항생제 내성균의 출현에 대해 국가적 재난 사태를 선고하지 않으려면 이제라도 모두가 경각심을 가지고 항생제 사용을 최소화해야 한다. 이 '모두'에는 정부와 의료진은 물론, 환자들도 포함된다. 캘빈은 이미 진화하고 있다.

홈즈는
과연 올 것인가

지난해 말, 레이 커즈와일의 『특이점이 온다』라는 책을 흥미롭게 읽었다. '특이점'이라는 낯선 단어는 '기술적 특이점'이라고도 불리는데, 인공지능AI이 인간의 지능을 넘어서는 역사적 전환점을 가리킨다. 커즈와일에 따르면, 인공지능은 인간의 지능을 넘은 그 순간부터 매우 빠른 속도로 학습해 지능 폭발을 일으키게 되고 결과적으로 '초지능'이 탄생한다. 인공지능의 지적 능력이 인류 최대의 지적 능력을 뛰어넘는 바로 그 순간 말이다. 지능 폭발이란 인간의 생물학적 진화 속도를 완벽하게 초월하며, 무어의 법칙*을 넘어설 만큼 놀라운 속도의 기술 발전을 의미한다. "인간이 기계가 되고, 기계가 인간이 되는 미래 변화의 시점이 지금 눈앞에 있다"라는 책의 강렬한 메시지는 한동안 나를 압도시켰다.

누군가 내게 아날로그 세대냐, 디지털 세대냐고 묻는다면 나는 단박에 어느 쪽이라고 자신 있게 말하기는 어려운, 촌스러운 과도기 세대이다. 그럼에도 '특이점'이라는 개념은 유독 흥미롭게 다가왔다. 전국의 저명한 의사들이 모두 모여 회의를 하고, 그 지난한 시간과 시행착오를 거쳐 탄생한 결과물을 인공지능이 불과 몇 초 만에 뚝딱 만들어내는 장면을 상상해보라. 어떤 전율 같은 것이 느껴질 만큼, 그야말로 '발칙한' 혁명이다.

현재 의료계에서 특이점에 가장 가까이 다가선 사례를 들자면 단연 AI 의사인 만큼, 의사로서 특이점에 대한 호기심은 자연스럽게 AI 의사로 이어진다. AI 의사에게 환자가 진료를 받고, 수술을 받는 '특이점'이 과연 올까? 개개인의 복잡한 건강 상태를 분석해 진단하고 처방하는 내과 의사나 직경이 단 1밀리미터도 되지 않은 가느다란 혈관을 잇는 정교한 수술을 하는 신경외과 의사를 떠올려보면, 인공지능이 그런 섬세한 처방이나 수술을 처음부터 끝까지 완벽하게 대체하는 장면은 사실 잘 상상이 되지 않는다.

---

* 마이크로칩에 저장할 수 있는 데이터의 양이 18개월마다 2배로 증가한다는 법칙.

실제로 커즈와일은 현재 인류의 이해력으로는 특이점을 이해할 수 없다고 말한다. 즉, '우리가 상상할 수 없기에 특이점이 오지 않는다는 성급한 판단 오류를 범한다'라고 지적한다. 뜨끔. 그럼 그의 말대로 의료계에도 언젠간 특이점이 온다고 가정한다면, 지금 의료 현장은 그 '특이점'에 얼마나 가까이 다가가 있을까?

그 특이점으로 성큼 다가선 시점을 꼽자면 나는 2016년 8월을 이야기하고 싶다. 무더운 여름날, 대한민국 의료계는 크게 들썩였다. 가천대학교 길병원이 국내 최초로 AI 의사인 왓슨Watson for oncology을 도입한 것이다. 왓슨은 환자의 진료 기록과 의료 데이터를 바탕으로 가능한 치료법을 권고해주는 인공지능이다. 예를 들어 암 환자가 있다면, 해당 환자의 의무 기록, 검사 결과 등을 종합해 적절한 항암치료나 방사선치료 방법 등을 권해주는 것이다. 왓슨에 대한 관심은 몹시 뜨거웠다. 도입된 지 얼마 지나지 않아 부산대학교병원, 건양대학교병원, 대구가톨릭대학교병원, 계명대 동산병원, 조선대학교병원 등도 줄지어 왓슨을 들여왔다.[79]

그리고 AI 의사 왓슨이 국내에 도입된 지 벌써 4년이 넘었다. 도입 당시에는 의료계와 언론, 환자들까지 모두 강한 호기심을 보였던 것과 달리 요즘 들어서는 왓슨이 그다지 인기가 없는 모양이다. 실제로 2017년을 마지막으로, 그 이후에 왓슨을 도입한 병원은 단 한 곳도 없다. 처음에는 모두의 관심을 한 몸에 받던 왓슨이 한순간에 외면받는 신세가 된 건 왜일까.

가장 큰 이유는 왓슨이 부정확하기 때문이다. 의사인데 부정확하다니, 정말이지 치명적인 단점이 아닌가. 태국의 방콕 범룽랏병원Bumrungrad international hospital에서 유방암, 직장암, 위암, 폐암 환자 등 200여 명에 대해 왓슨을 적용한 결과, 임상의사와 왓슨의 판단이 일치할 확률은 83%에 불과했다.[80] 물론 의사의 판단이 항상 백 퍼센트 정확할 수는 없다. 하나 한편으로는 늘 백 퍼센트의 정확도를 추구해야 하는 것이 바로 의료의 특성이다. 의사는 언제, 어떤 상황에서든 정확하고 실수 없는 판단을 해야 한다고 요구받는다. 이런 특성을 고려했을 때 임상의사와 왓슨의 판단이 일치할 확률이 고작 83%라니. 큰 기대를 하고 왓슨을 도입한 의료계 입장에서는 실망스러우면서도 당황스러운 수치가 아닐 수 없다. 길병원의 결과도 비슷했다. 심지어 길병원에서의 일치 비율은 태국보다 훨씬 더 낮은 73%에 그쳤다.[81]

왓슨은 왜 부정확할까. 이는 왓슨의 태생적 한계에서 비롯된다. 왓슨은 국내에 도입될 당시 300개 이상의 의학 학술지, 200개 이상의 의학 교과서, 1500만 페이지의 의료 정보를 학습했지만,[82] 새로운 연구 결과는 날마다 쏟아져 나왔고 4년이라는 시간이 흐른 지금 그 방대했던 데이터는 이미 과거의 것이 되었다. 게다가 왓슨이 학습한 연구 결과는 대부분 미국이나 유럽에서 발표된 것으로, 동양인의 특성이 반영되었다고 보기도 어렵다. 암은 유전, 생활 습관, 환경 등 다양한 원인이 복합적으로 작용해 생겨나는 질환이다. 동양인과 서양인은 생활 환경도, 식습관도 다른 만큼 암 발병 요인이 다르며, 인종별로 항암치료나 방사선치료에 대한 반응도 차이가 있기에 왓슨의 데이터베이스를 한국인을 진료할 때 그대로 적용하기는 어렵다.

대표적인 사례로 위암을 들 수 있다. 우리나라는 일본과 더불어 위암이 가장 많은 나라이지만, 서구권에서는 위암이 그리 흔하지 않다. 의학은 철저히 경험적인 학문이다. 특정한 질환자를 가장 많이 접하는 의사가 그 질환에 대해서 가장 잘 이해하며, 치료 성적도 가장 좋을 수밖에 없다. 실제로 2012년부터 2016년 사이에 조사한 우리나라 위암 환자의 5년 생존율은 75.8%로 미국의 32.1%보다 2배 이상 높다.[83] 이런 상황에서 위암에 관한 왓슨의 권고는 40년 차 위암 전문가에게 갓 의사 면허를 딴 인턴이 조언을 던지는 것이나 마찬가지이다. 실제로 길병원의 연구 결과, 위암 환자를 두고 임상의사와 왓슨의 판단이 일치할 확률은 절반도 되지 않았다.

왓슨은 건강보험 적용을 받지 못한다는 것도 의료 현장에서 인공지능 활용을 꺼리게 한다. 미국의 FDA(Food and Drug Administration, 식품의약국)와 식품의약품안전처(식약처)는 왓슨을 의료기기로 인정하지 않았고 자연히 왓슨이 한 진료에 대해서는 건강보험 혜택을 주지 않았다. 환자 입장에서는 AI 의사의 진료를 받기 위해서 적잖은 본인 부담금을 부담해야 하면서도 정작 정확도는 높지 않으니, 점차 왓슨을 외면할 수밖에 없다. 만약 왓슨이 끊임없이 데이터베이스를 업데이트해서 정확도를 높인다고 해도 임상적 판단이라는 복잡한 과정을 처음부터 끝까지 이해할 수 있을까. 그 질문에는 아직 쉽게 대답하기 어렵다. 왓슨이 의사결정에 도움을 줄 수는 있을지언정 진짜 의사를 대체하려면 한참 멀지 않았나 싶다.

그리고 왓슨은 진단과 처방은 내리지만 법적 책임은 지지 않는다는 모순을 가진다. 모든 의료 행위에는 책임이 수반된다. 누군가가 임상적 판단을 내렸다면, 그 사람이 그 결과에 대해 법적 책임을 지는 주체여야 한다. 그런데 왓슨의 의견을 반영해 치료하면 예후가 좋지 않다고 해도 그 책임을 왓슨에게 물을 수는 없다. 왜 이런 판단을 내렸느냐고 따질 수도 없다. 만약 왓슨의 판단을 따랐는데 그 결과가 좋지 않다면, 혹은 최악의 상황으로 치닫는다면? AI 의사는 책임 소재가 불분명하다는 명백한 한계가 있다.

나는 처음 왓슨이라는 이름을 들었을 때 이미 AI 의사의 미래가 정해져 있다고 생각했다. 왓슨은 어디까지나 셜록 홈즈라는 명탐정의 조수이자 소설의 조연이다. 의료계에 진정한 의미의 특이점이 온다면 그것은 명탐정 그 자체가 되지 않을까. 즉, 왓슨이 아니라 홈즈의 도래.

내과계에 왓슨이 있다면 외과계에는 '다빈치'가 있다. 다빈치는 현재 의료 현장에서 사용되는 로봇 중 가장 발전한 모델이다. 로봇 수술은 1985년 산업용 로봇인 'PUMA560'이 뇌 수술에 사용된 이후 빠른 속도로 발전하고 있다. 나도 인턴 시절 비뇨의학과에서 로봇 수술을 체험할 기회가 있었다. 로봇 수술은 일반 수술에 비해 최소한의 절개를 할 수 있기 때문에 출혈량이 적고, 의사의 손이 직접 닿기 어려운 신체 부위까지 수술이 가능하다. 세밀한 수술이 필요한 외과계에서 수술용 로봇의 등장은 분명 기쁜 소식이었을 것이다.

그러나 다빈치 역시 아직 외과 의사를 대체하는 '특이점'까지 이르지는 못했다. 로봇 수술은 의사가 로봇을 조종해 간접적으로 수술하는 수준에 그친다. 특이점을 이야기할 때 우리가 상상하는 로봇 수술은 인간의 도움 없이 로봇이 단독으로 임상적 판단을 내리고, 그 판단에 따라 처음부터 끝까지 직접 집도하는 것이다. 이를 위해서는 의료 영상을 보고 로봇이 직접 진단을 내릴 수 있어야 한다. 수술 현장에서는 예상치 못한 사건들이 실시간으로 일어난다. 갑작스러운 출혈, 영상에선 보이지 않았던 기형, 예상치 못한 몸의 반응들. 로봇이 과연 혼자 힘으로 이런 상황에 대해서 빠른 판단을 내리고 대처할 수 있을까? 나는 이 질문에 아직까지는 회의적이다. 이런저런 이유로 현장에서는 AI 의사 열풍이 점차 사그라들었다. 지금은 대부분이 인공지능을 '의료 보조도구' 정도로 인식하고 있다. 과연 의료계에 홈즈는 올까? 그런 날이 온다면 언제일까? 그것은 아직 명확하지 않다.

새로운 기술의 출현은 필연적으로 상상하지 못했던 새로운 이슈를 불러온다. 드론이라는 기술이 등장했을 때 몰래카메라나 사유지 침범 같은 문제가 발생했듯이 말이다. 앞으로는 왓슨 같은 AI 의료 보조도구를 활용하기 위한 표준 방침, 나아가 제정법까지도 필요하게 될 것이다. 아직은 아무것도 준비되어 있지 않다. 더군다나 이런 이슈는 결코 단기적으로 해결할 수 있는 수준이 아니다. 장기적인 안목이 필요하고, 기술에 대한 충분한 이해가 있어야 하며 다양한 논쟁을 아우를 수 있도록 세심하게 준비해야 한다. 사람의 생명과 직접 맞닿아 있는 AI의 사회적 파장은 드론이나 로봇의 그것에 비해 훨씬 클 것이다.

오롯이 로봇에게만 진단받고 치료받는 날이 오든, 오지 않든, 빨리 오든, 천천히 오든, 우리 사회가 대비해야 한다는 것은 명백하다. 정책적으로는 '홈즈'가 우리의 예상보다 빠르게 올 것이라는 전제 아래 대비책을 서둘러 마련해야 한다. 의료계의 특이점은 과연 올까. 기대 반, 의심 반으로 나는 우선 인간 의사로서 해야 할 일부터 생각하고 있다.

하루에 몇 번이나
프로포폴을 맞는 사람

2019년 봄날이었다. 한창 비서관으로 일하고 있던 시절로, 국정감사를 슬슬 준비해볼까 마음먹던 차였다. 공교롭게도 그때 국내 굴지의 대기업 대표가 프로포폴을 맞았다는 폭로가 나오면서 온 언론사와 방송사가 일제히 그 사건을 보도했다. '프로포폴'이라는 이름이 전국을 떠들썩하게 만들었다. 프로포폴이 도대체 뭐기에 이렇게 난리 법석이 났을까?

아마 프로포폴이라는 이름 자체는 보건의료인이 아닌 이들에게도 꽤나 익숙할 것이다. 이 약물은 연예인들의 오남용으로 인해 유명세를 타기 시작했다. 마취제의 일종으로, 우유와 비슷한 색깔을 띠고 있어 '우유 주사'라고도 불린다. 다른 마취제에 비해서 빠르게 마취되고 신속하게 회복될 뿐만 아니라 오심과 구토 같은 부작용도 적다. 그래서 피부미용 계열의 의원급 의료기관에서 특히 널리 쓰이고 있다. 프로포폴을 투약하면 몸이 붕 떠 있는 것 같은 환각 효과를 볼 수 있고, 푹 자고 일어난 듯한 개운한 느낌마저 받는다. 이 때문에 불안 장애나 수면 장애를 호소하는 환자들이 투약을 원하기도 한다.

그러나 어떤 약이든 잘못 쓰고 과하게 쓰면 약이 아니라 독이 된다. 프로포폴 역시 습관적으로 자주 사용하면 불안하거나 계속 피곤함을 느끼는 금단 증상이 발생할 수도 있다. 또한 자주 투약할수록 약물에 내성이 생기므로, 원하는 효과를 보기 위해 반복적으로 양을 늘리다가는 호흡 저하가 오거나 심하게는 사망 같은 사고까지도 발생할 수 있다.

나는 전공의 시절 중환자실에 있을 때 딱 한 번 프로포폴을 써봤다. 주입하는 동시에 환자가 잠드는 것은 좋지만, 혈압이 떨어지고 무호흡이 와서 자칫 큰일이 생기는 걸 방지하기 위해서는 옆에서 계속 지켜보고 있어야 했다. 편리하긴 하나 사용하기가 꽤 까다로운 약물이었다. 물론 마취과 전문의의 처방과 면밀한 관찰 하에 투약한다면 큰 문제는 없다. 하지만 규모가 작은 의원급에서 프로포폴을 투약할 때는 마취과 전문의의 지도 없이 투약하는 경우가 대부분이고, 프로포폴은 특히 그런 작은 의원급에서 무척 섭게, 자주 사용된다. 내 경험으로 미뤄봤을 때엔, 효과가 좋긴 하나 이렇게 부작용 많은 약이 너무 쉽게 투약되는 것이 아닌가 걱정도 되었다.

다행히 정부도 프로포폴 오남용의 심각성을 진작에 인식해 2010년부터 프로포폴을 향정신성의약품으로 분류해 규제하고 있다. 그럼에도 유통량은 해마다 증가하고 있다. 2016년 국정감사 자료에 따르면, 연간 프로포폴 유통량은 2013년 730만 건에서 2015년 823만 건으로 약 100만 건 가까이 늘었다.[84] 물론 프로포폴 유통의 증가가 반드시 프로포폴 '중독'의 증가로 이어진다고 단정할 순 없다. 그러나 중독성 있는 약물에 노출되는 빈도가 높아질수록 중독 위험성이 높아진다는 점에서, 이 빠른 증가세는 분명 우려가 되는 지점이다.

프로포폴은 언제부턴가 개원가에서 너무 쉽게 유통되기 시작했다. 불과 몇 년 전만 해도 보톡스나 리프팅 같은 피부미용 시술은 모두 국소마취로 가능했다. 그런데 어느 의원에서 피부미용 시술을 할 때 프로포폴 수면 마취를 제공하면서 이른바 '대박'이 났고, 많은 의원이 이곳을 벤치마킹하면서 프로포폴은 유행처럼 번졌다. 앞서 언급한 자료에 따르면, 같은 기간 동안 의원급의 프로포폴 유통량은 2013년 약 340만 개에서 2015년 약 380만 개로 늘어 증가폭이 가장 컸다.

식약처는 마약류에 대한 관리·감독을 강화하기 위해 2018년 5월부터 '마약류통합관리시스템'을 도입했다. 의료기관은 마약류의 약물을 투약할 때마다 투약받은 환자의 정보를 입력해야 한다. 역으로 말하면 이 시스템을 이용하면 프로포폴을 맞은 환자가 몇 명인지, 각각 몇 번씩 맞았는지도 알 수 있다는 뜻이다.

기사를 읽고 자료를 찾아보다가 문득 궁금해졌다. 프로포폴을 하루에 여러 번, 반복적으로 투약하는 사람은 몇 명이나 될까? 앞에서도 말했듯이 프로포폴이 많이 투약된다고 해서 무조건 프로포폴 중독자가 늘어나는 것은 아니다. 같은 맥락에서 하루 두 번 이상 투약한다고 해서 그것을 프로포폴 중독이라고 단정할 수도 없다. 하지만 이렇게 국가에서 엄격하게 관리하고 있는 약물을 하루 동안 반복해서 투약한다는 것은 의료진도, 환자도 프로포폴 투약을 너무 안일하게 생각한다는 방증이 될 수 있을 것 같았다. 나는 식약처에 하루에 두 번 이상 프로포폴을 투약하는 사람이 몇 명인지 자료를 요청했다.

결과는 충격적이었다. 처음 자료를 받았을 때는 그것을 받아 든 나도, 자료를 뽑아준 식약처 사무관도 놀라서 어안이 벙벙해질 정도였으니까. 2018년 6월부터 2019년 6월까지 1년 동안 '병원급 이하 의료기관'에서 하루 두 번 이상 프로포폴을 투약한 사람은 무려 16만 명이 넘었다. 전체 인구의 0.3%에 달하는 어마어마한 수치이다. 조사 대상을 상급종합병원, 종합병원 등을 제외하고 병원급 이하 의료기관으로 국한한 이유는 대형병원에서는 전신마취가 필요한 큰 수술이 잦기에 프로포폴 사용량이 워낙 많기 때문이다. 종합병원급 이상 의료기관을 포함하면 하루에 두 번 이상 프로포폴을 투약한 사람은 훨씬 많아질 것이다.

프로포폴을 하루에 두 번 이상 투약한 사람 16만 명 중에는 미성년자 382명, 60대 이상 고령자 4만 4688명 등 취약 집단도 대거 포함됐다. 심지어 그중 1만 명이 넘는 환자에게는 처방 사유도 없었다. 무려 1만 명이 넘는 사람이, 아무런 이유도 없이 하루에 두 번 이상 프로포폴을 맞았다는 뜻이다.

이해하기 어려운 수치였다. 그래, 같은 의료기관에서는 시술이 실패하는 등의 이유로 부득이하게 프로포폴을 반복 투약할 수도 있겠지. 그런 생각에 이번에는 서로 '다른' 의료기관에서 프로포폴을 하루 두 번 이상 투약받은 사람도 뽑아보았다. 예컨대 한 사람이 오전에 한 의원에서 프로포폴을 투약한 뒤 오후에 다른 병원에서 또 투약한 것으로, 이런 경우는 '프로포폴 쇼핑'으로 강력하게 의심해볼 수 있다. 그 결과 서로 다른 의료기관에서 하루에 두 번 이상 프로포폴을 투약받은 사람의 수는 7000여 명에 달했다. 이런 식으로 서로 다른 의료기관을 돌아다니며 하루에 다섯 번 이상 프로포폴을 투약한 사람도 17명이나 됐다.

전체적인 통계를 떠나서 개인의 오남용 현황도 심각했다. 1년 사이 프로포폴을 가장 많이 투약한 것으로 집계된 한 20대 여성은 프로포폴을 265번이나 투약했다. 주말이나 공휴일을 제외하면 거의 매일 투약한 셈이다. 그리고 그녀가 투여받은 프로포폴의 양은 무려 10L에 달했다. 1L 우유팩 10개에 해당하는 양이다. 프로포폴이 엄지손가락만 한 작은 병 정도의 용량으로 건장한 성인을 쓰러뜨릴 수 있는 약물임을 감안하면, 정말이지 어마어마한 양이다.

나는 위의 자료를 분석해 2019년 국정감사 때 주요 질의로 썼다. 프로포폴 오남용이 워낙 예민한 이슈이다 보니 지상파 뉴스를 비롯한 각종 언론에 보도되었고, 보다 적극적인 대책을 마련하겠다는 식약처장의 답변도 이끌어낼 수 있었다. 비록 식약처가 마약류통합관리시스템을 통해 취급 사례를 보고받고는 있으나 상습 투약자와 의료기관에 대한 정보를 투약 '이후'에 보고받는 시스템으로는 중독자 양산을 막을 수 없다. 나는 질의를 통해서 프로포폴 중독을 막기 위한 더 효율적인 정책과 제도가 생겨나도록 유도하고 싶었다. 그리고 적어도 의사와 환자들에게 한 번쯤은 경각심을 불러일으키고 싶었다.

수치가 워낙 충격적이라 뉴스 자체는 프로포폴의 위험성보다는 프로포폴 오남용에 초점이 맞춰졌다. 사실 나는 뉴스를 본 환자들이 '아, 프로포폴을 함부로 맞으면 안 되는구나'라는 인식을 갖게 되길 바랐다. 그러면 자연스럽게 프로포폴 투약이 줄어들 것이라고 기대했다. '맘카페'가 활성화되면서 무분별한 항생제 처방에 대한 반감이 생겨나고, 소아청소년과의 불필요한 항생제 처방이 많이 줄었듯이.

그리고 무엇보다도 궁극적으로는 프로포폴 투약을 최소화하기 위해 의료계가 노력해야 한다는 점을 강조하고 싶었다. 의학적인 목적으로 투약받은 약물에 중독되는 경우를 '의인성 중독iatrogenic addiction'이라고 한다. 프로포폴은 대부분이 의학적 목적으로 활용되므로, 프로포폴 중독자는 최소한 한 번쯤은 의료인을 통해 프로포폴을 투약받았을 것이다. 의료인부터 프로포폴이 의인성 중독을 일으킬 수 있다는 위험성을 먼저 인식하고, 불필요한 처방을 줄이려고 적극적으로 나서야 비로소 오남용을 억제할 수 있다. 이것이 바로 프로포폴에 대해 의료인이 경각심을 가져야 하는 이유이다. 그 어떤 약도 과하게, 아무 때나 쓰면 더 이상 약이 되지 않는다.

프로포폴 오남용 문제는 2020년 국정감사에도 어김없이 등장했다. 사실 이 문제는 매년 국정감사에서 언급되는, 마치 '사골 국물' 같은 존재이다. 이제 '많은 사람이 투약했다' 정도는 이슈조차 되지 않는다. 쏟아지는 관련 기사를 보면서 나도 모르게 혀를 찼다. 해가 거듭될수록 유통되는 양은 스멀스멀 늘어나는데, 프로포폴 오남용을 막으려는 의료계나 정부의 대처 속도는 영 더디다. 언젠가는 프로포폴 오남용 문제가 해결되면서 국정감사에서 프로포폴이란 이름이 등장하지 않는 날이 올까? 잘 모르겠다. 오히려 너무 빈번하게 등장하면서 감기처럼 대수롭지 않은 취급을 받게 되는 건 아닐까. '프로포폴'이라는 이름 자체에 사람들의 흥미가 떨어져 아예 문제로 거론되지도 않는 날이 오는 것은 아닐까. 그런 날이 올까 봐 두렵다.

재래시장과 대형마트,
그리고 병원

"선생님, 나 하루만 더 있으면 안 될까."

"이은주 님 퇴원 안 하시면 내일 항암치료 하실 분이 치료를 하루 미뤄야 해요. 안 돼요."

"아이고, 그렇구나. 그럼 가야지."

암 병동 주치의 시절 나는 환자와 퇴원 날짜를 두고 대화를 나누고 있었다. 이은주 씨는 3기 췌장암 환자로, 2주에 한 번씩 서울 대병원에 입원해 항암치료를 받았다. 문제는 그녀가 원래 서울 사람이 아니라 부산에 살고 있다는 점이었다. 항암치료를 받으면 흔히 전신 쇠약, 피로감, 울렁거림과 구토 같은 부작용이 나타난다. 그런 부작용에 시달리며 KTX를 타는 것은 큰 고역이었을 테니,

항암치료를 받고 하루쯤은 더 입원해서 쉬고 싶었을 것이다. 하지만 어쩔 도리가 없었다. 서울대학교병원 같은 소위 '빅 5' 병원은 늘 병상이 부족하고 대기 환자가 넘쳐난다. 이은주 씨의 편의를 봐주느라 퇴원을 하루 늦추면 대기 환자들의 항암치료 일정이 줄줄이 밀린다. 매정하지만 어쩔 수 없었다.

"혹시…… 이참에 부산에서 치료받으시는 건 어때요? 이은주 환자님이 받으시는 항암치료는 비교적 간단한 거라, 서울대병원이나 부산대병원이나 큰 차이가 없거든요. 집도 가깝고, 그 편이 훨씬 편하실 텐데."

아쉬워하는 환자를 보면서 나는 평소 머릿속에서만 맴돌던 말을 조심스레 꺼냈다. 내 말이 서운하게 들릴지도 모르지만 지금이라면 설득이 될 것 같았다. 그러나 예상대로 환자는 내 말을 듣자마자 정색하며 손을 내저었다. 어떻게 그런 말을 할 수 있냐는 듯 자못 충격을 받은 눈치였다.

"아우, 싫어, 선생님. 그래도 암인데 대한민국 최고의 병원에서 치료 받아야지, 그게 무슨 소리야."

"정말이에요. 제가 환자분 싫어서 그런 게 아니라, 부산대병원 교수님들도 서울대병원 교수님들만큼 훌륭하시고, 쓰는 약도 똑같고, 심지어 투약하는 용량이랑 일정도 똑같아요. 부산대병원 가시면 서울대병원처럼 오래 대기하실 필요도 없고요."

"싫다니까 그러네. 에이, 나 앞으로 하루 더 입원시켜 달라는 말 안 할 테니까, 그렇게 쫓아내지 마요."

"……."

서울대병원에서 전공의 수련을 받던 시절, 이은주 씨처럼 원래 살던 지역의 병원이 아니라 수도권 병원을 고집하는 환자들을 수도 없이 만났다. 그들은 대체로 불안해했다. 환자들에게는 지방에서 제공하는 의료 서비스의 질이 수도권보다 떨어진다는 막연한 믿음 같은 것이 있었다. 물론 근거는 부족하다. 일례로 2019년 기준 부산대병원은 보건복지부의 의료 질 평가에서 3년 연속 최고 등급인 1등급을 획득했다. 서울대병원도 마찬가지이다. 물론 췌장암이 아니라 더 희귀한 질환이라면 희귀질환 진료 경험이 더 많은 서울대병원이 유리할 테지만, 이은주 씨가 앓고 있던 췌장암은 항암치료 방법이 전 세계적으로 동일하다. 같은 제약사에서 나온 항암제를 동일한 용량으로 2주에 한 번씩 투약하고, 발생하는 부작용에 적절하게 대처하는 수준의 치료는 서울대병원이나 부산대병원이나 질적인 차이가 크게 나지 않는다. 만약 내 가족이 부산에 거주하고 있고, 가족 중에 항암치료가 필요한 췌장암 환자가 생긴다면 나는 자신 있게 부산대병원 진료를 권할 것이다.

그러나 대다수의 환자들이 막연한 불안감 때문에 서울로 향한다. 부산에서 서울까지는 KTX로도 세 시간이 걸린다. 건강한 일반인도 고역일 정도로 지루하고 긴데, 하물며 갓 항암치료를 받은 암 환자에게는 지나치게 가혹한 일정이다. 이은주 씨는 2주에 한 번씩 이런 고행을 치르고 있었다.

응급실에서 당직을 서던 어느 날, 대기환자란에 갑자기 익숙한 이름이 떴다. 이은주 씨였다. 그녀는 항암 후 부작용 때문에 응급실로 왔다고 했다. 부산에서 서울까지, 꼬박 세 시간을 달려서. 원인은 열이었다. 일시적으로 백혈구 수치가 떨어지면서 열이 나는 상태로, 이은주 씨처럼 항암치료를 받는 환자들에게 비교적 흔하게 발생하는 합병증 중 하나이다. 건강한 사람이야 하루 이틀 열이 나도 해열제를 먹고 푹 쉬면 낫지만, 면역력이 약한 암 환자들은 불과 몇 시간 내에 패혈증으로 진행하거나 심하면 목숨을 잃을 수도 있기 때문에 항암제 투약 후 열이 나면 반드시 응급실로 와야 한다.

원정 진료를 받을 때 가장 큰 문제점은 환자가 사는 곳 가까이에 상태를 잘 이해하는 의사가 없다는 점이다. 이은주 씨 같은 환자는 면역력이 약해서 기회감염*이 오기 쉬운데, 그럴 때 진료를 받기가 쉽지 않다. 급해서 인근 병원을 찾아도 환자의 병력에 대

---

* 건강한 사람에게는 감염 증상을 유발하지 않지만 극도로 쇠약하거나 면역 기능이 감소된 사람에게 감염 증상을 일으키는 것.

해 자세히 알지 못하는 병원 입장에서는 진료하기 부담스럽고, 환자도 못내 불안하다. 이은주 씨도 그래서 펄펄 끓는 몸을 이끌고 KTX에 오른 것이었다. 밤늦은 시간에야 도착한 그녀는 입원실이 날 때까지 응급실 한편에서 밤을 지새워야 했다.

하필이면 또 응급실에 유난히 환자가 많은 날이었다. 그런 날이면 서울대병원 응급실은 북새통을 이룬다. 도떼기시장이라는 표현이 딱 어울린다. 누울 침대가 부족해서 몇몇 환자들은 대기실 의자에 쪼그려 앉아 수액을 맞고 있었고, 의료진이 바삐 이곳저곳을 뛰어다녔다. 잠시도 조용할 새가 없었다. 여기저기서 의사를, 간호사를 찾는 소리에 귀가 따가울 지경이었다. 그 아수라장 속에서 이은주 씨는 응급실 구석에 쪼그려 앉아 나를 기다리고 있었다. 40도가 넘는 고열에 외투를 뒤집어 쓴 채로 벌벌 떨고 있는 그녀의 모습에 순간 가슴이 철렁하면서도 한편으로는 화가 났다. 그러게 왜 굳이 서울대병원을 고집해서 이런 고생을……

"괜찮아요?"

"에이, 선생님, 괜찮아. 열나는 거 말고는 아무렇지도 않아."

나를 보자마자 그녀의 얼굴에 반가움이 떠올랐지만 나는 아무 말도 하지 않았다. 굳은 표정으로 신체 검진을 마치고 항생제 처방을 내리고 입원 지시를 넣었다. 그녀는 며칠간 입원해서 항생제 주사를 맞아야 했다. 하지만 입원 수속실에 굳이 확인하지 않아도 결과는 뻔했다. 이은주 씨에게 내어줄 병실은 없었다. 서울대병원 같은 빅 5 병원은 항상 입원 병상이 부족하니까. 그녀는 꼼짝없이 응급실에서 밤을 새워야 했다. 하도 병원 신세를 져서 그런가, 그녀는 다른 환자들처럼 응급실 침대를 내어달라는 말조차 하지 않았다. 자기보다 '훨씬 아픈' 환자들 몫이라는 것을 잘 아는 듯.

본래 이은주 씨 같은 환자는 부산에, 그러니까 본인이 사는 지역에서만 의료 서비스를 받아야 했다. 이것이 1989년 도입된 '의료보험 진료권 제도'이다. 정부는 환자들이 대도시 지역의 의료기관으로 쏠리는 경향을 막기 위해 시/군별로 구분된 138개 중진료권과 시/도 단위의 8개 대진료권을 설정해서 운영해왔다. 1998년 진료권 제도가 폐지되기 전까지 모든 사람은 분만 및 응급, 출장이나 여행처럼 부득이한 사유를 제외하고는 의료보험증에 표시된 중진료권 내 의료기관에서만 진료를 받을 수 있었다. 물론 내가 원하는 대로 의료기관을 선택할 수 없다는 아쉬움이 있긴 했지만, 제한된 의료 자원을 효율적으로 분배한다는 점에서는 좋은 제도였다.

진료권 제도를 폐지한 것은 환자의 편익을 증진시키기 위해서였지만, 그때도 전문가들은 수도권 대형병원 쏠림 현상이 심해질 것이라며 우려의 목소리를 보냈다. 그로부터 20년이 흐른 지금, 수도권 대형병원의 쏠림 현상은 굳이 수치를 들며 설명할 필요가 없을 만큼 심각한 수준이다. 이제 서울대학교병원에서 첫 치료를 받으려면 평균 한 달을 기다려야 한다.[85] 아무리 중병을 앓고 있는 환자라도 어쨌든 한 달을 기다리지 않으면 서울대학교병원에서 진료받기가 어렵다는 뜻이다. 어쩌면 서울대병원 응급실이 붐비는 것도 당연하다. 모든 사람이 아프면 서울대병원으로 오고 싶어 하니까.

수도권 대형병원에서 진료받기가 어려워진 것도 심각한 문제이지만, 쏠림 현상은 더 큰 문제를 불렀다. 2013년 기준으로 지방에서 2300여 개의 의료기관이 문을 닫았다. 특히 대전, 충북, 경북, 경남은 개원한 의원보다 폐원한 의원 수가 더 많았다. 필수 의료인 외과, 산부인과의 경우에는 폐업률이 각각 137%, 223%에 달했다. 외과 의료기관 10군데가 문을 여는 동안, 반대편에서 13군데가 문을 닫은 것이다. 지방 의료체계는 붕괴하고 있다.

병원이 사라지면 가장 큰 불편을 겪는 것은 주변의 주민이며, 그중에서도 소아·노인·면역 저하자 등의 사회적 약자에게는 특히 치명적이다. 가까운 병원이 사라지면 환자들은 아픈 몸을 끌고 먼 길을 나서야만 한다. 26개 진료과목 중에서 산부인과의 상태가 가장 심각하다. 2019년 기준, 전국 157개 시/군 중 무려 71곳(45%)에서 분만 건수가 한 건도 없고, 30곳(19%)은 자동차로 한 시간 거리 안에 분만이 가능한 산부인과가 없다.[86] 그런 지역의 산모들은 갑자기 진통이 시작되면 아픈 몸을 이끌고 한 시간이 넘는 거리를 이동해야만 한다.

산부인과처럼 환자의 생명이나 삶의 질에 큰 영향을 주는 의료 서비스를 '필수의료'라고 한다. '돈이 되지 않아도 환자를 살리기 위해서 꼭 유지해야 하는 진료과목'이라고 이해하면 쉬울 듯하다. 의학드라마의 단골 소재인 흉부외과, 외과, 산부인과, 응급의학과 등이 모두 여기에 포함된다. 이름부터 '가장 필요하고 중요한'이라는 뜻을 나타내고 있는데도 필수의료는 수년간 의료 현장에서 찬밥 신세였다. 필수의료를 전담하는 의료진은 병원에서 천덕꾸러기 취급을 받았다. 필수의료에 대한 보상은 지나치게 낮았고, 그래서 병원은 경영상의 적자를 면하기 위해 병원 내 필수의료의 영역을 살금살금 줄여나갔다.

지방의 필수의료를 유지하기 위해서는 필수의료를 담당하는 공공의료기관의 수를 늘리거나 민간의료기관의 필수의료 지분을 늘려야 한다. 전자는 천문학적인 돈이 들고, 후자는 이미 부족하나마 수가를 비롯한 재정적 지원이 이뤄지고 있다. 그러나 수가와 정부 지원만으로는 부족하다. 병원의 수입은 수가와 수요로 결정되고, 결국 병원은 적정 수준의 환자가 있어야 유지된다. 병원 역시 환자라는 손님이 있어야 경영을 유지할 수 있는 '기업'이니까.

정부가 아무리 수가를 올려도 수요가 없다면 수입이 유지될 수 없다. 또한 흉부외과, 외과, 산부인과 같은 수술과는 환자가 꾸준히 있어야 의사의 '손맛'을 유지할 수 있다. 1년 내내 환자를 거의 보지 않는 의사에게 수술받고 싶은 환자는 없을 것이다. 즉, 지방에서 치료받을 수 있는 수준의 질환은 지방에서 치료받아야 건실한 지방 의료체계를 유지할 수 있다. 평소에는 수도권의 큰 병원만을 고집하면서 아플 땐 당장 갈 수 있는 의료기관이 내 주변에 존재하길 바라는 것은 어불성설이다. 환자가 오지 않으면 병원은 문을 닫는다. 그리고 피해는 고스란히 환자에게 돌아간다.

이은주 씨는 그 난리를 겪은 이후에도 2주마다 고집스럽게 서울대병원에 왔고, 이내 익숙한 환자 중 한 명이 되었다. 가끔은 병실이 없어 예정된 항암치료 일정보다 며칠 늦게 입원하기도 했다. 원래 날짜보다 늦게 투약받는 것이 불안하기도 했을 텐데 그녀는 아무런 불평도 없었다. 행여 무슨 말을 했다가 내가 또 부산대병원 진료를 권할까 봐 걱정했을지도 모르겠다. 그녀는 꼬박꼬박 항암제를 맞는 날짜만큼만 입원했다가, 고된 치료에 지친 몸을 이끌고 부산으로 돌아갔다. 2박 3일 입원 기간 동안 펼쳤던 짐만 한 보따리였다. 여행이라도 떠나는 듯 트렁크를 끌며 돌아가는 환자의 뒷모습을 보면서 왠지 모를 미안함과 안타까움이 몰려들었다.

쏠림 현상은 비단 수도권과 지방 사이에만 존재하지 않는다. 지방보다 수도권 병원을 선호하듯이, 사람들은 동네 작은 의원보다 더 큰 병원을 선호한다. 지방의 큰 병원이 맞은 위기를 1차 의원이라고 피해 가기는 어렵다. 2019년 상반기 상급종합병원과 종합병원의 진료비는 큰 폭으로 늘어난 반면 병원과 의원의 진료비는 줄어들었다.[87] 한마디로 큰 병원일수록 돈을 많이 벌었다.

얼핏 '대형마트' 같은 큰 병원이 '재래시장' 같은 1차 의원보다 매출이 많은 게 당연하지 않느냐고 생각할 수도 있다. 그러나 의료전달체계가 정상적이라면, 동네 의원을 이용하는 환자가 상급종합병원보다 훨씬 많아야 한다. 의원이야말로 지역사회에서 흔한 질환을 가장 먼저, 가장 자주 진료하는 의료기관이기 때문이다. 상급종합병원은 원래 감기 같은 가벼운 질환의 환자가 문턱을 넘으면 안 되는 곳이다. 서울대병원 같은 대형병원은 암처럼 중증질환이나 희귀질환에 걸린 환자를 다루는, 그리고 오직 그들만을 위해 존재해야 하는 의료기관이다. 감기나 장염, 당뇨와 같이 흔하고 가벼운 질환에 걸리면 1차 의원에 가고, 그보다 조금 더 아프면 2차 병원에 가고, 1·2차 의료기관에서 해결할 수 없을 만큼 많이 아플 때만 종합병원에 가야 한다. 그것이 정상적인 의료의 피라미드이다. 그러나 대한민국에서는 이 피라미드 모양이 붕괴되어 막대기 같은 형태로 나타난다. 동네 의원과 서울대병원이 감기 환자를 두고 경쟁을 벌이고 있는 모양새이다.

2019년 기준 1분기 국립대학교병원 10곳의 경증 외래 환자 비율은 평균 22.4%였다.[88] 5명 중 1명 이상이 당뇨병이나 고혈압처럼 가벼운 질환으로 대학병원을 찾았다. 의원급 의료기관에서 충분히 치료받을 수 있는데도. 환자들의 선호는 이해하지만 의원보다 대형병원이 반드시 더 좋은 병원은 아니다. 단지 더 '편한' 병원일 뿐이다. 바로 검사가 가능하고, 검사 결과도 당일에 확인할 수 있는 편리한 병원. 왜 그곳을 찾는지는 대충 이해가 간다. 재래시장보다 더 다양한 물건을 갖추고 있고, 편리한 대형마트를 가는 것과 비슷한 이치겠지. 언뜻 자기가 돈을 좀 더 주고라도 큰 병원에 가겠다는데 왜 말리나 싶겠지만 시장과 병원은 다르다. 재래시장이 망한다고 해서 사람이 죽지는 않는다. 그러나 의원급 의료기관이 망하면 지역사회 의료는 무너지고, 사람들은 더 자주, 많이 아프게 된다. 지역사회 의료가 완전히 무너지면 감기에 걸려도 동네에 갈 병원이 없다. 아픈 몸을 이끌고 한 시간 이상을 운전해서, 혹은 열심히 교통수단을 찾아서 큰 병원에 가야 한다. 모두가 오고 싶어 하는 큰 병원은 도착한 후에도 번잡한 응급실 구석에서 몇 시간을 대기해야 하고, 그 시간 동안 아무 조치도 받지 못한 채 고통을 견뎌야 한다. 백번 양보해 큰 병이 없고, 젊고, 건강하다면 편리함을 위해 이런 고생을 몇 번이고 할 수 있다고 치자. 그러나 어린아이라면? 노인이라면? 당장 합병증이 생겨 무슨 일이 일어날지 모르는 암 환자라면?

의원급 의료기관의 붕괴는 궁극적으로 사람의 건강을 해친다. 제일 편하지는 않지만 아플 때 제일 먼저, 쉽게 찾을 수 있는 의원급 의료기관은 언제나 우리 곁에 있어야 한다. 그리고 이를 위해서는 감기, 당뇨, 고혈압 같은 가벼운 질환은 의원급 의료기관에서 해결해야 한다. 그것이 모두가 더 쉽게 건강을 손에 넣는 방법이다.

효율 극대화가 미덕처럼 느껴지는 현대사회지만, 적어도 의료에서만큼은 조금 불편할 필요가 있다. 검사 결과를 기다리는 게 좀 귀찮고, 검사 결과를 들으러 또 오는 것이 좀 번거롭더라도 가벼운 질환은 동네 의원을 이용해야 하고, 자기가 살고 있는 지역에서 치료할 수 있는 질환은 그 지역에서 해결해야 한다. 수도권 병원을 고집할 것이 아니라 내 옆의 병원을 미덥게 여겨야 한다. 적절한 의료 이용, 그것이 건강보험제도라는 '사회 계약'을 맺고 있는 우리 모두의 의무이다.

대형마트와 재래시장의 상생을 위한 정책을 도입할 때도 우리 사회는 적잖은 갈등을 겪어야 했다. 물론 도입된 정책이 모두 효과가 있었다고 말할 수는 없고, 아직도 종종 불만의 목소리가 나오곤 한다. 그러나 적어도 상생을 위한 고민이 시작되었다는 점에서는 바람직했다. 이제 동네 의원과 대형병원도 그 역할을 명확히 구분하고 상생을 위한 고민을 해나가야 할 때이다.

소비자 제한은 당연히 국민이 불편을 감수해야 하는 정책이다. 누군가는 이 자본주의 사회에서 왜 소비자의 선택을 제한해야 하느냐며 거세게 반발할지도 모른다. 그래서일까, 정치권에서는 소비자 제한에 대한 논의를 꺼린다. 이상할 것도 없다. 나도 이은주 씨에게 "부산에서 항암치료를 받을 수 있다면 부산에서 치료받아야 해요"라는 말을 꺼내기가 무척 어려웠으니까. 처음 그 이야기를 꺼낸 뒤로 그녀는 내내 내 눈치를 봤고, 그건 여간 미안한 일이 아니었다. 마치 내가 환자를 쫓아내려 했던 것처럼. 비록 내 말의 의도가 다른 환자들은 물론 이은주 씨 본인을 위한 것이었음에도 말이다. 그러나 작은 불편 정도는 감수해야 꼭 필요한 사람에게, 꼭 필요할 때, 꼭 필요한 의료 서비스를 제공할 수 있다. 이것은 언제든지 환자가 될 수 있는 나와 내 가족과 우리 모두의 건강을 위한 이야기이다.

이제는
말할 수 있다

2015년, 메르스MERS(Middle East Respiratory Syndrome, 중동호흡기증후군)가 우리나라를 덮쳤다. 메르스는 2~14일의 잠복기를 거쳐 발열을 동반한 기침, 가래, 숨 가쁨 등 호흡기 증상이 나타나고 설사, 구토와 같은 소화기 증상을 보이는 바이러스성 질환이다. 대부분의 환자가 폐렴 양상을 보이지만, 증상이 없거나 가벼운 감기처럼 나타나는 경우도 있다. 2015년 메르스 사태로 총 186명이 감염되고 그중 38명이 사망했다. 무려 치사율 20.4%에 달하는 수치였다.[89]

나는 우리나라 마지막 메르스 환자의 주치의였다. 힘들었다. 환자를 진료할 때마다 입어야 하는, 우주복처럼 생긴 방호복은 무거웠으며 입고 벗기가 복잡하고 오래 걸렸다. 바람이 전혀 통하지 않아 한번 진료를 마치고 나오면 온몸이 땀에 흠뻑 젖어 있었다. 그리고 매일 두 겹의 장갑을 끼고서 직접 환자의 채혈을 해야 했다. 손끝이 야무진 편이라고 자부했으나 장갑을 두 겹이나 끼고서 채혈을 하는 건 스키 장갑을 끼고 바느질을 하는 것 같았다. 감염 위험을 최소화하기 위해서 나를 포함해 겨우 네 명의 의사가 메르스 병동의 당직을 섰다. 이틀 혹은 사흘에 한 번씩 밤을 새워야 했고, 아침이 되면 다시 일상을 반복하면서 한 달을 버텼다.

전염병 앞에 의사라고 해서 다를 것은 없었다. 나도 두려웠다. 일반적인 바이러스성 질환보다 높은 치사율에 자꾸만 몸이 움츠러들었다. 더 무서운 것은 내가 감염되는 것이 아니라 나 때문에 내 가족이, 친구들이 감염되는 것이었다. 그래서 메르스 환자를 진료하는 한 달 동안은 가족들을 당시 아버지가 계시던 사택으로 대피시키고 혼자 서울에 머물렀다. 혹시나 하는 우려로 지인들도 거의 만나지 않았다. 택시로 병원과 집만 오가는 고독한 일상이 반복되었다. 바깥세상의 소식은 텔레비전이나 인터넷 뉴스를 통해서만 알 수 있었다. 새벽부터 늦은 밤까지 오로지 동료 의료진, 환자들과만 접하는 날들이 이어졌다. 적막하고 팍팍했다. 부모님께서는 내가 더 힘들까 봐 아무런 내색도 하지 않으셨다. 매일 짧은 안부 전화 뒤에 그저 조용히 조심하라는 말만 덧붙일 뿐이었다. 금이야 옥이야 키운 딸이 전염병과 싸우는 최전선에서 지내는 것을 멀리서 지켜보기만 해야 했던 부모님 속은 얼마나 문드러졌을까.

메르스 사태가 터졌을 때 우리나라 의료인들은 놀라울 정도로 침착하고 책임감 있는 대응을 보여주었다. 나를 비롯한 수많은 의료인들이 자발적으로 메르스 환자 진료에 나섰다. 솔직한 마음으로는 여기에 대한 칭찬과 인정을 받고 싶은 마음도 없지 않았다. 하지만 사태가 사태이다 보니 아쉬울 만큼 의료인들의 공로는 알려지지 않았고, 인정받지 못했다. 최근 코로나19가 전 세계적으로 대유행하며 '덕분에 챌린지' 등 의료인들에 대한 고마움을 공공연하게 표현하기도 하고 의료인에 대한 인식도 무척 긍정적으로 변한 것 같지만,[90] 메르스 사태 때만 해도 이런 걸 기대하기는 어려웠다. 초기 대응에 실패하면서 감염자 수가 폭발적으로 증가했고, 정부에 대한 비판이 끊이지 않았다. 보건복지부와 질병관리청의 공무원들은 징계 조치에 처해졌다. 정부와 의료계의 합동 작전으로 후속 조치는 꽤 훌륭했으나 자화자찬할 수 있는 분위기가 아니었다. 모두 입을 꾹 다물어야 했다.

이제는 미처 말할 수 없었던 이야기를 하려 한다. 2015년 메르스 사태 때 의료인들이 어떤 공로를 남겼고, 얼마나 힘들게 환자들을 지켰는지.

그 중심에는 민간 컨트롤 타워 역할을 훌륭히 해낸 학회가 있다. 대한감염학회 외에도 대한감염관리간호사회, 대한의료관련감염관리학회, 대한소아청소년과학회, 대한응급의학회, 대한진단검사의학회, 대한결핵및호흡기학회 등이 참여했다.[91]

2015년 5월 20일, 대한민국 첫 메르스 환자가 발생한 지 열흘 만에 정부는 민간 전문가와 함께 민관합동대책반을 꾸렸다. 그리고 학회는 한 치의 망설임도 없이 정부의 SOS를 받아들였다. 언뜻 당연한 일처럼 보이나, 이들 대부분은 대형병원에서 근무하고 있는 의료인 신분으로 각자 본업이 있었다. 즉, 메르스 환자들 외에도 '딸린 식구'가 한 가득이었다. 그럼에도 그들은 오전 9시부터 오후 6시까지 정규 근무를 하면서 시간을 쪼개 메르스 현황을 실시간으로 모니터링하고, 이른 아침부터 감염 현장에 직접 나가서 관리감독을 하고, 돌아와서 밤을 새워서 회의를 하며 지침을 만들었다. 그렇게 무려 두 달을 버텼다.

가장 놀라웠던 건 대한감염학회가 사흘 만에 감염관리지침과 항바이러스치료지침을 만들어 배포한 것이었다. 메르스처럼 변종 바이러스가 대유행할 때는 전문가들의 지침이 가장 중요한 무기가 된다. 그러나 지침은 결코 뚝딱 만들어지는 것이 아니다. 단 몇 장의 지침을 만들기 위해서 전문가들은 현존하는 수십, 수백 편의 논문과 근거 자료를 모두 찾고, 읽고, 분석하고, 현장에 적용할 수 있도록 간결하게 요약해야 한다. 본업을 하면서 이 방대한 작업을 단 사흘 만에 한 치의 오류 없이 마무리했다니, 지금 돌이켜봐도 잘 믿기지 않는다.

폐업 위기를 무릅쓰고 폐쇄 결정을 내린 몇몇 병원도 박수 받아 마땅하다. 강동경희대학교병원은 응급의료센터를 찾은 환자가 확진 판정을 받자 비상대책본부를 구성해 병원 폐쇄라는 결단을 내렸다. 강동경희대학교병원이 뚫리면 근방의 2차, 3차 감염으로 이어진다는 판단하에 내린 과감한 결단이었다. 병원 입장에서는 단 며칠만 폐쇄해도 경영 측면에서 심각한 타격을 입는다. 또한 다시 문을 열어도 메르스 환자를 진료했다는 이유만으로 사회적 낙인이 찍혀 환자가 감소하는 추가적 피해를 감수해야 한다. 삼성서울병원도 메르스 사태로 병원을 부분 폐쇄하면서 무려 607억 원의 손실을 입었다.[92] 그나마 이런 대형병원은 여유가 있지만, 재정 상황이 썩 좋지 않은 의원이나 중소병원 입장에서는 폐쇄 결정을 내리면 폐업까지도 감수해야 하는 상황이었다. 그런데도 평택성모병원, 성빈센트병원과 지방의 병의원 곳곳에서 자진 폐쇄 결정을 내렸다. 모든 것을 내려놓더라도 메르스 확산을 막고야 말겠다는 결단이었다.

그리고 가장 중요한, 감염의 최전방에서 온몸으로 메르스 사태를 막은 의료인들이 있다. 대전의 대청병원에서는 병동 전체를 통

째로 격리하는 초유의 사태가 벌어졌다. 날씨는 한여름의 절정으로 향하는데 간호사들은 레벨 D 방호복을 입고 하루 12시간씩 2교대로 일했다. 이렇게 격리되면 간호사들은 평소에 맡던 간호 업무 외에도 병실 청소, 환자 수발까지 책임져야 한다. 나와 함께 마지막 메르스 환자를 진료했던 간호사들도 마찬가지였다. 의사인 나보다 간호사들이 환자와 접촉하는 시간이 더 길었고, 그러므로 감염 위험도 당연히 더 높았다. 그러나 우리 병동의 간호사 중 단 한 명도 메르스 환자의 진료를 기피하지 않았다. 그들은 '엄마가 메르스 환자를 진료한다'는 소문이 나면서 애꿎은 아이들이 어린이집과 유치원에서 등원 거부를 당해도 속상한 내색 한 번을 내비치지 않았다. 그저 맡은 일을 묵묵히 해나갔다.

"어쩌겠어요. 이게 내 직업인데."

담담히 말하던 우리 병동 간호사님 얼굴이 떠오른다.

2015년 12월 23일, 정부가 공식 종료를 선포하면서 메르스 사태는 마무리되었다. 지난한 7개월 동안 의료인들은 목숨을 아끼지 않는 헌신과 희생으로, 메르스라는 전쟁터에서 함께 싸웠다.

변종 바이러스의 침략은 이미 오래전부터 시작되었고, 그들이 습격해오는 주기는 점점 빨라지고 있다. 제2, 3의 메르스는 언젠간 또 올 것이다. 이 글을 적고 있는 2021년 1월에도 우리나라는 신종 코로나 바이러스와 길고 긴 사투를 벌이고 있다. 더 이상 의료인의 희생만 강요하는 감염병 관리체계로는 버틸 수 없으니 지금보다 인력을 늘리라고, 재정을 더 지원하라고 말할 수도 있지만 여기서는 말하지 않겠다. 어차피 정부도 그 사실을 너무나 잘 알고 있으며 정부와 의료인, 그리고 국민들 모두 이미 이 지리멸렬한 싸움에서 최선을 다하고 있다. 다만 이 책에서는 전염병이 닥칠 때 나와 내 동료들이 얼마나 힘들고 고독하게 싸우는지, 그 용기가 얼마나 귀한지 기록하고자 한다. 그리고 어떤 일이 발생하든 그 용기는 지금도, 앞으로도 변함없을 것이라는 사실도.

나는 고등학교를 중국에서 졸업했다. 공교롭게도 내가 고등학생일 때, 사스SARS(Severe Acute Respiratory Syndrome, 중증급성호흡기증후군)가 대유행했다. 사스, 메르스, 코로나19 대유행을 모두 겪었으니, 희귀하면서도 참 불운한 경험을 한 셈이다. 그때 중국 대륙 한복판에서 그 난리 통을 겪으며 깨달았다. 진인사대천명. 인간이 할 수 있는 모든 것을 다 한다면 나머지는 하늘에 달려 있다. 코로나19 사태 역시 우리의 삶을 결코 예전으로 돌려놓을 수는 없겠지만 언젠가 끝날 것이다. 사스 발생 당시 중국 정부는 피해 규모를 은폐하려다 대응이 매우 늦어졌고, 인구 밀도가 높은 데다 전반적인 위생 관념이 낮아 전염 확산을 막는 데 큰 어려움을 겪었다. 그해 여름은 무덥고 길었지만 결국 끝났다.

2020년 3월, 나는 21대 국회의원 선거에 출사표를 던졌고 동대 문구 을 지역구의 더불어민주당 예비 후보로 출마했지만 경선의 문턱을 넘지 못했다. 경선에 진 직후 3월 29일 대구로 내려갔다. 대구는 2월 말부터 코로나 환자가 폭발적으로 증가하면서 대구의 의료 인력만으로 대처하지 못하는 상황에 처해 있었다. 도움을 청 하는 목소리에 수백 명에 달하는 의료인들이 마치 약속이라도 한 듯이 대구로 향했다. 비어 있던 대구 동산병원 1000개의 병상을 활용한 거점 병원이 만들어졌고, 글로벌케어와 대한중환자의학회, 그리고 대구사회복지공동모금회가 계명대학교 대구동산병원 중 환자실 지원에 나섰다. 학회는 총 20개의 병상을 가진 중환자실을 꾸렸고, 불과 2주 만에 환자를 받을 수 있도록 중환자실 세팅을 마쳤다.

나는 경선을 이유로 대구에 가지 못했고, 먼저 가서 고생하고 있는 동료들에게 마음의 빚이 있었다. 의사라면 누구나 이해할 것 이다. 그 이유가 소진되자마자 나는 대구로 달려갔다. 그리고 대 구동산병원 중환자실에서 매일같이 하루의 절반을 일하며 보냈 다. 좋아질 수 있을까 걱정했던 환자들이 기계호흡기를 떼고 중환 자실 밖으로 나가는 것을 보면서 오랜만에 환자를 살리는 보람을 느꼈다. 환자와 가족들에게 연신 고맙다는 인사를 받으며 경선에 서 받은 마음의 상처도 조금씩 나아갔다.

코로나19 사태가 언제 끝날까. 솔직히 모르겠다. 글을 쓰는 지금도 하루에 300명이 넘는 신규 확진자가 나오고 있고, 나를 비롯한 동료들은 여전히 최전방에서 지독한 사투를 벌이고 있다. 사태가 장기화되었다. 의료인들은 서서히 지쳐가고 있고, 병상은 부족해졌으며, 기나긴 거리두기가 이어지며 경제 지표는 악화되었다. 모두가 쇠폐하고 있다.

그러나 역설적으로 이번 코로나19 사태를 보면서 나는 위기에 닥치면 개인의 역량을 최대치로 끌어내는 우리나라의 국민성을 통감했다. 무엇보다도 우리나라 의료인들이 투철한 사명감을 가진 매우 유능한 집단이라는 것이, 그리고 한 명 한 명이 헌신적이며 성실하다는 사실이 나에게 가장 위로가 된다. 대구 중환자실에서 전국 각지에서 모인 의사, 간호사들과 만났다. 두꺼운 방호복 너머로 눈이 마주치고, 매일 두세 번씩 모여 환자에 대해 상의할 때면 마음이 놓였다. 동료들을 보고 있으면 신종 코로나 바이러스는 더 이상 두렵지 않았다.

나는 우리가 이 사태를 언젠간 마무리 지을 것이라고 믿어 의심치 않는다. 머지않아 누군가가 코로나19라는 전쟁에서 싸운 이들의 훌륭한 대처와 희생에 대해서, 나처럼 '이제는 말할 수 있다' 코로나19 버전을 써줬으면 한다. 이 글을 쓰는 지금도 분투하고 있을 모두에게, 마음 깊은 곳에서부터 응원과 감사를 보낸다.

나의
캐치프레이즈

긴 이야기가 끝났다. 수다쟁이 아니랄까 봐, 초고를 쓰기부터 다듬어 완성하기까지 무려 1년이 넘게 걸린 대장정이었다. 책에 실린 모든 이야기는 의사로서 환자를 볼 때나 비서관으로 일할 때 느꼈던 아쉬움과 맞닿아 있으며 추구하는 개선 방향이 뚜렷하다. 그리고 그 모든 지향점의 끝에는 언제나 '올바른 의료 전달체계'가 있다.

앞으로 말하려는 것은 이 책에서 마지막으로 언급하고 싶은 문제점이다. 그리고 다른 사람들처럼 평범하게 환자를 보는 의사로 살면 될 것을 왜 굳이 '정책'의 길로 나섰는가, 그 질문에 대한 대답이자 동시에 내가 정책을 하는 목표에 대한 이야기이기도 하다.

'아플 때 언제나 만날 수 있는 동네 주치의가 있고, 필요하다면 시기적절하게 큰 병원의 진료를 받을 수 있다. 검사나 치료를 받을 때 돈 걱정을 하지 않아도 되고, 그러면서 의료진이나 병원도 경영상 적자에 대한 걱정 없이 필수의료를 제공할 수 있다. 수도권이든 지방이든 가릴 것 없이 언제 어디서나, 누구나 양질의 의료 서비스를 받을 수 있다.'

이것이 올바른 의료전달체계이다. 모두가 건강하기 위해서는 너무나 당연하지만, 실현하기엔 아직까지 한없이 어려운 이상.

모두가 언젠가는 아플 수 있다. 그렇기에 예상할 수도, 막을 수도 없는 그 순간을 위해서 모두가 소득 수준에 맞는 보험료를 모아 '건강보험 재정'이라는 거대한 파이를 만든다. 경제적 이론이나 인간의 본성에 따르면 가장 적은 보험료를 내고 최대한 많은 의료 이용을 하는 것이 가장 이득이겠으나, 그러면 파이는 금방 사라지고 결국 피해는 사회 구성원 모두에게 돌아간다. 그리고 이 일은 지금 우리나라에서 일어나고 있다.

우리나라 국민의 의료 이용률은 OECD 평균의 2.3배에 달한다. 반면 의료비 지출은 평균 이하이다.[93] 쉽게 말해 적은 돈을 내고 파이를 과식하고 있다. 파이가 충분히 크니 무리하게 아껴 먹을 필요까지야 없지만, 최소한 과식은 하지 말아야 하는데.

물론 우리나라 국민의 의료 이용률이 높은 것이 비단 도덕적 해이 때문만은 아니다. 의료는 독점된 시장으로 공급자, 즉 의료인이 전문적 지식을 이용해 얼마든지 수요를 창출할 수 있는 구조이다. 몇몇 의료인은 소비자의 불안감을 부추겨 의학적으로 필요하지 않은데도 의료를 이용하도록 만든다. 그것을 '공급자 유인 수요'라고 한다. 물론 의료 지식이 부족한 소비자는 대부분 공급자의 요구에 따를 수밖에 없다. 내 건강이 달린 문제이니까, 불안하니까.

우리나라의 진료비 지불제도는 '행위별 수가제'이다. 의료 행위 하나하나에 수가를 부여하고 보상하는 방식으로, 환자를 많이, 자주 볼수록 의료인의 수입이 증가한다. 문제는 대한민국의 의료 수가가 항상 원가에 미치지 못하는 저수가였다는 것이다. 2006~2016년의 연구에 따르면 원가 보전율은 62.2~84.2% 수준이었다.[94] 환자를 한 번 진료하는데 100원이 든다면, 정부는 그중 62~84원밖에 보상하지 않은 것이다. 그러니 그저 몇몇 의료인이 교활해서, 욕심이 많아서 환자들을 속였다고 단정할 수는 없다. 병원은 살아남기 위해 '박리다매'를 택해야 했고, 거기서 우리나라의 '3분 진료'가 탄생했다. 100원을 받고 팔아야 할 붕어빵을 80원밖에 쳐주지 않으니, 팥을 좀 덜 넣은, 질 낮은 붕어빵을 2개, 3개씩 파는 것이다. 의사는 환자 한 명을 진료하는 시간을 줄여

2명, 3명을 본다. 그래야 적자를 면할 수 있다. 대기 시간도 긴데 의사를 3분밖에 만날 수 없으니, 자연히 의료 서비스의 질도 하락한다.

　의료 수가를 하루아침에 정상화할 수는 없다. 일단 적정한 의료 수가가 과연 얼마인가에 대해서는 전문가들 사이에서도 의견이 분분하다. 관련된 연구의 수도 턱없이 부족하다. 그러나 하나만큼은 확실하다. 적어도 소아나 노인 같은 취약 계층을 위한 필수의료, 흉부외과나 외과, 산부인과 같은 필수 수술과, 중환자 의료만큼은 지금보다 훨씬 높은 수준의 수가를 보장해야 한다. 그래야 이미 몰락하고 있는 우리나라의 필수의료체계를 지켜낼 수 있고, 나아가 진료비 지불제도에 대한 논의도 가능해진다. 우리나라는 곧 초고령 사회에 진입하고, 고령화는 의료비 증가와 아주 가깝게 맞닿아 있다. 우리나라의 의료비 증가 속도 또한 OECD 평균을 훌쩍 넘는다. 이대로 가면 건강보험 파이는 모두 뜯어 먹어 없어질 것이다. 건강보험료 증액과 진료비 지불제도의 변화는 언젠가 필연적으로 논의해야 할 문제이다.

　'적절한 때에 적합한 곳에서 올바른 치료를 받는다.'

　너무나 당연하지만 아직 이 땅에 존재하지 않는 이 이상향을 위해서 '제대로 된 의료전달체계'가 필요하다. 의료전달체계는 의료 서비스를 제공하는 의료기관의 역할, 1·2·3차 의료기관의 기능과 상호 간의 관계, 의료 자원의 효율적인 배치 등 모든 것을 망라하는 개념이다. 건강보험이라는 파이에는 분명히 한계가 있으므로 제한된 자원을 최대한 활용하려면 자원을 그만큼 조직적이고, 체계적이며, 계획적으로 배치해야 한다.[95] 좋은 의사 한 명은 환자를 수백, 수천 명 살릴 수 있지만 사회 전체를 더 건강하게 만들기 위해서는 그와 다른 차원의 노력이 필요하다. 이것이 내가 병원을 떠나 정책하는 의사로 살겠다고 다짐한 이유이기도 하다.

2019년 9월, 정부가 의료전달체계 단기 개선안을 발표했다. 비서관으로서 개선안에 참여할 기회가 있었고, 적극적으로 아이디어를 개진했다. 사실 발표된 개선안은 의사로선 한참 아쉬운 안이었다. 나는 더 극적인, 더 과감한 개선안을 기대했다. 특히 앞에서도 말한 '소비자 제한'에 대한 내용이 담기길 바랐다. 예를 들어 경증 질환은 대형병원이 아니라 의원을 이용하고, 또 본인이 사는 지역에서 해결할 수 있는 질환은 인근 의료기관을 이용하는 것이다. 처음엔 반발이 있을 수밖에 없기에 진료비를 할인해주거나 인센티브를 주는 것도 방법이 될 수 있다. 물론 아무것도 반영되지 않았지만.

첫술에 배부를 수는 없겠지. 정부가 문제의 심각성을 인식하고, 더 건강한 사회를 만들기 위해 의료전달체계를 개선하겠다는 의지를 표출한 것만으로도 나로서는 반가웠다. 이대로는 안 된다.

그리고 정부도 그 사실을 알고 있다. 덕분에 드디어 첫걸음을 내디뎠고, 지향점을 향해 나아가고 있다.

왜 정책을 하고 싶은가. 누군가 물었을 때, 지금까지 적은 이 모든 이유를 하나부터 열까지 설명하기에는 너무 시간이 오래 걸려서 내 나름대로 멋있고 간결한 캐치프레이즈가 있었으면 했다. 고민만 거듭하다가 보건대학원 시절 수업을 듣다 배웠던 말이 퍼뜩 떠올랐다. 이후로 나의 SNS 프로필에는 늘 그 문구를 적어놓았다.

만인에게 성취 가능한 최선의 건강을 위하여.

정책하는 의사로 살겠다고 다짐한 이래, 스스로에게 끝없이 같은 질문을 던졌다. 처음에는 그저 길을 잃지 않기 위해서였다. 병원을 떠나 국회에 왔을 때부터 나는 광장에 서 있는 기분이었다. 주변에 사람도 많고, 매일 다양한 사람을 만났지만 익숙한 동료들은 없었다. 어느 쪽으로 가야 하는지 지도도, 표지판도, 발자국 선명한 선구자의 길도 없었다. 이대로 정처 없이 휩쓸리다 내가 왜 정책을 하기로 마음먹었는지조차 잊어버리고 헤매게 될까 봐 늘 불안했다.

다행히 내 안에서 대답하는 목소리는 처음부터 끝까지 한결같았다. 더 많은 사람을 건강하게 만들고 싶어서. 물론 진료실에 앉아 환자를 열심히 치료하는 것도 중요하지만, 책상 밖으로 나와 발언권을 얻고 정책과 제도를 바로잡는 것이 사회 '전체'를 건강하게 만드는 길이라고 믿는다. 나와 내 주변 사람들이 좀 더 건강해지면 좋겠다. 누구든 더 쉽게 건강해질 수 있으면 좋겠다.

지금은 잠시 임상으로 돌아와 있지만 나는 여전히 정책하는 의사이다. 지역의사회에서 정책이사를 맡고, 지자체와의 회의에 참석하고 정책 사업을 이끌며, 정당의 특별위원회에서 부위원장으로 일하는 동시에 꾸준히 정책에 대한 칼럼을 기고한다. 머지않은 미래에 다시 기회가 온다면 또 정책을 하기 위해서 병원을 떠날 것이다. 그것이 의사로서 내가 가진 달란트를 쓰는 일이자, 내 소명이라고 믿는다. 보건의료정책은 어려운 것이 아니다. 내가, 내가 만난 환자들이 그랬듯 모두의 일상과 아주 가까이에 있다. 더 많은 사람이 보건의료정책에 관심을 가질 수 있다면 좋겠다. 나의 일기가, 노동기이자 분투기가 더 많은 사람에게 건강을 위한 울림이 되었기를 바란다.

언제나, 만인에게 성취 가능한 최선의 건강을 위하여.

주석

1. 박병규, "건강보험 적용 이후 말기 암환자의 입원형 호스피스 이용과 효과 분석", 국민건강보험공단. 2019.

2. 장윤정 외, "암 환자와 가족의 삶의 질 향상을 위한 한국형 호스피스완화의료 영역별 돌봄 표준화 지침 및 평가지표 개발 연구", 국립암센터, 2015.

3. 김현지, "〈'김 할머니' 사건〉 전후 사전연명의료의향서 작성 및 의료비의 변화", 서울대학교 보건대학원, 2018.

4. 청년의사, "연명의료제도 시행 2년…연명의료계획서 작성해도 결정은 가족이", 2019.11.22., http://www.docdocdoc.co.kr/news/articleView.html?idxno=1074421.

5. 이선라 외, "Do Not Resuscitate(DNR)와 Advance Directives (AD)에 대한 환자 보호자와 의료인의 인식", 한국호스피스·완화의료학회지, 17(2), 2014, pp.66~74.

6. 폴 마틴, 『달콤한 잠의 유혹』, 북스캔, 2003.

7. Triplett. P., et al., "Content of advance directives for individuals with advanced dementia", Journal of aging and health, 20(5), 2008, pp.583~596.

8.   Mezey. M. D., et al., "Why hospital patients do and do not execute advance directives", Nursing Outlook, 48(4), 2000, pp.165~171.

Del Pozo, et al., "Study of the factors influencing the preparation of advance directives", Archives of Gerontology and Geriatrics, 58(1), 2014, pp.20~24.

9.   김현지, "〈'김 할머니' 사건〉 전후 사전연명의료의향서 작성 및 의료비의 변화", 서울대학교 보건대학원, 2018.

10. 허핑턴포스트, "세계 6번째 안락사 허용국이 된 캐나다를 보며", 2016.6.20., https://www.huffingtonpost.kr/aftertherain/story_b_10564154.html

11. "Chronology of Dr. Jack Kevorkian's Life and Assisted Suicide Campaign", Frontline, WGBH.

12. 중앙일보, "안락사 택한 104세 호주 과학자, 베토벤 교향곡 들으며 잠들다", 2018.5.10. https://news.joins.com/article/22610982.

13. 서울신문, "환자 59% '적극적 안락사 찬성' vs. 법조 78%·의료 60% '허용 반대'", 2019.3.7., http://go.seoul.co.kr/news/newsView.php?id=2019 0308005003&section=plan&section2=&page=40.

14. 보건복지부, "요양병원 입원환자 분포", 2019.

15. 통계청, "사회조사", 2018.

16. 중앙일보, "건보 이어 노인장기요양보험 재정도 '빨간불'… 3년째 적자 행진", 2019.7.15., https://news.joins.com/article/23525303.

17. 조선일보, "한국은… 돌봐줄 사람 없어서 입원해 있는 노인 17만 명", 2020.1.3., http://news.chosun.com/site/data/html_dir/2020/01/03/2020010300246.html.

18. 보건복지부, "요양병원용 신체 억제대 사용감소를 위한 지침", 2020.

19. 국민권익위원회, "요양병원 간병실태조사 및 고령화 사회 간병 서비스 제도개선 연구", 2007.

20. 2019년 국정감사, "시도별 간호·간병통합서비스 대상기관 및 병상 지정 현황", 자유한국당 김승희 의원 공개자료.

21. C.T. Burke, "A review of the prevention and management of catastrophic complications during renal artery stenting", Vasc Dis Manag, 4(1), 2007, pp.6~11.

22. R.C. Boothman, "The University of Michigan's early disclosure and offer program", Bulletin of the American College of Surgeons, 98(3), 2013, pp.21~5.

23. 서울신문, "소아외과의 30명뿐… 애야, 다치지 마라", 2016.10.13., https://www.seoul.co.kr/news/newsView.php?id=20161013001027.

24. D. A. Potoka, "Impact of pediatric trauma centers on mortality in a statewide system", J Trauma, Aug;49(2), 2000, pp.237~45.

25. 문정주 외, "어린이병원 운영모델 개발방안 연구", 국립중앙의료원, 2011.

26. 2019년 국정감사, 더불어민주당 윤일규 의원 공개자료.

27. Diagnostic Procedure Combination (DPC) Inpatient Hospital Payment System of Japan. 2003

28. 통계청, "2018년 OECD국가 연령표준화 자살률 비교", 2019.

29. 보건복지부-중앙자살예방센터, 2020 자살예방백서. 2020.

30. 보건복지부, "2016년~2018년 응급실 기반 자살 시도자 사후관리사업", 2019.

31. 문성현, "소득계층별 의료 이용의 형평성 변화 추이", 2013.

32. 김현창, "고혈압 관리 취약계층 선별과 개선방안 연구", 국민건강보험 공단, 2019.

33. World Health Organization, "Closing the gap in a generation", 2008.

34. 도시당뇨병줄이기 한국운영위원회, "코로나19 팬데믹 상황에서 당뇨에 맞서 싸우기 위한 도시의 공동 노력", 2020.

35. American Psychological Association, "Appropriate Therapeutic Responses to Sexual Orientation", 2009.

36. UNAIDS, "Global HIV & AIDS statistics—2019 fact sheet", 2019.

37. Horim Yi, et al, "Health disparities between lesbian, gay, and bisexual adults and the general population in South Korea: Rainbow Connection Project I", Epidemiol Health, vol.39, 2017, pp.11.

38. Julia E. Heck, et al, "Health Care Access Among Individuals Involved in Same-Sex Relationships", American Journal of Public Health, June, 96(6), 2006, pp.1111~1118.

39. 건강보험심사평가원, "건강보험요양급여비용 2020년 2월판", 2020.

40. 중앙일보, "극과 극 요양병원… 헬스클럽급 재활 vs 종일 침대에 방치", 2018.8.1., https://news.joins.com/article/22849871.

41. 보건복지부, "제1기 재활의료기관 지정 공고", 2020.2.

42. 국민건강보험공단, "지역별, 유형별 의료기관 수급분석 II", 2020.

43. 박주현, "어린이재활의료 확충 방안 연구" 가톨릭대학교 산학협력단, 2017.

44. 보건복지부, "미성년자 지적장애, 뇌병변, 자폐 아동의 수", 2018.

45. 한국일보, "수가 낮은 재활병상 2400개 부족… 요양병상은 16만 개 넘쳐 과잉", 2020.1.13., https://www.hankookilbo.com/News/

Read/202001121605754401.

46. 의학신문, "재활의료기관 본사업 '개막'", 2020.2.12., http://www.bosa.
co.kr/news/articleView.html?idxno=2121298.

47. 2018년 국정감사, 자유한국당 신보라 의원 공개자료.

48. 서울대학교 산학협력단, "2017년 예방 가능한 외상 사망률", 2019.

49. 대한이식학회 간 이식과 새로운 삶.

50. SBS, "'알코올 중독자' 장기이식 해줘야 하나?… 英, 깊어지는 고민",
2014.4.5., https://news.sbs.co.kr/news/endPage.do?news_
id=N1002330157.

51. 통계청, "2018년 사망원인통계", 2019.

52. 이선미 등. 주요 건강위험요인의 사회경제적 영향과 규제정책 효과평
가. 국민건강보험공단 건강보험정책연구원. 2013

53. 중앙일보, "주류광고서 술 못 마신다… 광고규제 담배처럼 강화·SNS
로 확대", 2018.11.13., https://news.joins.com/article/23120060.

54. 질병관리본부, "2018년 결핵 환자 신고현황", 2019.

55. 세계보건기구, "Global Tuberculosis Report 2018", 2018.

56. 조경숙 외, "우리나라 결핵 실태 및 국가 결핵관리 현황", 2017.

57. 세계보건기구, "Global tuberculosis report 2019", 2019.

58. Joo AR. The study of factors influencing medication compliance
for pulmonary tuberculosis patients. Seoyeong Univ Reg Dev Inst
2014;20:88 – 104.

59. Tait. D. Shanafelt, et al, "Burnout and medical errors among American
surgeons", Annals of surgery, 251(6), 2010, pp.995~1000.

60. M. D. Dunnette, L. M. Hough(eds.), Handbook of Industrial and

Organizational Psychology, Palo Alto:Consulting Psychologists Press, 1990.

61. 보건의료노조, "2019년 보건의료노동자 실태조사", 2019.

62. 보건의료노조, 앞의 문서.

63. M. A. Peberdy, et al, "Survival from In-Hospital Cardiac Arrest During Nights and Weekends", Journal of the American Medical Association, Vol. 299, No. 7, 2008.

64. Daryl A. Jones, et al, "Rapid-response teams", The New England Journal of Medicine, 365 (2), 2011, pp.139~146.

65. Haim A. Abenhaim, et al, "Program description: a hospitalist-run, medical short-stay unit in a teaching hospital", CMAJ, 163(11), 2000, pp.1477~1480.

66. 대한의사협회, "대회원설문조사", 2018.

67. 청년의사. "의사, 직업만족도 51%… 10명 중 8명 '번아웃증후군 경험'", 2019.01.16., http://www.docdocdoc.co.kr/news/articleView.html?idxno=1064477.

68. 김새롬 외, "한국 전공의들의 근무환경, 건강, 인식된 환자안전", 보건사회연구 35(2), 2015, pp.584~607.

69. 대한응급의학회, 『응급의학』, 1판, 군자출판사, 2011년.

70. 2018년 국정감사, 더불어민주당 윤일규 의원 공개자료.

71. 질병관리본부, "2018년 장기·조직기증 인식조사", 2019.

72. 질병관리청 장기이식관리센터, "기증희망등록방법", https://www.konos.go.kr/konosis/sub3/sub03_01.jsp.

73. 질병관리본부, "다제내성아시네토박터바우마니균(MRAB) 감염증",

2015.

74. I. Caniaux, et al, "MCR: modern colistin resistance", European Journal of Clinical Microbiology & Infectious Diseases, 36 (3), 2017, pp.415~420.

75. Falagas ME, et al., "Potential of old-generation antibiotics to address current need for new antibiotics", Expert Review of Anti-infective Therapy, 6 (5), 2008, pp.593~600.

76. 보건복지부, "건강보험심사평가원", 2016.

77. OECD, "Health at a Glance 2019", 2019.

78. Jim O'neil, et al, "Talking drug-resistant infections globally", 2016.

79. 한국경제, "IBM '닥터 왓슨' 열풍 '시들'… 대형병원 도입 외면", 2018.7.3., https://www.hankyung.com/it/article/2018070328701.

80. Suthida Suwanvecho, et al, "Concordance assessment of a cognitive computing system in Thailand", Journal of Clinical Oncology, 35(15), 2017.

81. Jeong-Heum Baek, et al, "Use of a cognitive computing system for treatment of colon and gastric cancer in South Korea", Journal of Clinical Oncology, 35(15), 2017.

82. Gil Hospital adopts IBM WFO for the first time in South Korea. [Internet] IBM News Release (KR) [cited 2017 July 20].

83. 조선일보, "한국인 위암 생존율 10년 새 크게 늘어…… 위 최대한 살리는 수술이 도움", 2019.6.20., http://health.chosun.com/site/data/html_dir/2019/06/19/2019061902037.html.

84. 2019년 국정감사, 자유한국당 김승희 의원 공개자료.

85. 2019년 국정감사, 더불어민주당 윤일규 국회의원 공개자료.

86. 2019년 국정감사, 자유한국당 김순례 국회의원 공개자료.

87. 건강보험심사평가원, 2019 상반기 건강보험 주요통계, 2019.

88. 2019년 국정감사. 더불어민주당 윤일규 국회의원 공개자료.

89. 연합뉴스, "국내 메르스 사태 일지", 2018.9.8., https://www.yna.co.kr/view/AKR20180908044400017.

90. 국립중앙의료원, 전국민 코로나19 경험·인식조사 결과 보도자료, 2020.6.18.

91. 대한감염학회, 메르스 연대기, 2017.

92. 한국경제, "'메르스사태 행정처분은 부당'…정부에 소송 낸 삼성서울병원", 2017.5.31., https://www.hankyung.com/society/article/2017053126411.

93. 보건복지부, OECD 보건통계 2019, 2019.

94. 건강보험심사평가원, "상대가치점수 개정연구 보고서", 2006.
    한국보건사회연구원, "유형별 상대가치개선을 위한 의료기관 회계조사 연구", 2012.
    연세대학교 산학협력단, "국민건강보험 일산병원 원가계산시스템 적정성 검토 및 활용도 제고를 위한 방안연구", 2016.

95. 이철수, '의료전달체계', 사회복지학사전, 2009.

포기할 수 없는 아픔에 대하여

초판 1쇄 발행 2021년 4월 16일
초판 2쇄 발행 2021년 5월 12일

지은이 김현지
펴낸이 김선식

경영총괄 김은영
책임편집 문주연 **디자인** 윤유정 **크로스 교정** 조세현 **책임마케터** 이고은
콘텐츠사업1팀장 임보윤 **콘텐츠사업1팀** 윤유정, 한다혜, 성기병, 문주연
마케팅본부장 이주화 **마케팅2팀** 권장규, 이고은, 김지우
미디어홍보본부장 정명찬
홍보팀 안지혜, 김재선, 이소영, 김은지, 박재연, 오수미
뉴미디어팀 김선욱, 허지호, 염아라, 김혜원, 이수인, 임유나, 배한진, 석찬미
저작권팀 한승빈, 김재원
경영관리본부 허대우, 하미선, 박상민, 권송이, 김민아, 윤이경, 이소희, 이우철, 김재경, 최완규, 이지우, 김혜진
외부스태프 본문조판 김연정

펴낸곳 다산북스 **출판등록** 2005년 12월 23일 제313-2005-00277호
주소 경기도 파주시 회동길 490
전화 02-702-1724 **팩스** 02-703-2219 **이메일** dasanbooks@dasanbooks.com
홈페이지 www.dasan.group **블로그** blog.naver.com/dasan_books
종이 (주)한솔피앤에스 **출력·인쇄** 갑우문화사

ISBN 979-11-306-3707-5(03810)

다산북스(DASANBOOKS)는 독자 여러분의 책에 관한 아이디어와 원고 투고를 기쁜 마음으로 기다리고 있습니다.
책 출간을 원하는 아이디어가 있으신 분은 다산북스 홈페이지 '투고원고'란으로 간단한 개요와 취지, 연락처 등을 보내주세요.
머뭇거리지 말고 문을 두드리세요.